のキスをしよう

樋口有介

前作で娘と約束したオーストラリア旅行の代わりに訪れたスキー場で，柚木草平は高校時代の初恋の人・卯月実可子と二十年ぶりに出会う。以前と変わらない美貌のまま，雑貨店オーナーとして活躍していた彼女が，再会後まもなく何者かに殺害される。驚いたことに，実可子が娘の梨早に「自分になにかあったら柚木さんに相談するように」と柚木の名刺を渡していたと，姪の早川佳衣が事件の調査を依頼してきた。柚木は，実可子と親交のあった高校の同級生たちを順に訪ねていくが……。青春のほろ苦い思い出を喚起させる，人気私立探偵シリーズ第二弾。

初恋よ、さよならのキスをしよう

樋　口　有　介

創元推理文庫

FIRST LOVE

by

Yusuke Higuchi

1992

初恋よ、さよならのキスをしよう

1

雪の照り返しが背中からダウンジャケットを炙《あぶ》ってくる。光を溜め込んだマフラーが首の血管を膨らませ、ビールのアルコールが加奈子《かなこ》を眺めている俺の目を幸せな気分にさせてくれる。風もなくて、光だけが強くて、ゲレンデに散らばったスキーウェアがビー玉のように見える。

加奈子は、俺がビールを飲んでいるテラスから百メートルほど離れたスロープで、もう一時間も若いインストラクターをてこずらせている。ピンク色のスキーウェアは尻餅をついている時間のほうが長く、スキー板とストックが立ったり跳ねあがったり、雪の上で気の強そうな暴れ方をする。時間はあることだし、そこまで向きになる必要もないと思うのだが、加奈子の気の強さは知子《ともこ》に似たらしい。

加奈子の顔とスタイルが知子に似ることに、俺だって文句はない。警官時代、しんまいのサツ回り記者として所轄《しょかつ》にやって来た知子に一目惚《ぼ》れしたのだから、客観的にも知子は美人だろう。この世に気の強くない女がいるはずもなく、娘が母親に似てしまうことも仕方はない。それは分かっていても会うたびに加奈子が知子に似てくる現実が、俺の中に奇妙な無力感を蓄積《ちくせき》させてくる。

知子に言わせれば、別居の責任はすべて俺にあるという。俺も知子の意見は正しいと思う。だからこそ月に一度は加奈子と夕飯を食う約束になっているし、この冬休みにはスキーにも連れてきた。知子の意見が正しいことは分かっていて、加奈子に対して父親の責任を果たそうと努力もしている。それでも俺の尻が落ち着かないのは俺の、生まれつきの体質なのだろう。男の人生がタンポポの綿毛《わたげ》のようなものであるという悲劇を、知子だって少しは認識してもいい。知子の超能力は、一緒に街を歩いていて、俺の視線が一瞬他の女の脚をかすめることすら見逃さないのだ。

俺は煙草《たばこ》に火をつけ、相変わらず雪の上を転げ回る加奈子を眺めながら、いつまでこんな状態がつづくのか、漫然《まんぜん》と考え始めた。知子と俺が意地を張り合うかぎり三人で暮らす生活は戻らない。俺自身今の生活を楽しんでいる部分もある。警察をやめて、刑事事件専門のフリーライターになって、知子の視線を気にせずに女たちの脚に見とれることもできる。加奈子が大学へ入るまでには八年もあるし、その間に知子に好きな男ができて、正式に離婚という事態になるかもしれない。それならそれでかまわないが、加奈子だけは屈折せずに育ってほしい。勝手に家を出ておきながら虫のいい希望ではある。しかし男親にできることなんて所詮、子供に対して虫のいい希望を抱くことだけなのだ。俺みたいな父親と俺が押し付けてしまった不安定な環境で、加奈子がどこまで素直に育ってくれるか、心配はそれだけだった。

目の端を派手なスキーウェアの女たちが通りすぎ、柄にもない俺の中の父親は、それだけでもうかんたんに空中分解してしまう。自分でも困った性格だとは思うが、たかが三十八年生きたぐらいでこういう体質は変わらない。この病気は死ぬまで治らない。どうせ治らないのなら俺は意地でも、最後までつき合ってやる。

ビールの追加を注文しようとしてウェイターを探し始めた俺の目が止まったのは、首を捻挫《ねんざ》したからでもなく、その女がハイレグの水着で歩いていたからでもない。白いセパレーツのウェアを着た卯月実可子《うづきみかこ》が、テーブルの間を店の奥へ歩いていったのだ。俺の記憶はあっけなく二十年の時間を飛び越え、高校生の卯月実可子にレストランのフロアを歩かせている。背の高さもポニーテールに結んだ髪も整いすぎるぐらいに整った横顔も、寒気がするほど昔のままなのだ。少女のような肩の線も高校時代から一年として歳をとっていない。これは現実ではなく、昼間からビールを飲んでいるつけが頭に回った結果なのか、それともただの、他人の空似なのか。

俺は、気がついたときには立ちあがっていて、半分無意識にテラスからレストランの中に卯月実可子を追い始めた。こんな現実があるはずはないし、他人の空似なら空似で正面から女の子の顔を確かめてみたい。

白いウェアが店の奥で立ち止まり、十メートルほどの距離に近づいて、そこでまた俺は目眩《めまい》を感じた。テーブルにも高校時代に同級だった卯月実可子が座っていたのだ。立っている実可子は二十年前のまま、座っている実可子は昔の記憶に二十年という時間の衣装をまとっていたが、どちらも俺の背中に熱い汗をかかせる、懐かしい卯月実可子だった。

　女の子が立ったまま座っている実可子に話しかけ、その間にもう一人の若い女がテーブルへ近づいてきて、立っているほうの実可子を誘って出入り口へ向かい始めた。二人はそのまま俺の横を通ってテラスに歩いていった。通りすぎる瞬間、若い女の視線が一瞬俺の顔を横切った。卯月実可子には似ていなかったがその女も思わず首を捻挫させたくなるほど、奇麗な女だった。

　二人のうしろ姿をしばらく目で追ってから、俺がテーブルをふり返ったとき、座っている卯月実可子と目が合って、俺たちは五、六秒、記憶を逆回りさせながら黙ってお互いの目をのぞき合った。実可子が肩の力を抜いて微笑《ほほえ》んだのは、俺が実可子を思い出すより相手が俺を思い出すほうが五、六秒だけ、時間がかかったということだろう。

　俺は十メートルほどの距離を意識的にゆっくりと歩き、テーブルの前で立ち止まって、「やあ」とかなんとか、自分でも意味不明な言葉で声をかけた。実可子の切れ長の目は昔のままで、笑ったとき左に傾く口の端も二十年前と変わっていなかった。女の美しさを損なわせない時間というのも、ごく稀にはこういう奇跡として存在する。

「柚木《ゆずき》くん……なんだか、嘘みたい」

「俺もまだ信じられない。君が二人も見えて、自分の頭が狂ったのかと思った」

　実可子が歯を見せないで笑い、首を伸ばして、テラスの向こうへゆったりと視線を漂わせた。首筋に昔の艶《つや》はなかったが仕草は俺に高校時代の切なさを思い出させるほど、じゅうぶんに魅力的だった。

「ごめんなさい。とにかく、お座りになって」と、また視線を俺の顔に戻し、目だけで小さく笑いながら、実可子が言った。

俺は椅子を引いて向かい側に座り、まっ白い頭に言葉も思い浮かばないまま、煙草を取り出して火をつけた。

「思い出したわ。柚木くん、高校生のときから煙草を吸っていたっけ」

「煙草をやめることなんかかんたんさ。俺は今までに十回も禁煙している」

実可子が口の端で笑い、白いティーカップを取りあげて、俺の顔に懐かしそうな流し目を送ってきた。

俺は通りがかったウェイトレスにビールを注文してから、目尻に小皺がふえただけの実可子の整った顔を、改めて眺め直した。同級だったとはいえ親しく口をきくこともなく、二人だけで会うこともなく、男達に囲まれている実可子を遠くから眺めるだけで、俺は息が苦しくなるような切なさを感じたものだった。クラスの女王なんていう言い方は顔が火照るほど通俗的だが、当時の卯月実可子は間違いなくクラスの女王だった。その女王のままの美しさで今、実可子が俺の前に座っている。

「さっきここにいた女の子、娘さんか」と、火をつけたばかりの煙草をガラスの灰皿でつぶし、頭の中で大きく深呼吸をして、俺が言った。「あのころの君に似すぎていて、寒気がした」

「一卵性親子とは言われるけど、そんなに似ている？」

「高校時代を思い出してしまった」

「あの子はまだ中学生、この春高校へ入るの。わたしたちの時代より大人っぽくなっているのね。柚木くんも、スキー？」

「娘のお供だ。昨日《きのう》ちょっと滑ってみたけど、ここの雪とは相性が悪いらしい」

「信じられないな」

「俺と雪との相性が？」

「そうじゃなくて、柚木くんにお嬢さんがいること」

「俺だって人並みに結婚はした。相手はすぐ失敗だと気づいたらしいが」

「ということは、今は？」

「別居して三年になる。君のほうはもちろん、幸せに？」

「特別に幸せでもなく、不幸せでもないわね。結婚なんてそんなものよ」

「君は特別に幸せになるべき人だった。高校のときからそう思っていた」

「柚木くん、昔から、そんなにお世辞が上手だった？」

「君と話す機会が少なかっただけさ。クラスで顔を合わせる度にどうやって君を褒めようか、頭の中で練習していた。二十年たって、やっと練習の成果が発表できた」

実可子が初めて歯を見せて笑い、カップをテーブルに戻して、スノーブーツの脚を組みながら可笑《おか》しそうに肩をすくめた。その仕草にまた俺の胸はときめいたが、二十年前と同じ切なさは感じなかった。

「柚木くんが警察に入ったこと、誰かから聞いたな。谷村《たにむら》くんだったかしら。でもまるで刑事さんには見えないわね」

「警察は三年前にやめている。今は、こんな商売を」

俺は名刺入れからフリーライターの肩書を刷り込んだ〈柚木草平《そうへい》〉の名刺を取り出し、実可子の前に置いて、ウェイトレスが運んできたビールを飲み始めた。実可子は興味深そうにしばらく名刺を眺めたあと、ポーチにしまい、自分でも名刺を取り出してテーブル越しに手渡してよこした。

「信じられないでしょうけど、五年前からわたしもこんなことを始めているの」

名刺はクリーム色の薄手の紙で、肩書は、〈梨早《りさ》フランセ　社長　永井《ながい》実可子〉となっていた。うっかりしていたが卯月実可子も結婚して、姓が変わっていたのだ。

「永井実可子、か。どうも実感が湧かないな」

「わたしも十五年間その名前を使っているけど、やはり実感は湧かないわ」

「君は、平凡な主婦が似合うタイプではなかった」

「それは柚木くんの勘違いよ。わたしも十年間はしっかり主婦をやっていたの。娘に手がかからなくなって、半分趣味でお店を始めたの」

「洋菓子屋とかレストランとか?」

「雑貨屋ね」

「雑貨屋?」

「フランスやイタリアから小物を輸入しているの。主人の仕事の関係でわたしもヨーロッパへ行く機会が多かったから、自然にその方面に興味をもったわけ。梨早というのはさっき柚木くんが会った娘の名前よ」

永井実可子という名前にまだ実感は湧かなかったが、とにかくその永井実可子が高校を卒業して以来どんな生活をしてきたのか、俺は噂にも聞いていなかった。クラス会ぐらいはやっていて、親しい仲間では今でもつき合いがあるに決まっている。しかし俺のほうは卒業と同時に高校時代そのものと縁を切ってしまった。俺は東京の人間ではなかったし、当時から下宿暮らしで、実可子たちとは育った環境も生きてきた状況もちがうのだ。

「君はたしか、どこかの短大へ行ったんだっけな」と、冷たいビールを咽に流し、実可子が着ていた紺色のセーラー服を思い出しながら、俺が言った。「あの子が十五だとすると、短大を出てすぐに結婚をしたわけだ」

「二十二のときにお見合いをして、二十三で結婚したわ」

「君が、見合い？」

「見かけによらないかしら」

「イメージが、ちょっと、な」

「柚木くんがどういうイメージをもっていたか知らないけど、中身なんて平凡なものだったわ。それに結婚は誰でもいつかはするものでしょう。五年や十年、早くても遅くても同じことだと思ったの」

俺もべつに、実可子の結婚生活に立ち入るつもりはなかった。腕のロレックスも指のダイヤも本物だろうし、きれいにマニキュアをした手の甲にも生活の疲れやくすみは見られない。実家も資産家の開業医だったはずで、容姿まで含めて生まれつきすべてに、運のよかった女なのだろう。

「柚木くん、高校を出てからどうしていたの？　クラス会の通知を出してもあなただけいつも戻ってきたわ」と、テーブルの下で脚を組みかえながら、切れ長の目をいたずらっぽく見開いて、永井実可子が言った。「警察に勤めたことも谷村くんから聞いて初めて知ったの。あれから谷村くんとは？」

「谷村と酒を飲めるほど堅気の人生はやっていない」

「わたしたち……順子《じゅんこ》とか芳枝《よしえ》とか谷村くんとか、たまには会ってお酒を飲むの。東京へ帰ったらみんなで会わないこと？」

「俺なんか場違いさ。あのころだって君たちのグループではなかった」

「二十年もたってるのに、変わらないのね。あのころから柚木くん、なにを考えているのか分からない人だったわ」

実可子が当時の俺をどこまで気にかけていたのかは知らないが、俺が実可子にとって特別な存在だったことだけは、あり得ない。二十年前の俺に対する感想は二十年ぶりに出会った同級生に対する社交辞令で、そんな社交辞令が気楽に出てくるほど、実可子の生活も安定しているのだろう。俺がヤクザ者を撃ち殺して警察をやめた事情も伝わっていないようだし、二十年前がそうであったように、家庭でも職場でも友達関係でも、相変わらず実可子は女王様をつづけているに違いない。

「でも柚木くんが刑事になったと聞いたとき、意外な気がしたな。そういうことは一番似合わないタイプだと思っていたから」

「事情があって警察に入って、事情があって警察をやめた。俺の人生に対しては俺が一番意外だと思っている」

「可笑しいわね」

「可笑しいか可笑しくないかは、考え方の問題だな」

「そうじゃなくて、あなたの喋り方が二十年前と変わっていないことが、とても可笑しい」

実可子がテーブルに頬杖《ほおづえ》をついて目を細め、遠くの記憶を眺めるように、五、六秒黙って俺の顔を見つめてきた。そういえば実可子には昔からこんなふうに、こちらの戸惑いを無視して相手の顔を眺める癖があった。

「わたし、今、あのときのことを思い出してしまったわ」

「俺のほうは最初から、ずっとあのときのことを思い出していた」

「わたしが言ってるのはあなたがわたしを映画に誘ったときのことよ」

「あれは『ラスト・ショー』だったと、ずっと思い出していたさ」

「可笑しかったわね、あのとき」

「考え方と立場の問題だな」

「だって柚木くん、校門の前で突然、『ラスト・ショー』へ行こうって言ったのよ」

「あの台詞《せりふ》は一週間前から練習していた」

「わたし、びっくりしたな」

「君は怒った目で俺の顔を睨んだ。それから背中を向けて、ふり返らずにバス停まで歩いていった」

「柚木くんが悪かったの。わたしの気持ちに準備をさせてくれなかったから」

「俺は転校して初めて君を見たときから、ずっと気持ちに準備をさせていた」

「それは男の子の我儘だわ。わたしのほうは柚木くんがそういう気持ちでいること、知らなかったもの。それに今だから言うけど、『ラスト・ショー』は前の日に見ていたの」

「一週間も練習しないで、思い付いたときにすぐ誘えばよかった」

「二度誘ってくれればOKしたかもしれないのにね。『ラスト・ショー』ならもう一度見てもいいなって、ずっと思っていた。でも女の子のほうから、やっぱり行きましょうとは言えないものなの」

　もちろん今の台詞も社交辞令で、時間が記憶を美化させていることは分かっている。それでも実可子が言ったように二度めはOKだったかもしれないし、もしOKだったらこの二十年間は俺にとっても実可子にとっても、いくらかちがうかたちになっていたかもしれない。男と女の関係なんてボタンを掛ける位置によって、それぐらいは変わってしまうものだ。

「君にデートを断られたときからもう一つ練習していた言葉がある」と、煙草に火をつけ、煙をテーブルの下に吐いてから、俺が言った。「一緒に食事をしてもらえないかな、今夜」

「今夜……」

「二人では都合が悪ければお嬢さんや、うちの娘も一緒でかまわない」

「残念だけど……」

「二度めもやっぱり、なしか」

「そうではなくて、夕方にはわたしたち、東京へ帰るの」

「夕方に……」

「別荘に迎えのクルマが来てしまうのよ」

「別荘に、か」

「去年の暮れから別荘に来ていたの。だから……」

「一度ボタンを掛け違えると、元には戻らないらしい」

「なんのこと?」

「一般的な人生の真理さ。つまらない真理だけど俺は二十年間、その真理をずっと勉強してきた」

実可子が曖昧《あいまい》に笑って頬杖をはずし、なにか屈託を思い出したような目で、一瞬俺の顔を見返してきた。その目の表情に最初は気づかなかった困惑の色が見えて、なんとなく俺は胸が苦しくなった。いくら女王様でも三十八年間生きていれば、他人に言えない問題の一つや二つは抱え込む。

「ボタンの掛け違い、か……そういうことも、あるかもしれないわね」

「困りはしないだろうけどな」

「わたしのこと？」

「一つぐらいボタンの位置がちがっても、君が着ている服は上等のブランド品だ」

「柚木くんの言い方、本当に昔から変わらない。皮肉なのか褒めているのか、東京へ帰ってからゆっくり考えるわ」

「東京で会いたいな」

「ボタンの位置を直してくれるの」

「やってみる価値はある。あのころの学生服に虫干しをさせるか」

「わたしもセーラー服を探してみようかな。思い出したこともなかったけど、わたしだってあのころは紺のセーラー服を着ていたのよね」

「学生服が見つかったら君を映画へ誘いに行く」

「『ラスト・ショー』に？」

「君が見たければ、な」

「二度めなら、たぶん、ＯＫだと思うわ」

「君……」

「なあに？」

「いや……義理で仕方なく来たスキーだけど、娘にはあとで感謝しておこう」

そのとき、たいして感謝もされたくない表情で加奈子がレストランに顔をのぞかせ、小走りに奥のテーブルまで近づいてきた。ゴーグルに覆われていた目のまわりだけが白く、頬と鼻の頭は日に焼けて元気のいいピンク色に光っている。

「パパったら、テラスで待ってるって、約束したじゃない」

「ちょっと、その、難しい事情があった」

「ビールなんか飲んでて、スキーができなくなっても知らないよ」

「ビールはまだ二本めだ。それに今日はもう、スキーはやらないことにした」

「やらなくちゃ駄目なんだもの」

「そんな決まりはホテルに書いてないぞ」

永井実可子がテーブルに身をのり出し、俺と加奈子の顔を見比べながら、可笑しそうに、くすっと笑った。

「可愛いお嬢さんね。目の表情が柚木くんにそっくり」

「俺はこんな、パンダみたいな目はしてない」

加奈子が俺の袖口に手をかけ、躰《からだ》をすり寄せながら、口を尖らせて強引に俺の顔をのぞき込んだ。

「昔、ちょっと、知っていた人だ」と　腋の下にビールのせいではない汗を意識しながら、俺が言った。

ふーんと顎を突き出し、横目の視線を実可子に送りながら、俺の袖口を摑んだ手を加奈子が揺すってきた。

「ねえ、パパ、先生がもう一人で滑っていいって」

「一人で滑っていいなら、一人で滑ればいいじゃないか」

「でもわたし、御成山《おなりやま》ゲレンデに行きたいんだもの」

「御成山でもおなら山でも、好きなところへ行けばいい」

「リフトに乗るんだよ」

「リフトでもなんでも、好きなものに乗ればいいさ」

「子供は一人で乗せてくれないの。わたし、リフトで御成山ゲレンデへ行って滑りたいの」

「しかし……なあ？」

「パパ、三日間はぜんぶわたしにつき合うって言ったよ。オーストラリアに行けなくなったから、そのぶんスキー場で遊んでくれるって言ったよ」

「それは、まあ、そうだ」

「ママと電話で話したときだって、パパはそう言った」

「おまえ、パパって呼ぶの、やめる約束じゃなかったか？」

　こういう場面で知子の名前を出せば俺が圧力に屈することを、加奈子はちゃんと承知している。別居するようになってから月に一度加奈子に会う約束を、俺はほとんど守っていないのだ。その事実を知子はいつも電話で非難してくるし、冬休みには埋め合わせをすることもたしかに約束させられた。理屈ではこの三日間、加奈子とつき合う義務があることも分かっている。しかし今の現実は加奈子とリフトに乗るより、実可子の顔を見つめていることに未練が引きずられる。

「柚木くん、ここは男らしく、父親としての務めを果たすべきね」と、テーブルに頬杖をつき直し、白いティーカップを口に運びながら、実可子が言った。

「義務は俺なりに、果たしてはいる」

「基本的に父親の体質でない人は、意識的に努力をするべきなのよ」

「いつだって意識的に、努力はしてるんだ」

「パパ、早く行かないと日が暮れちゃうよ」

「まだ三時にもなっていないぞ」

「もう三時なんだよ」

「その……」

「柚木くん、行ってあげなさいよ。わたしもセーラー服をどこにしまったか、一人でゆっくり思い出してみたいの」

実可子の遠くからの視線と加奈子のすぐ顔の前からの視線と、それから知子の頭の中からの視線に押されて俺は仕方なく決心し、立ちあがってテーブルの伝票に手を伸ばした。

「柚木くん……」

意識的にか、無意識的にか、永井実可子が乾いた冷たい掌《てのひら》を俺の手に重ね合わせた。

「レジにいる間に日が暮れてしまったら、お嬢さんが可哀そうだわ」

「俺には見栄だけで金を払う癖があってさ」

「わたしのほうはつけを払いたいだけ」

「つけ?」

「映画へ行かなかったことのつけを払いたいのよ。あのときのつけをビール一本で払えるなら、安いものかもしれないわ」

加奈子が俺の袖を引っ張り、俺は伝票を離して、一歩だけ出口のほうへ脚を動かした。実可子が唇で笑い、またあの遠くから見るような目で、黙って俺の顔を見つめてきた。実可子の掌の冷たさを残したまま俺はズボンのポケットに両手をつっ込み、二十年前の記憶に時間のフィルターを通して、軽く会釈《えしやく》をした。実可子が人生のどこかにまだセーラー服をしまい込んでいるのか、そして本当にそれを探してみるつもりがあるのか、目の表情で、判断はつかなかった。

歩き出してから、口を尖らせ、ピンク色の鼻の頭で生意気に俺の顔を見あげながら、加奈子が言った。

「ママに言いつけてやるから……」

2

テレビでは相撲取《すもうと》りが豆を撒《ま》いている。音は消してあるが原稿を書いている間、俺は目を休めるためにだけテレビをつけておく。節分になるとどうして相撲取りが豆を撒くのか。相撲自体が一種の神事だというから、神社でやる豆撒きとは歴史的になにかの繋《つな》がりがあるのか。もっとも相撲取りのとなりにはタレントやゴルフ選手もいて、神事とは関係なく、余興として大《おお》銀杏《いちょう》や紋付き袴《はかま》が絵になるということもある。ただ豆を撒いてご祝儀をもらう商売もあれば、俺みたいに一枚の原稿を書いて五千円にもならない商売もある。俺は保険金殺人の原稿を書かなくてはならないし、それも今夜中に書きあげて、明日は出版社まで届けなくてはならない。節分も豆撒きも気に食わないし相撲取りも安っぽいタレントも、なにもかも気に食わない。古いこのマンションもガスストーブも加湿器も気に食わないし、なによりも原稿を書く気力の湧かない俺自身が気に食わない。要するに俺はこの世の中と、この世の中に生きている自分自身が気に食わないのだ。

まだいくらも升目の埋まっていない原稿用紙を前に、テレビの豆撒きを見ながら煙草《たばこ》に火をつけたとき、電話が鳴って、出てみると相手は風来社《ふうらいしゃ》の石田貢一《いしだこういち》だった。俺が刑事をやっていたころ情報を流してやった義理で、今は石田のほうが俺に仕事を流してくれる。

「柚木さんを信じないわけじゃないですけどね、今度の原稿だけは遅らせないでくださいよ」

と、電話口から煙草のヤニが臭《にお》うような声で、石田が言った。「表紙はもう印刷所に回したし、電車の中吊りだってできあがってるんですからね。〈容疑者に衝撃のアリバイ〉っての、とにかく自社《うち》のスクープなんですよ」

「その台詞《せりふ》は今日、もう三回も聞いた」

「四回でも五回でも六回でも、柚木さんの原稿があたしの机に置かれるまで、何回だって催促しますからね。今度の仕事に柚木さんを推薦したのは、このあたしなんだから」

「おまえさんへの恩は感じてる。原稿だってちゃんと書いてるさ。それともこんな無駄話で、俺の仕事を邪魔したい理由でもあるのか」

「本当に原稿は進んでるんですね」

「本当に進んでる。嘘だと思うならこれから確かめにくればいい」

「そこまで言うなら信用しますけど、柚木さんの原稿が遅れたこと、二回や三回じゃないんですよ。その度にデスクから怒鳴られるのはあたしなんです。子供だって幼稚園に入ったし、女房だってエアロビクスに通い始めたんです。頼むからあたしに一家心中させないでください」

「おまえさんが一家心中するときは俺が手伝ってやるさ。明日の十時に間違いなく原稿は届ける。今ちょうど気分がのってきたところなんだ。こっちも頼むから、余計な電話はかけないでくれ」

それから二言三言、気ののらない漫才をやり、電話を切って、俺は吸っていた煙草を強く灰皿に押しつけた。石田が俺を信用しないのは当然で、その理由は俺自身が俺を信用していないからだ。フリーライターなんて名前だけは体裁がいいが、要するに活字文化の中で最底辺の下請け仕事をしているにすぎない。まともな人間のやる仕事でないことを承知でやっているわけだから、そんな俺がまともであるはずはない。しかしそれでも警官なんていう商売に比べれば、まあ、良心は痛まない。

また電話が鳴り、煙草をくわえながら受話器を取ると、知子の諦めたようなため息が聞こえてきた。俺は背中にいやな汗を感じながら、時間をかけて煙草に火をつけた。愚痴は言いたくないが忙しいときに限って、面倒な人間が電話をかけてくる。

「あなた、今日がいく日だか、忘れたわけじゃないでしょう?」と、皮肉を言うときの癖で、静かに、ていねいに、知子が言った。

「さっきテレビで豆を撒いていた。節分が二月三日だということぐらい、俺だって覚えているさ」

「それだけ覚えていて、加奈子とスキーへ行ってから一ヵ月たったことは覚えていないのね」

「もう、そんなにたったか」

「そんなにたったかじゃないわよ。あなたのほうから連絡をよこす約束だったじゃない。わたしも暇を持て余しているわけじゃないのよ。明日から講演で四国へ行かなくてはならないし、連絡がとれなくなるから仕方なく電話したの。加奈子だって最近はあなたに会うことを楽しみにしているのよ。この春には五年生だし、女の子って父親を意識する年頃なのよ」

「理屈は、よく分からないけど、君が加奈子をまともに育ててくれていることには、いつも感謝している」

「感謝なんかしてくれなくていいのよ。わたしは約束を守ってもらいたいの。あなたに父親の義務を果たしてもらいたいの。それだけなのよ」

「俺もそのつもりではいるんだが、仕事が片づかなくて、うっかりしてしまった」

「うっかりで済む問題と済まない問題があるでしょう？　あなたは一人でふらふら生きて楽しいでしょうけど、わたしには加奈子を一人前に育てる責任があるのよ。本当なら半分はあなたの責任なのよ。そのことに今更文句は言わないけど、でも月に一度加奈子に会う約束ぐらいは守ってちょうだいよ。男の人には分からないでしょうけど、加奈子の歳って、女の子にとって一番難しい年頃なのよ」

「君、最近、疲れていないか」

「わたしが……なんのこと？」

「いつだったかテレビで、君が老人問題の討論会に出たのを見た。少し痩《や》せたようだし、元気もないように見えた」

「あなた、あれを、見てくれたの」

「君が大変なのは分かる。頑張って仕事をしているのも分かる。だけど、あまり、無理はするな」

「このところテレビや講演が重なって、たしかにね、少し疲れているかもしれないわ」

「四国へはどれぐらい？」

「三日間」

「君が帰ってきたら俺のほうから連絡する。俺だって約束を忘れたわけじゃない。加奈子のことを考えていないわけでもない。たまたま、本当に、仕事が重なっていただけなんだ。これが片づけば時間ができる。たまには三人で食事でもするか」

「たまには、そうね、それもいいかもしれないわね」

「三日後に電話をする。加奈子にもそう言ってくれ。それから君は、くれぐれも無理をしすぎないように」

「あなた……」

「うん？」

「いえ、なんでもないわ。それじゃ間違いなく、三日後に電話をちょうだいね」

「間違いなく、連絡する。加奈子と君のお袋さんに、よろしく言ってくれ」

知子がそれ以上なにか言わないうちに、俺は電話を切らせてもらい、火がついたままの煙草を灰皿に放り投げた。たまたま知子が出たテレビを見ていたからいいようなものの、あれを見ていなかったら、知子の攻撃はあと三十分はつづいていた。売り出し中の社会評論家だけあって理屈を言い合ったら一年かかっても、俺の敵《かな》う相手ではないのだ。それにしても俺も忘れていたが、正月に加奈子とスキーへ行ってから、もう一ヵ月がたっているのか。

なんでこんなに電話がかかるのか。俺が新しい煙草に火をつけ、音のないテレビでバラエティーショーを眺め始めたとき、電話が鳴って、聞いたことのない女の声が俺の名前を確認してきた。

「わたし、早川《はやかわ》ケイといいます。柚木さんとは一度だけお目にかかっています」

名前にも心当たりはなかったが、しっかりした口調で、一言の中に頭のよさと性格の素直さが感じられる、若い声の女だった。

「お正月に草津《くさつ》のスキー場ですれ違いました。あとで叔母から、高校時代のお友達だと伺いました」

俺自身、一度すれ違っただけの女を突然思い出す自分には感動したが、草津のスキー場と聞いただけでもうはっきり女の顔を思い出したのだ。永井実可子のテーブルに近づいて、梨早という娘と一緒にレストランを出ていった、あの透明感のある目をした奇麗な女の子に違いない。女の子が『叔母』というからには実可子の姪《めい》になるのだろう。しかしなんだって、そんな子が俺に電話をかけてくるのだ。

「名前は知らなかったが君の顔は覚えてる。黄色いスキーウェアを着て頭にゴーグルをのせていた。卯月……いや、永井実可子さんの、姪御さん?」

「永井の家に住んでいて、梨早ちゃんの家庭教師をしています。柚木さんに電話しようかどうか迷いましたけど、でも、思いきってしてみました」

「あのときすれ違って、俺に一目惚《ぼ》れしたわけか」

「はい?」

「冗談だ。気にしないでくれ」

「わたし、三日間考えたんです」

「俺のほうは一ヵ月間、ずっと君のことを考えていた」

「柚木さん、酔っ払っていますか」

「悪かった。仕事がはかどらなくて、ちょっと苛々《いらいら》している」

「お邪魔でしたらあとでかけ直します」

「その必要はないさ。どうせテレビを見ながら煙草を吸ってるだけだ」

「わたし、柚木さんにお会いしたいんです」

「俺も……」

「叔母のことはご存じですよね」

「永井実可子は、だから、高校の同級生だ」

「それだけですか」

「君の言ってることが、よく分からないな」

「叔母が死んだことです。本当に、ご存じなかったんですか」

「永井実可子さんが、死んだ?」

「四日前です。新聞にも出ました」

「新聞に? それは、つまり……」

「殺されたんです」

「ん……」

「柚木さんにお目にかかりたいんです」

「あ……」

「これから伺ってもいいでしょうか?」

「もちろん、その……」

「今、新宿にいます。十分で着きます。柚木さんの名刺をもっています。場所は分かります。ずっと考えて、梨早ちゃんとも相談して、それでやっぱり、柚木さんにお目にかかるべきだと思うんです」

*

煙草の灰が机に落ちて、そのときになってやっと俺は、自分の指に煙草が挟まっていることに気がついた。テレビではなにかクイズ番組のようなものが始まっていたが、そんなものを見ていたわけではない。高校時代からスキー場で会ったときまでの実可子の声と言葉と表情を、記憶の画面一杯に映し出していたのだ。この一週間自分の原稿に苦労していて、新聞なんか斜めに読み飛ばしていた。実可子も死ぬなら死ぬで、テレパシーぐらい送るべきではないか。東京での約束をしないまま別れてしまったが、あの日からたしかに、一ヵ月がすぎている。実可子に渡された名刺は持っているし、梨早フランセに電話をして声を聞きたい衝動もあった。しかし二十年の時間と二十年ぶんの常識が受話器を取る俺の手をためらわせていた。二十年前を懐かしむことはできても、二十年前に戻ることはできない。

俺は思い出してドアの横へ歩き、段ボール箱から新聞の束を取り出して、二日前の新聞に永井実可子の記事を探し始めた。載っていたのは二月一日づけの朝刊社会面で、顔写真もない小さい見出しの、目立たない記事だった。見出しに実可子の名前が出ているわけでもなく、たとえ忙しくなかったとしても読み落としそうな、腹が立つほど地味な記事だった。見出しの文句は〈女性店主撲殺。物盗りの犯行か〉という芸のないもので、実可子の死を扱うにしては見出しも記事もあまりにも稚拙すぎた。どこかでこの記事を書いた新聞記者に出くわしたら俺は迷わず、顔面にストレートパンチを叩き込んでやる。

記事の内容は、一月三十一日午前十時、出勤してきた女性従業員が店内で死亡している永井実可子を発見し、警察に通報した、というものだった。店内には被害者と犯人が争った形跡があり、陳列品も物色されていることから、前日の午後十一時前後、盗みに入った犯人が永井実可子に見つかり、争ったすえ鈍器《どんき》のようなもので後頭部を殴打した、ということらしい。新聞にそれ以上の内容はなく、同じ日の夕刊にも続報はのっていなかった。世間は豆撒きと天候不順で忙しいらしく、輸入雑貨店の店主が運悪く強盗に殺されたぐらいのことには、まったく関心を払っていなかった。俺にしたところでその店主が実可子でなかったら、床に座り込んで二日も前の新聞に腹を立てたりはしないだろうが。

チャイムが鳴って、さっきの電話から十分以上たっていることを思い出し、俺は腰をあげてドアを外側に押し開けた。その瞬間黒い影が目の端に飛び込み、条件反射で拳を腋の下に身構えた。黒い革のつなぎに黒いブーツを履《は》き、黒いヘルメットを被《かぶ》った金属的な人間が革手袋の腕を大きく上に持ちあげたのだ。昨夜テレビで、ロボットが人間を殺して回る深夜映画を見たせいでもないだろうが、相手の無機質な沈黙に生理的な恐怖を感じたのだ。

相手が腕を振りおろすのと俺のパンチが相手の腹に入るのと、どちらが早いか試さなかった理由は、俺にも分からない。先にパンチを出していればたぶん、以降の人生は別なものになっていた。腕を振りおろすかわりに持ちあげたヘルメットの下から現れたのは、白い頰《ほお》と大きい目のまわりを上気させた、あの早川ケイという女の子の顔だった。

「お待たせしました。曲がる道を一つ、間違えてしまいました」

「そうか。それは、よかった」

「はい?」

「間違えた道が、一つだけで、よかった」

「このあたり、路地が多いんですね」

「君、バイクに乗るのか」

「電話でそう言いませんでした?」

「どうだったかな。俺も路地が多いから迷わないようにとは、言わなかった気がする」

早川ケイが目を見開いて肩で息をし、なにか言いかけたが、こんなロボットみたいな女の子とドアの前で立ち話をする趣味はない。俺は躰《からだ》を引いて、とにかく早川ケイを中に入れることにした。顔自体はスキー場で会った女の子と同じものだったが、ここまで勝手にイメージを変えられると、俺の価値観ではどうにも、ついていけない気がする。

早川ケイをソファに座らせ、俺は台所へコーヒーをいれに行き、パーコレータが沸騰するまでしばらく気分と呼吸を整えていた。永井実可子の死を知らされたのはほんの二十分ほど前で、気持ちの整理もできていないところへ、また変な女の子が飛び込んできた。面倒が起こりそうなときには不思議に予感がするものだが、今もその予感を、俺はたっぷりと意識していた。

コーヒーを二つのカップに入れ、部屋へ戻ってみると、早川ケイは最初に座ったままの恰好で部屋の中を見回していた。ヘルメットを取ったせいか顔の赤みもひき、襟のファスナーも開いて、つなぎの胸からはピンク色のやわらかそうなセーターをのぞかせていた。顔は実可子や娘の梨早よりも卵形で、化粧をしているとも思えないのに、文句をつける箇所は一つもないほど整っていた。これで目の表情に無邪気さがなかったら、ちょっと声をかけにくいタイプの美人になってしまう。

「君が来る前に新聞を読み直していた」と、カップを一つ早川ケイの前に置き、ソファの向かい側に座って、俺が言った。「一週間ほど忙しくて、ろくに新聞も読まなかった。彼女が死んだことにも、まだ実感が湧かない」

「わたしも実感は湧いていません」と頷きながら、語尾を濁さないはっきりした声で、早川ケイが答えた。「朝起きても、まだ叔母さまがベーコンエッグを焼いてくれる気がして、ぼんやりダイニングへ入っていくことがあります。それでコーヒーが飲みたいなと思って、つい叔母さまの名前を呼びそうになります」

「君にとって永井さんは、どちら方の叔母なんだ?」

「わたしの母が実可子叔母さまの姉です。母は仙台に住んでいます」

「つまり君の実家は仙台で、大学かなにかで東京に来ていると、そういうことか」

「そういうことです」

「それで、永井さんの家に下宿を？」

「下宿というより居候《いそうろう》ですね。梨早ちゃんの勉強をみてあげたり、たまには家事も手伝います」

「彼女の実家は杉並《すぎなみ》の開業医だったはずだ。もちろん君の母親の実家でもある。東京で下宿するならそっちでやるのがふつうだと思うけどな」

「わたしの身元調べですか」

「うん？」

「刑事のような喋り方です」

「いや、その……コーヒーを飲んでくれ」

早川ケイが口元を引きしめ、関節の目立たない長い指でカップを取りあげて、上目づかいに俺の顔を眺めながら、コーヒーに口をつけた。突然実可子の死を知らされ、突然こんな奇麗な女の子が現れて、無自覚に刑事だったころの癖を出してしまったらしい。

「状況が、まだ、呑み込めなくてな」と、早川ケイの形のいい額を感心して眺めながら、自分でもコーヒーのカップを取りあげて、俺が言った。「実感は湧かないけど、君の叔母さんが死んだことは新聞に書いてあった。俺と彼女が高校時代の同級生だったことも事実だ。だけど葬式も済んでからなぜ君が俺を訪ねてきたのか、その理由が分からない」

「理由は、実は、わたしにも分かりません」

「うん？」

「梨早ちゃんのことは覚えているでしょう?」

「あまり永井さんに似ていて、あのときは冷や汗が出た」

「梨早ちゃんがお葬式のあと、妙なことを言うんです。そのときはわたし、気にもしませんでした。突然叔母さまがあんなことになって、梨早ちゃんが混乱しているだけだと思いました。でも時間がたってみると気になってきて、それで今日、梨早ちゃんと相談し直しました。もしかしたら意味はないかもしれませんけど、一応、柚木さんにお話しするべきだと思うんです」

相手の言っていることはまだ不透明だったが、勘や経験に関係なく、それが愉快な話でないことぐらいは想像できる。元殺人《ころし》専門の刑事で今は刑事事件専門のフリーライターのところへ、こんな奇麗な女の子が愉快な話を持ってくるはずはない。

コーヒーカップをテーブルに戻し、煙草に火をつけて、俺が訊いた。

「梨早さんが葬式のあとに言った、その、妙なことというのは?」

「実可子叔母さまが、『自分になにかあったら柚木さんに相談するように』って、梨早ちゃんに言ったそうです」

「自分に、なにかあったら……」

「お正月にスキーから帰って、すぐのころだったそうです」

「スキーから帰ってすぐ、か」

「はい」

「俺に相談して、それから先は?」

「叔母さまが梨早ちゃんに言ったのは、それだけです」

「それだけ、か」

「おかしいですか」

「いや……」

「そのとき叔母さまは、梨早ちゃんに柚木さんの名刺を渡したそうです。わたし、叔母さまからも梨早ちゃんからも、そんな話は一度も聞いていませんでした。梨早ちゃんが言い出したときも信じられませんでした。でも、今日確かめてみたら、叔母さまが誰にも言うなと念を押したそうです。たぶんなにもないから気にしないように、わたしや叔父さまに知れると心配するからって、そう念を押したそうです」

「永井さんは梨早さんに、俺の素性《すじよう》も話していたのか」

「高校の同級生で、元刑事さんだったことは、スキー場からの帰りにわたしも聞いています」

「なにかあったら、というのは、今の話の範囲では、俺の専門に関するなにか、ということになるんだろうが……」

状況をつなぎ合わせれば、たしかに、実可子はなにかのトラブルを予想して娘に俺の名前を言い残した、と考えられなくもない。経済的な問題で俺に相談しろと言ったはずはないし、まして梨早という娘が俺と実可子の間にできた子供だったなどという、冗談にもならない可能性は完璧にあり得ない。高校の同級生というだけなら俺より親しい人間は、いくらだっている。実可子が娘に俺を指定したということはあくまでも俺の専門を考慮した結果、ということだろう。しかしそれでは、四日前の実可子の死は故意の殺人で、実可子自身がその可能性を予感していたことになる。新聞を読むかぎり突発的な強盗殺人以上のものとは思えないし、実可子がそんな偶然を霊感で予想していたとも思えない。それともまさか、二十年前俺に冷たくしたつけをこういうかたちで払ってやろうという、実可子の皮肉だとでもいうのか。

「考えるだけなら、どんな可能性でも、考えられる」と、煙草を灰皿でつぶし、ソファに座り直して、俺が言った。「君と梨早さんは今のことを俺に話して、どうしたいと思っているんだ」

「どうしたいとか、どうしてくれとか、そういうことはなにも思っていません」と、膝の上に両手を揃え、肩をソファに引きながら、早川ケイが言った。「ただ叔母さまが柚木さんに伝えようとしたことを、そのままお話ししているだけです」

「永井実可子が俺に伝えようとしたこと……か」

「梨早ちゃんに言い残したということは、そういうことだと思います」

「自分が言ってることの意味が、君には分かっているのか」

「分かっているから迷ったんです」

「永井さんは、泥棒に、偶然殺されたのではないという意味だぞ」

「はい」

「そして彼女はそういうことが起こるかもしれないと、一ヵ月前には予想していたことにもなる」

「はい」

「それで、いいのか」

「はい？」

「強盗殺人ではなく、故意の殺人ということになれば、犯人は彼女の身近な人間の可能性が出てくる。それはもしかしたら君にとっても、身近な人間であるかもしれない」

「そういうことは、今は、考えたくありません」

「可能性の問題さ。泥棒に殺されたのなら、考え方によっては一種の交通事故のようなものだ。君や梨早さんや彼女の旦那もそれなりに諦めはつけられる。しかし故意の殺人なら犯人には犯人の理由があるはずだし、彼女にも被害者になるべき理由があったことになる。俺が事件に係わるということは、その部分にも係わることになる」

「柚木さんは、係わりを、もちたくないということですか」

「さあ、な」

「叔母さまは柚木さんを信頼していたと思います」

「そういう問題ではないんだ。問題は今度の事件が故意の殺人だという心当たりが、君か梨早さんか、それとも身近な誰かにあるのかどうか、そういうことだ」

早川ケイが膝に手を置いたまま身をのり出し、俺の顔をまっ直ぐ見つめて、強く首を横にふった。

「叔母さまが誰かに恨まれていたとか、トラブルに巻き込まれていたとか、そういうことはないと思います」

「トラブルなんてやつは向こうから勝手に巻き込みにくることもある」

「でも……」

「もしなにもなかったとしたら、偶発的な強盗殺人事件だ」

「でも……」

「矛盾しているよな。君としては、叔母さんが他人に恨まれて殺されたとは思いたくない。かといって新聞に書いてあるとおりの単純な事件だとも思えない。そして俺のほうは新聞を読んだり君の話を聞いただけでは、事件について、なんとも感想の言いようがない」

「一つだけ、柚木さんが、忘れていることがあります」と、俺の視線を押し返すように腕を組んで、のり出していた肩をソファの背凭《せもた》れに戻しながら、早川ケイが言った。「叔母さまの気持ちです。自分にもしものことがあったら柚木さんに解決してもらいたいという叔母さまの気持ちを、柚木さんは忘れています」

「事件自体がただの偶然だった可能性もある」

「そうかもしれません。叔母さまが梨早ちゃんに言ったことは、別な意味だったのかもしれません。今度の事件は偶然の、ただの事故のようなものだったのかもしれません。でも叔母さまは柚木さんに相談するようにと、間違いなく言い残しました。意味があるのかないのか、わたしには分かりません。梨早ちゃんにも分かりません。それをどう受け止めるかは柚木さんの勝手ですけど、叔母さまが残していった意思だけは、分かってもらいたいと思います」

「要するに君は俺に、今度の事件を調べてみろと言ってるわけだ」

「わたしが、ではなく、叔母さまが、です」

「同じことさ。どっちみち彼女に言葉の意味を訊くわけにはいかないし、俺たちが高校の制服を着て街を歩くこともない」

コーヒーに手を伸ばし、残りを飲み干してから煙草に火をつけて、俺は首のうしろを強くソファに押しつけた。スキー場のレストランで微笑《ほほえ》んだ実可子の顔が原風景のように思い出されて、怒りのまじった絶望が重く背中を這いあがってくる。あのとき実可子の表情に感じた疲れの色は、いったい、どういうことだったのか。高校の制服を比喩にしたのはたんに二十年の時間に対する思い出話だったのか。それとも実可子の頭の中に、今度の結果を予想する具体的な心当たりでもあったのか。そしてあったとしたら、この一ヵ月の間になぜ俺に連絡をよこさなかったのか。

「このこと、警察には、言ってあるのか」と、躰を起こしながら、怒ったような目で俺の顔を見つめている早川ケイに、俺が言った。

「言ってません。今度のことに関係があるのかないのかも分かりませんし、警察は最初から、強盗殺人で捜査をしています」

「君の叔父さん、つまり、彼女の、旦那には?」

「叔父にも言ってません。柚木さんに相談するまでは言わないように、梨早ちゃんにも口止めしてあります。常識的にはやっぱり、ただの強盗殺人だと思いますから」

「手がかりは永井実可子が言い残したその一言だけ、ということか」

「本心では、わたしも、偶然の事件であってほしいと思います」

「俺だって彼女を知っているほかの誰だって、故意の殺人だとは思いたくないさ。君の義理の叔父さんという人は、どんな仕事を？」

「輸入車のディーラーです。ハワイとオーストラリアでホテルも経営しています」

「青年実業家というやつか。友達になりたいタイプではないらしい」

「そうでもないですよ。二代目ですからおっとりしたもんです」と、初めて口元を微笑ませ、ほっとしたように息をついて、早川ケイが言った。「どうしますか。叔父や警察には、まだ内緒にしておきますか」

「しばらく様子を見てから、というのが一般的な捜査の手順だろうな」

「わたしもそう思います。関係者に警戒されたくないですし、もし偶然の事件だった場合は、このまま静かに終わらせるのが配慮だと思います」

「君は最初から、やる気があったのか」

「叔母さまや梨早ちゃんのためですから、もちろんやる気はあります。あとは柚木さん次第です」

どうにも見込まれたものだが、娘に俺の名前を言い残したということは、少なくとも『殺人』に関してだけは実可子も俺を見込んでいたのかもしれない。それにこの事件が本当に故意の殺人であるなら、俺自身の感傷としても二十年間引きずっていた卯月実可子の思い出に、一応のけじめをつけてみたい。

「結果がどう出るか分からないが、初恋に対する義理はあるかもしれないな」

「やっぱりね。叔母さまと柚木さん、初恋でしたか」

「俺のほうが一方的に惚れていただけさ。君……名前のケイという字は、どう書くんだ」

「佳人《かじん》の佳に衣《ころも》です。親もやりすぎでしたよね」

「そうでもないさ。ちょうどいいぐらいに、似合ってる」

早川ケイの名前を頭の中で早川佳衣と置きかえ、革のつなぎを着て膝を揃えている目の前の女の子の顔を、俺は改めて観察し直した。実可子の姉の娘なら美人であることに不思議はないが、ただ顔立ちが整っているという以上に、早川佳衣は向かい合っているだけで他人《ひと》の気持ちを和《なご》ませるような、なにか特殊な波長をもっている。こんな女の子に惚れてしまったら俺の人生はたぶん、二度と立ち直らないだろう。

「さっきの、柚木さんの最初の質問に答えます」と、床から黒いヘルメットを取りあげ、膝の上で抱え込みながら、躰をドアのほうへずらして、早川佳衣が言った。「わたしがなぜ母の実家ではなく、実可子叔母さまの家に居候をしているのかは、好みの問題です。親戚でも居心地のいい家と悪い家はあるという、それだけのことです」

表情と仕草で帰る意志を示し始めた早川佳衣に、へんな未練を感じながら、俺が言った。

「明日、君、時間はあるか」

「デートの誘いはお断りです」

「現場を見たいと思っただけさ。俺だってバイクを乗り回すような子供と、デートなんかしたくない」

「そうですか。そうですよね。でもそういうことなら、時間は、あります」

「梨早フランセという店は目黒《めぐろ》駅の近くなんだろう？」

「歩いて十分ぐらいです。自宅も下目黒《しもめぐろ》で、目黒不動のすぐそばです」

「午前中は仕事がある。十二時なら目黒へ行けると思う」

「明日、わたし、駅まで迎えに行きます」

立ちあがってヘルメットを腋の下に抱え、歩き出しながら、早川佳衣が首だけで俺をふり返った。

「ＪＲの改札口に、十二時ですね」

「発見者の店員に連絡がとれるか」

「とれると思います」

「できたら明日、会っておきたい」

「電話をしておきます。コーヒー、ご馳走さまでした」

立ったままブーツに足をつっ込み、気楽にドアを開けて、次の瞬間に早川佳衣はもうあっけなく姿を消していた。俺は突然やって来た空白を肩にのせたまましばらくドアを眺めてから、脚を横に投げ出してソファにひっくり返った。明日の朝までに保険金殺人の原稿を仕上げなくてはならないというのに、俺の頭には実可子の顔と、突風のようにやって来て消えていった早川佳衣の顔しか詰まっていなかった。実可子の死に本心から怒りと寂しさを感じているくせに、一方では早川佳衣に会える明日を、もう待ち遠しく思っている。三十八年間つき合っているからといって、今日ばかりはさすがに自分で自分の体質が鬱陶《うっとう》しい。酒でも飲めば気分が変わるかもしれないが、今酒瓶に手を伸ばせばどうせ明日の朝まで飲みつづけてしまう。俺には酔っ払って原稿を書く才能はないし、仕事をキャンセルして暮らしていく金もない。好きでやっている人生とはいえ、いつかはこんな生活とこんな性格から、足を洗いたいものだ。

3

昨日《きのう》が節分だったから、理屈の上では今日が立春になる。朝から元気のいい光がビルの窓に跳ね返っていて、光の色だけなら春も遠くない気はするが、実際は正午《ひる》になっても気温は十度までにしか上がらない。

俺は夜中の三時までかけて原稿を書きあげ、十時には神田《かんだ》の出版社へ届けて、十二時十五分前にはもうJRの目黒駅にやって来た。仕事を終わらせてから一時間ほど寝酒をやったから眠ったのは四、五時間か。躰《からだ》が怠《だる》いわりに頭の疲れはなく、俺みたいないい加減な人間でも実可子が殺された現場を検証するとなれば、それなりに神経は緊張するものらしい。

改札口を出たところで人の往来を眺め、腕時計をのぞいて顔をあげたとき、西口と表示の出ている方向から早川佳衣がスカートを穿《は》いて現れた。女の子だからスカートを穿いても罪にはならないが、昨日のライダースタイルが強烈だったぶん、変身はじゅうぶんに俺を戸惑わせた。アップだった髪も肩までのセミロングになびかせ、ツイードのジャケットに芥子色《からしいろ》のマフラーを巻いた早川佳衣は公平に見て、周りの女たちが敵《かな》う相手ではなかった。卯月家の血筋というのは罪があってもなくても、意味もなくいい女をつくりつづけるものらしい。

「君、今日はバイクじゃないのか」と、寄りかかっていた壁から背中を離し、混乱が顔に出ないよう精一杯の見栄を張って、俺が言った。

「バイクに乗るのは一人で動けるときだけです。それに午後は大学へ行きます」と、マフラーから首を伸ばしながら、屈託なく笑って、早川佳衣が言った。「昨日はコーヒーをご馳走さまでした。本当はあまり、美味《おい》しくなかったですけどね」

「豆が安いせいかな。酒を買うついでに近所の酒屋で間に合わせる」

「パーコレータのせいですよ。美味しいコーヒーが飲みたかったら手を抜いてはいけません」

「手を抜けるところはぜんぶ手を抜いている。男の一人暮らしというのは、そういうもんだ」

早川佳衣が肩をすくめて口を尖らせ、そのまま躰をまわして、目で俺を出口のほうへ促した。

「渡辺《わたなべ》さんには連絡してあります。もうお店に出ていると思います」

渡辺さんというのが死体発見者の店員で、これからその店に行かなくてはならないことは分かっている。店員に連絡だけしてもらい、現場へは一人で行くべきだったと反省したが、今更佳衣に帰れとは言えないだろう。それに今度の事件が故意の殺人だと決まれば、俺は意地でも首をつっ込みつづける。こんな女の子を『殺人』なんて不粋な世界に巻き込みたくはないが、考えてみれば巻き込まれたのは、俺のほうなのだ。

とりあえず佳衣の顔を見ないように心がけ、とにかく目黒駅の西口から俺たちは外に出た。これから殺人現場へ向かうというのに早川佳衣という女子大生には、二月の乾いた太陽が、うっとりするほどよく似合う。

梨早フランセが入っていたのは権之助坂《ごんのすけざか》をくだりきった少し先の、目黒通りに面した小さい三階建てのビルだった。一階には梨早フランセを含めて五つの店舗があり、二階と三階は会社の支所や会計士事務所のオフィスになっていた。外観は化粧タイル張りの洒落たものだったがコンクリートの染みやタイルの亀裂《ひびわ》割れからすると　それほど新しいビルではないらしい。

十坪ほどの店内はアンティーク風の棚やテーブルがゆったりと配置されていて、ブランド品らしいバッグや装飾品が壁いっぱいに飾られた、実可子らしい贅沢《ぜいたく》な店だった。『犯人と被害者が争った形跡』も『室内が物色されたあと』もなく、警察の現場検証も犯行翌日の一日だけで終わったようだ。押し込み常習犯の突発的な犯行なら、現場封鎖の必要もないと思ったのだろう。

改めて確認する必要もなく、この店で売られている品物のどれ一つとして、俺の人生とは縁のないものだった。正月に偶然草津のスキー場で会い、二十年の時間を手繰《たぐ》り寄せてはみたが、二十年前のあのときからそれぞれの人生が最後まで重ならないことは、お互いに分かっていた。実可子は実可子に相応《ふさわ》しい生き方をし、結果的に俺も俺に相応しい生き方をした。一ヵ月間のどこかで気まぐれを起こし、この店に寄っていればもしかしたら、今度の事件は防げたかもしれない。しかしだからといってそれから先二人の人生が交わるような奇跡は、たぶん起こらなかったろう。俺にしても初恋の記憶として卯月実可子を引きずってはいるが、永井実可子の存在そのものを引きずっているわけではない。そして実可子も俺みたいな男を引きずるはずがないことを、この店はいやでも俺に教えてくれる。

早川佳衣が紹介してくれた渡辺裕子《ゆうこ》という女店員は、顔にも喋り方にも特徴のない、目の表情と唇の動きがへんに肉感的な、三十前の小柄な女だった。

カウンターから出てきてていねいに挨拶をした渡辺裕子に、店の中を見回しながら、俺が言った。

「警察と同じことを訊くでしょうが、我慢してもらうしかありませんね」

「社長のお知り合いだということは佳衣さんから聞いていますわ」

佳衣が俺の視界を横切って店の奥へ歩いていったが、いくら気になってもこの場面では無視するより、仕方はない。

「あなたはこの店に勤めて、どれぐらいに？」

「まだ一年にはなりません。前に勤めていた人がやめるとき、その方の紹介でお世話になりました」

「それまで永井さんと個人的なつき合いは？」

「お店には来ていましたから、社長のことは知っていました。このお店で働けたことは運がよかったと思いますわ」

「運がよかったか悪かったかはこれからの問題です。思い出させて申し訳ないが、まず発見時の状況から聞かせてもらいたい」

渡辺裕子がゆっくりと店の出入り口へ向かい、肩を微妙にふりながら、窓から差し込む光の中で軽く俺をふり返った。

「わたしがお店に出たのは、いつものとおり、午前十時でした。シャッターを開けてみると、フロアに社長が倒れていました」

「シャッターは下りていたのかな」

「下りていました。でも鍵《かぎ》が掛かっていなくて、そのときはわたしも不思議に思いました。あとで警察の人に聞いたら、錠は外から壊されていたそうです」

「今でも壊れたままに?」

「いえ。一昨日《おととい》、業者に頼んで取りかえさせました。そのままにしておくわけにはいきませんもの」

「永井さんが倒れているのを見た瞬間、あなたは、どう思いました」

「どう……と、言いますと?」

「病気かなにかで倒れているだけなのか、それとも、もう死んでいると思ったか」

「それは、なんとなく、もう死んでいるのではないかと……」

「なぜ、もう死んでいると?」

「ですから、シャッターが下りていましたし、社長が倒れていて、インドの華の破片が、社長のそばに散らばっていて、それに……」

「申し訳ない。その、インドの華というのは？」

「花瓶の種類名ですわ。ハンガリーの陶器で、デザインが有田焼《ありたやき》の影響を受けていることでも有名なものです」

「その花瓶の破片が、倒れている永井さんの周りに散らばっていた？」

「はい」

「それから？」

「お店の中も、椅子が倒れていたり、ラリックのブックエンドが床に転がっていたり……」

　ラリックのブックエンドというのもどうせなにかのブランド名なのだろうが、そんなことを俺に言われても分からない。要するに渡辺裕子は、店内の異常さから倒れている実可子の死を直感したということなのだろう。駆け寄って脈や呼吸を調べることなど、実際問題として素人《しろうと》にできる技《わざ》ではないのだ。

「あなたがシャッターを開けたとき、店の照明は、ついていたのかな」

「ついていませんでした。わたしが自分でつけました」

「通りに面した窓はそのとき、どうなっていた？」

「内側からシャッターが下りていました。窓のシャッターは下ろすと自動的にロックされるようになっています」

「窓のシャッターも下りていて照明もついていなかったのに、あなたには永井さんが倒れていることが、すぐに？」

「ドアからの光がフロアのまん中の、ちょうど社長が倒れていたところに入ったんです……なにか問題があるんでしょうか」

「そういうわけではない。念を押さないと気が済まない性格でね。不愉快かもしれないが、永井さんのためだと思って我慢してもらいたい」

カウンターの前に木の丸椅子があって、俺はそこまで歩き、躰をフロアのほうへ捻《ひね》りながらその丸椅子に腰をおろした。早川佳衣も店の隅で椅子に座っていたが、視線を表の通りへ向けたまま、俺と渡辺裕子の話に入ってくる気配は見せなかった。

「永井さんが倒れていた位置なんだが……」と、煙草《たばこ》に火をつけて、カウンターの上に灰皿を探しながら、俺が言った。「具体的にはフロアの、どの辺りなんだろう」

「ですから、ドアからまっ直ぐ見える、ちょうどこの辺りでしたわ」と、歩いてきて、飾り棚とテーブルの中間に立ち止まり、俺のほうへ癖のある視線を流しながら、渡辺裕子が言った。

その場所にはただの木の床が広がっているだけで、傷も塵《ちり》も血の跡も見えなかった。店内の整然とした感じといい、現場検証のあとですぐに片づけてしまったのだろう。

「永井さんは、躰をどの方向に向けて倒れていました？」

「それは、たしか、頭が、ドアのほうへ向いていたと思います」

「うつ伏せに？　それとも仰向けで」

「顔は下に向いていました。それで、血が、少し床に滲《にじ》んでいて……」
「出入り口はそのドア一つだけなんですね」
「ええ」
「犯行があった三十日の夜、永井さんはなぜ一人で店に残っていたんだろう」
「警察にも言いましたけど、あの日、社長は、お店に残っていたわけではないんです。たまた
ま通りかかったか、お客様のリストを取りに寄ったんだと思います」
「店に残っていたわけでは、ない？」
「お店は七時半に閉めて、わたしたち、東口の竜光苑《りゅうこうえん》という中華料理屋さんへお食事に行きま
した。あの日は在庫整理の話になって、二人で相談しているうちに九時をすぎてしまったと思
います。わたしは駅から電車に乗りましたけど、社長のお宅は歩いても帰れるぐらいの距離な
んです」
「客のリストを取りに寄ったのかもしれないという、理由は？」
「社長は棚卸《たなおろし》セールをしたいと言っていましたから、取りに寄ったのかもしれないと、そう思
っただけですわ」
「たまたま通りかかったか、リストを取りに寄ったかは別として、永井さんはもう店に押し入
っていた犯人に、あとから入っていって殺された……そういうことか」
「そこまでは、わたしには、分かりませんけど」
出入り口のシャッターの錠がどんなふうに壊されていたかは、あとで警察から情報を引き出

すしかない。素人の手口か常習犯の手口か、そのことの区別ができれば事件についての基本的な構造が判断できる。もっとも警察は強盗殺人で捜査を進めているらしいから、シャッターの壊し方は慣れた人間の手口だったのだろう。店に一つしかない出入り口は表の目黒通りに面しておらず、一階の他の店舗との共同通路の中にある。夜の十一時で他の店もすべて閉店していれば、人に見られずにシャッターをこじ開けることぐらい、難しくはない。永井実可子は三十日の夜、たまたま窃盗に入っていた犯人に、たまたま店に立ち寄って運悪く被害にあったというのか。

「新聞には店内が物色されていた、と書いてあったけど、盗まれたものは分かっているのかな」と陳列用のテーブルに腰で寄りかかって、手持ち無沙汰な顔でスタンドランプの笠を直している渡辺裕子に、俺が言った。

「一目見て分かるものだけは、警察にも言ってありますわ」と、ランプの笠をいじる手を止め、カウンターの内へ回り込みながら、渡辺裕子が言った。

「どうぞ」

「うん?」

「この灰皿、お使いください」

「ああ……」

「わたしの気づいた範囲ではペドロ・デュランのペン付き時計とか、ピュイフォルカの銀製品とか、小さくて値段の高いものだけです。一番高いのはバカラのキャンドルスタンドだと思います」

「ぜんぶで何円《いくら》ぐらいに？」

「三千万……前後でしょうか」

「置き時計とか、蠟燭《ろうそく》立てだけで？」

「壁に掛けてあった篠田《しのだ》為永《ためなが》の絵もなくなっています。それにバカラのキャンドルスタンドは四百万以上しますから」

「蠟燭立てが四百万、か。この店は絵も売っていたのか」

「絵は装飾品ですわ。篠田為永の『怒り富士』といって、社長のコレクションでした。額はそのままで、中身だけなくなっています」

「その絵の値段は？」

「分かりません。社長は、お金にはかえられない品物だと言っていました」

すぐそばにあるガラスの花瓶や革のハンドバッグに二、三十万の値段がついているから、なるほど百万以上の値段がついている品物が転がっていても、おかしくはない。実可子は俺に梨早フランセを『雑貨屋』と言ったが、同じ雑貨屋でもいろいろ種類はあるものだ。

「当然、保険はかけていたんだろうな」

「社長からはそう伺っています」

「腕時計とか貴金属とかは、置いてなかったのか」

「そういうものは置かないことに決めていたようです。ビルの中には宝石店もありますし、腕時計や貴金属なら、都内にはいくらでも有名なお店がありますから」

「あくまでも永井さんの趣味に合ったものだけ、ということか」

「それが梨早フランセの経営方針でした」

「どんな経営方針でもかまわないが、そんなやり方で儲《もう》かっていたのかな」

「収支のことは、わたしには分かりませんわ。社長はいつも、赤字にならなければいいと言っていました」

「羨《うらや》ましい商売だ。俺以外にも永井さんやこの店を羨ましがっていた人間が、いたような気がする」

「どういう意味か、分かりませんけど?」

「仕事の上でトラブルはなかったかと訊いているのさ」

「お支払いが遅れるお客様がいたり、発注した品物が指定日どおりに届かなかったり、わたしに分かるのは、それぐらいのことですわ」

「盗まれたものの中に絵以外で、永井さん個人のものは?」

「ハンドバッグからお財布がなくなっていると、警察の人から聞きました」

「かなりの現金が入っていたんだろうな」

「社長はあまりお金を持ち歩かない方でした。現金が入っていたとしても十万ぐらいだったと思います」

「持ち歩かなくて十万、か」

「なくなったお財布はエルメスのオーストリッチでしたから、中身よりもお財布のほうが高かったでしょうね」

スキー場では実可子がビールを奢《おご》ってくれたが、ビール一本で二十年ぶんのつけが払えるとしたら実可子にとっては、安すぎるつけだった。実家が裕福な開業医であることも気の遠くなるような美人であったことも、結婚してからの生活が失礼なほど贅沢であったことも実可子本人の責任ではない。しかしそんな実可子の近くで暮らしていて、羨ましさ以上の嫉妬を感じた人間が、いったい何人いたことか。それが今度の事件に結びつくとも思わないが、順調すぎた実可子の人生には俺でさえ、なにか説明のできない苛立《いらだ》ちを感じる。

早川佳衣が椅子から立ちあがり、カウンターの横を通って、レースの掛かっている窓の前に表情もなく歩いていった。俺の質問や渡辺裕子の返事が気に入ったはずはなく、そして人間が一人殺されるということも佳衣の日常とは、別の次元なのだ。

「この店、これから、どうするのかな」と、煙草を消して木の丸椅子から腰をあげ、佳衣にとも渡辺裕子にともなく、俺が言った。

「お店のことは、わたしには分かりませんわ」と、カウンターの角に両方の手を置き、下から俺のほうへ流し目を送って、渡辺裕子が答えた。「どうするのか、近いうち社長のご主人が決めてくださると思います。わたしとしては帳簿を整理して、盗まれた商品のリストをつくっておくだけです。つづけるにしても閉めるにしても、早く結論を出してもらいたいですわね」

「俺がここへ来たのは個人的な興味なんだ。人騒がせはしたくない。今日のことは誰にも言わないでもらえますか」

渡辺裕子が流し目をつづけたまま頷き、カウンターの下から取り出した煙草に金色のライターで、勢いよく火をつけた。

「邪魔をした。あとでまた訊きたいことが出てくるかもしれない。今度会うときは渋谷《しぶや》辺りのバーがいいかな」

渡辺裕子が唇を微笑《ほほえ》ませたのを確かめてから、窓の前に歩き、表の通りを眺めている佳衣に合図をして、俺たちは梨早フランセを出た。佳衣が口をきいたのは最初に俺を紹介したときだけで、目黒通りに出てゆるい坂道を駅へ向かって歩き始めてからも、しばらくは口元をマフラーの下に固く包み込んでいた。なにを怒っているのか知らないが、佳衣が怒っていることはテレパシーで、俺はしっかりと感じていた。

「時間があるようなら昼飯を奢る」と、権之助坂を途中まで来て、歩道に商店街の賑わいが感じられるようになったとき、面倒臭くなって、俺が言った。「俺と昼飯を食うのも事件に首をつっ込むのも、やるかやらないかは君が決めればいいさ」

「そうですか。みんな勝手に、わたしが決めればいいんですか」

「まあ……その、一応そういうことだ」

「お昼ですから、わたしだって食事ぐらいしますよ」

「それは、よかった」

「洋食と和食と中華、なにがいいんですか」

「君の、好きなもので、いい」

「はっきりしてくださいよ。わたしはラーメンでもカツ丼でもだいじょうぶです」

「それじゃ、その、なにか、和食みたいなものがいいかな」

「和食ですね」

「うん、一応」

「分かりました。東口に昼間は定食をやるお料理屋さんがあります。そこへ行きます。味が気に入らなくても文句は言わないでください。まったく、こんなにいいお天気なのに、やっぱりバイクで来ればよかったな」

＊

佳衣が俺を連れていったのは駅を東口に出たすぐのところにある、ビルの中の新しい料理屋だった。一時をすぎたせいか大した混み方ではなく、俺たちは小さい座敷に空いている席を見つけて、靴を脱いであがり込んだ。夜になればうまい肴が出てきそうな店で、俺は意味もなく『目黒の秋刀魚《さんま》』という落語を思い出したが、佳衣の気魄に遠慮して口には出さなかった。

俺が刺身定食と厚揚げとビール、佳衣がぶりの照り焼き定食を注文して、やって来たビールを俺は仕方なく一人で飲み始めた。女子大生の実態がどんなものであるにせよ、これから授業に出るというのに、まさか昼間からビールはないだろう。

「柚木さんて、昼間からお酒を飲むんですか」と、脱いだジャケットとマフラーをたたみ、少し横から俺の顔を睨んで、佳衣が言った。

「今日は特別さ。俺なりに一人でお祝いをしている。君みたいに奇麗な子とは二度と、飯なんか食えないだろうから」

佳衣が顎の先に力を入れ、眉をひそめて、視線を外しながらため息をついた。

「女の人には誰にでもそういうことを言うんですね」

「誰にでもなんてことは、ない」

「渡辺さんにも、さっき、そういう言い方をしました」

「そう……か?」

「しましたよ。渋谷のバーに誘ったじゃないですか」

「あれはただの社交辞令だ」

「社交辞令で、あんなふうに、じっと女の人の顔を見るんですか」

「じっとなんか見た覚えはない」

「ふつうに見ると自然にああいう目つきになるんですね」

「なにを怒ってるのか知らないけど、相手の表情や仕草を観察するのが、俺の仕事だ」

「わたしはなにも怒っていませんよ。じろじろ女の人を見たり、すぐお酒に誘ったり、いやらしいと思っただけです」

「今度の事件、辛《つら》かったら手を引いてもいいぞ」

「そんなこと、なにも言ってないじゃないですか」

「君は俺が叔母さんの死様《しにざま》を再現させたり、私生活を探ろうとしていることが、不愉快なんだろう」

「それぐらいのことは最初から覚悟しています。わたしはそんなことで一々、怒ったりはしません」

「やっぱりなにか、怒っている」

「怒っていませんよ。ビール、わたしも飲みます」

佳衣がビール瓶に手を伸ばして溢《あふ》れるほどコップに注ぎ、肩で息をしながら、一気に飲み干した。

「これから、君、授業だろう」

「授業なんかありません。わたしにもビールぐらいすすめるのが男の人の礼儀です」

「それは、まあ、そうだが……最初に、午後には大学へ行くと言ったろう」

「大学へは行きますけど、授業はありません」

「クラブ活動か、なにか?」

「大学は卒業しています。大学院も卒業しています」

「大学院も……卒業?」

「去年から水産研究室の助手をしています」

「なんの助手だって?」

「水産研究室です」

「水産研究室……か。それは、大変だ」

話が予想外の展開になってしまったが、それにしても大学院を卒業してなにかの助手をしているということは、佳衣の歳は思っていたよりもずっと上。大学の二年か三年ぐらいにしか見えないが研究室の助手なら、若くても二十五、六になってしまう。

「どうも、最初から、勘違いしていたようだ」と、二つのコップにビールを注ぎ足し、なんとなく座り直して、俺が言った。

「いやなんですよね。みんなわたしのこと、若く見るんです」

「無理に若く見るわけではないが、自然にそう見えてしまう」

「今年の六月で二十七になります」

「そう、か」

「がっかりしましたか」

「とんでもない。ただ自分の女を見る目に、自信がなくなった」

「それぐらいのことで自信をなくさなくてもいいです。渡辺さんだってOKしたじゃないですか」

「あれは、そういう意味では、ない」

「そういう意味ですよ。柚木さんがデートに誘って、渡辺さんがOKしたんです」

「俺は別な意味で彼女に興味をもっただけだ」

「別の、どういう意味ですか」

「落ち着きすぎているところが、なんとなく引っかかった。五日前に自分が勤めている店の社長が殺されたわりには、少し冷静すぎる」

「そうだとしても、デートに誘う必要はありません」

「警戒されたくないんだ。それにあとでもっとなにか、具体的な情報が引き出せるかもしれない。それだけのことさ」

「本当にそれだけなのかな」

「良心に誓って、本当にそれだけだ」

佳衣が鼻の先に露骨な不信感を浮かべながらビールを飲み干し、短く息を吐いて、座椅子の背に深く寄りかかった。その表情や仕草にもうすぐ二十七になる人生の疲れは、前兆としても見られない。この早川佳衣という女は時間の手垢には汚れない、なにか特殊な才能をもっている。

定食ができあがり、それぞれに箸《はし》を使い始めて、佳衣の表情が落ち着くのを待ってから、俺が言った。

「最初から一つ、気になっていることがあるんだけどな」

「最初から気になっているのなら、最初から言えばいいです」

「君、その喋り方、どうにかならないのか」

「急には変えられませんよ。わたしにも都合があります」

「それは、まあ、そうだろうが」

「はっきり言ってください。なんですか、気になることって」

「訊いていいのか」

「わたしは冷静です。柚木さんのように一々怒ったり気分を変えたりはしません」

一々怒ったり気分を変えたりしているのは佳衣のほうだろうが、しかしそんなことを議論のテーマにするほど俺も、若くはない。

「永井さんが発見された時間なんだけどな、常識で考えると、どうしても不自然になる」

佳衣が箸を使う手を止めてビールを口に運び、膝の位置をずらしながら、ちらっと俺の顔をうかがった。

「あれは、いろいろ、事情があったんです」

「永井さんが死んだのが三十日の午後十一時前後だとして、それから翌日の午前十時まで、どうして誰も気がつかなかったのか。彼女には君も含めて、三人も家族がいる」

「ですから、あの日は、それぞれに事情があったんです。叔父さまは仕事でハワイへ行っていました」

「梨早さんは？」

「土曜日で、杉並の、卯月の実家に泊まっていました。卯月の家の一番下の従姉妹《いとこ》が梨早ちゃんと同年《おないどし》で、二人、仲がいいんです」

「それなら君はどうした。君もどこかへ泊まりに行っていたのか」

「わたしはちゃんと帰ってきましたよ。ただちょっと、時間が遅かっただけです」

「遅いって、何時？」

「ちょっと、ですから、二時をすぎていました」

「夜中の二時まで遊び歩いていたのか」

「土曜日ですよ。お友達とお酒を飲んでいればそれぐらいの時間になること、あるじゃないですか」

「俺の娘がそんな夜遊びをしたら、一週間外出禁止にしてやる」

「わたしは柚木さんのお嬢さんでもないし、歳だって二十六で、ちゃんと仕事もしています。たまにお酒を飲むぐらい、わたしの勝手です」

「俺は……」

「自分では好きに遊んでいて、他人《ひと》に道徳を押しつけるんですか。だから奥さんに逃げられるんですよ」

「あ……」

「あ？」

「いや、それは、そのとおりか」

「わたしはそういうことを言うつもりでは、なかったんです」

「本当のことだから仕方ない。永井さんは君に、そんなことまで話していたのか」

「逃げられたと言ったのは、わたしのフィクションです。叔母さまはただ別居している、と言ったただけです」

「似たようなもんだ。逃げられたから別居しているわけで、それにしても二時に帰ったとき叔母さんがいないことには、気がつかなかったのか」

「わたしの帰りが遅いときは、みんな先に寝ています。わたしも音をたてないように自分の部屋へ入ります」

「それであの日も、いつものとおり音をたてないように部屋に入って、寝てしまった」

「叔母さまが帰っていないことには、まるで気づきませんでした。朝になって渡辺さんから電話がきて、それでわたしがハワイと卯月の家に連絡をしたんです」

「旦那とは電話で、直接話をしたのか」

「直接話をしました」

「周りの人間をぜんぶ疑うようで申し訳ないが、故意の殺しだとすると、仕方がないんだ」

「念を押されなくても覚悟はしています。柚木さん、忘れていませんか」

「なにをだ」

「調査を頼んだのはわたしのほうです」

「忘れているわけではないが、つい、な」

「わたしのこと子供だと思っているからでしょう」

「そんなことはない。ただ殺したとか殺されたとか、君に似合う話題だとは思えない。それだけのことだ」

佳衣がぶりの照り焼きに箸を突き立て、舌の先で唇を濡らしながら、俺のほうに大きく目を見開いた。

「柚木さん、やっぱり叔母は意図的に殺されたと、そう思います？」

「現場を見ただけでは判断できない。ただ俺個人の勘としては、なにか、いやなものを感じる」

「わたしも偶然の事件であってほしいと思いながら、いやな気はします」

「偶然というやつが、俺は好きじゃない。一度閉めた店に永井さんがまた戻ることも、滅多にはないだろう。そんな日のそんな時間にたまたま強盗が入ったというのも、話がうますぎる。ただ状況的には犯人がシャッターの錠を壊して侵入したことも間違いないようだし、商品や現金が奪われていることも、窃盗を裏づける証拠にはなる」

「シャッターのことはよく分かりませんけど、現金や品物はわざと盗んでいった、とも考えられます」

「考えられるな。物盗りの犯行に見せかけようとするときには、よく使われる手だ。それよりも俺には永井さんの倒れ方が、なんとなく気に食わない」

佳衣が座布団《ざぶとん》に座り直して両手を膝の上に揃え、肩を少しだけ前にかたむけた。

「あの夜の状況を頭の中で考えてみると……」と、ビールをコップに注ぎ足し、半分まで一気に飲んでから、俺が言った。「彼女が店に戻ったとき、犯人はもう中に入っていた。シャッターが開いているから彼女は不審に思う。それでもこの時点では錠が壊れているのか、自分が掛け忘れたのかは分からない。犯人も外の物音に気づいて懐中電灯を消し、物陰に隠れる。永井さんが店に入り、照明のスイッチを入れると、店内が荒らされている。そんなときふつうならすぐ警察に電話をしようとするはずだ。電話は店の奥のカウンターの上。永井さんも電話をかけるために店の奥へ歩く。そこで犯人が物陰から飛び出し、インドの華とかいう花瓶で彼女の頭を殴りつける……そうすると、どうなるのか、彼女はもっとカウンターの近くに倒れていなくてはならない。うしろから殴られたのなら頭の向きもカウンター側に向いているのが自然だろう。店を片づけてしまったから具体的な位置は分からないが、倒れていた場所と倒れ方からすると、あの夜のあの店では俺が今言った状況とは、まるでちがう状況があったことになる」

「まるでちがう状況、ですか」

「たんなる想像だけどな。現実にはもっと長い時間、二人がもみ合ったかもしれない。彼女も電話へは歩かなかったかもしれない。しかしもしそうだったとしたら渡辺さんが言ったよりも、店内は荒らされていたはずだ。人間が一人、命の危険を感じて抵抗するということは、常識で考えるよりも激しいものだ。特にそういう場面では男より女のほうが、激しく抵抗する」

「叔母さまは、そういうふうには抵抗しなかった、ということですか」

「たぶんな。そしてそういうふうに抵抗しなかったとすると、すべてのことに辻褄《つじつま》が合わないわけだ」

佳衣が肩を怒らせて長い息をつき、顎を突き出して、ぷくっと頬《ほお》をふくらませた。

「やっぱり今度の事件、偶然ではないですね」

「証拠はなにもない」

「なくてもいいです」

「証拠がなくては警察も動かないし、犯人も捕まえられないさ」

「証拠はわたしたちが探せばいいんです」

「わたしたちが、な」

「柚木さんが専門家であることは認めます。でも叔母や叔母の家族については、わたしのほうが知っています」

「昨日は君、永井さんがトラブルに巻き込まれていたはずはないと、そう言った」

「ああいう場合は一応、そう言います」

「本当は心当たりが？」

「具体的にはありません。でも叔母さま、わりあい好き嫌いがはっきりした人だったし、自分をごまかすのも苦手な性格でした。悪気はなくても他人《ひと》を傷つけることは、あったかもしれません」

佳衣の言い方は身内としての実可子を庇《かば》って割り引きされているはずで、実際には実可子が他人との折り合いを欠く現象が、日常の中でかなりあったということだろう。それが実可子本人の責任ではなかったとしても結局、人生というのは本人が責任をとらされる。

「君に昨日話を聞いたときから、俺のほうは最後まで調べる気になっている」と、ビールを飲み干し、煙草に火をつけて、俺が言った。

「わたしたち、見かけによらず気が合いますね」

「そう、か」

「わたしのほうは柚木さんに相談しようと決めたときから、最後まで調べる気になっていました」

「期待されても困るけど、とりあえず、彼女の交友関係から当たってみる」

「わたし、全面的に、お役に立てると思いますよ」

「一つだけ約束してくれるか」

「はい？」

「けっして勝手な行動はしないこと。情報があったらかならず俺に報告すること」

「やっぱり子供扱いですか」

「君のことが心配なだけさ。つまらないことで向きになる性格らしいから」

「わたしがいつ、つまらないことで向きになりました？」

「今、向きになってる」

「それは、だって……」

「犯人がもし永井さんの身近な人間だったら、君の身に危険がおよぶ可能性もある。相手は人間を一人殺している。俺はそんな危険な場面に、君を近づけたくない」

　佳衣が唾と一緒に言葉を呑み込み、一瞬息を止めてから、座椅子に背中をあずけて小さく咽を鳴らした。目のまわりが少し赤くなったような気がしたがそれがビールのせいかどうかは、分からなかった。

「約束するか？」と、煙草の火をつぶし、箸を取りあげて食事に戻りながら、俺が言った。

佳衣も箸を取って口を尖らせながら、それでも黙って一つ、こっくんと頷いた。急に怒り出したりしょげ返ったりと面倒な性格で、それでも佳衣が面倒な性格であることに俺はいささかも、不愉快さは感じなかった。

「穿鑿はしたくないけど、君、あの渡辺という店員に、いい印象をもっていないだろう」

使っていた箸を止め、丸く目を見開いてとぼけたように視線を外しながら、佳衣が肩をすくめてみせた。

「嫌いというわけではないですけどね。彼女の男の人を見る目つきが気に入りません。叔父と一緒に店へ行ったときなんかも叔母さまには見えない角度で、ああいう目つきをします」

「考えすぎということも、ある」

「そうかもしれませんけど、一緒にいるわたしとしては、いい気分ではないです」

「生まれつきの、ああいう目の形なのかもしれない」

「それは、そういうことも、あります」

「彼女の前に勤めていた人も知っているよな」

「遠藤秋美《えんどうあきみ》さんといって、二年ぐらい勤めていました」

「その人の連絡先、分かるか」

「叔母さまの住所録を見れば残っているかもしれません。でも渡辺さんとデートするなら、彼女から訊けばいいです」

「あれは、そういう意味ではないと言ったろう。そんなに俺が信用できないか」

「柚木さんはそんなに信用できるんですか」

「とりあえずは、信用してくれて、いい」

「とりあえずは、ですね」

「まあ……」

「いいですよ。とりあえずは信用してあげます。遠藤さんの住所も調べます。あとなにか、調べることがありますか」

「永井さんと特に親しかった人を、誰か」

「津久見《つくみ》さんとか柿沢《かきさわ》さんとかは、たまに会っていたと思いますけど、特別に親しかったというと……どうなのかな。叔母さまって他人《ひと》とへんに親密になるようなこと、ない人だったかもしれませんね」

「柿沢というのは高校で同級だった、柿沢洋治《ようじ》のことか」

「そう言ってました。今は有名な絵描きさんです。昔叔母の肖像画を描いているとき、わたしも会ったことがあります。柿沢さんも津久見さんも春山《はるやま》さんも、みんな高校の同級生です」

柿沢洋治という名前は俺もよく覚えている。そういえば当時から東京都のコンクールで入賞するぐらいには、絵のうまい男だった。『有名な絵描きさん』ということはあのまま絵の道に進んで、成功したということか。

「春山というのは春山順子のことだろうが、津久見という名前には、覚えがないな」

「結婚して姓が変わったからです。わたしも旧姓は知りませんけど、会えば分かると思います。明日が初七日《しょなのか》ですから津久見さんたちも家に集まるはずです」

「明日が初七日……か」

「柚木さんも来てくれますよね」

「場違いだろうが永井さんの身近にいた人間の顔は、見ておく必要がある」

「法要《ほうよう》は六時からで、下目黒の自宅でやります」

佳衣がブリーフケースのようなバッグを引き寄せて中から赤いカードホルダーを取り出し、白い名刺を一枚、テーブルの上に差し出した。そこには肩書のない佳衣の名前と下目黒の住所と電話番号が印刷してあった。

「これ、プライベートの名刺です。電話もわたしの部屋専用の番号です」

「君、永井さんの家にはどれぐらい？」

「六年になります。最初は卯月の実家に居候《いそうろう》していました」

「一人で暮らしたことは一度もないのか」

「東京のマンション代って、強盗みたいなもんですからね。居候できる家があるのに高い部屋代を払う必要はないです」

「一人暮らしというのも、侘《わび》しくて、案外にいい」

「侘しくて、ですか」

「侘しくて、さ。君に侘しさが似合うとは、思わないが」

一人暮らしの侘しさなんてものが今の佳衣に理解できるはずもなかったが、人間はどこかでいやでも、人生の孤独に直面する。その現実が一生の冒頭にくるか最後になってひょっこり顔を出すか、ちがいはそれだけだろう。

俺の食欲はそれ以上戻らず、佳衣も箸を動かさなかったので俺が勘定を払い、俺たちは一緒にその店を出た。この事件には実可子への拘《こだわ》りから首をつっ込んだはずなのに、今ではもう早川佳衣に心が動いている自分に、頭のどこかでは冷静に呆れていた。知子が加奈子を連れて家を出ていったのもやはり、知子の責任ではない。

*

御茶《おちゃ》の水《みず》に出るという佳衣を目黒駅の改札口で見送り、タクシーで俺が向かったのは、上目黒の山手通りぞいにある目黒中央署だった。梨早フランセの場所からすれば所轄《しょかつ》は目黒中央署で、特別捜査本部もその所轄の中にできているはずだった。

タクシーを正面玄関に乗りつけ、受付を無視して二階の捜査課へあがっていくと、課員の出払った室内に三人の年寄りが残っていて、その中の一人は俺が現役のとき一緒に仕事をしたことがある金谷《かなや》朔《さく》二郎《じろう》だった。頭の切れるタイプではなく、足で情報を集める典型的な小役人刑事だがそのぶん上層部との繋《つな》がりも弱いし、地元のヤクザと関係をもっている可能性もない。

定年までは昇進もないだろうから、肩書は今でも巡査部長のはずだった。

制服を着た若い婦警が一度俺の顔を見たが、かまわず俺は部屋へ入っていき、新聞を読んでいる金谷朔二郎の肩をうしろから、ぽんと叩いてやった。

「こいつはまた……」と、新聞から顔をあげ、老眼鏡らしい眼鏡を外しながら、脂《あぶら》っけのない額に大袈裟な皺を刻んで、金谷が言った。「珍しい人が来たもんだ。柚木さん、たしか、警察はおやめんなったはずでしたなあ」

「雑誌に刑事事件関係の記事を書いて、細々と暮らしていますよ」

「そういう才能もおありでしたか。いや、まことに羨ましい。あたしなんぞは今から定年後の就職先を心配しておる始末ですわ」

「金谷さん、定年はいつなんです？」

「あと二年と、ちょっとですかな。この商売も長いことやってきたもんですわ」

金谷の歳は俺より二十ちかく上だが、警官時代の俺は警部補だったので口のきき方にはまだ、当時の階級意識が残っている。

空いている椅子を俺にすすめ、婦警に茶の合図をしてから新聞をたたんで、金谷が言った。

「で、今日わざわざ所轄《かいしゃ》に来られたのは、今やっておられるお仕事の関係、ということですかな」

「いや。ちょっと、個人的な問題でしてね……一週間ほど前、梨早フランセという店のオーナーが殺された、あの事件のことです」

「あの、美人の女社長の……」

「捜査本部はここの所轄にできているんでしょう?」

「本庁から前田《まえだ》警部がお見えんなって、指揮をとられておりますわ。若い連中が出払っているのはその関係の聞き込みに回っておるんですよ」

「殺された永井実可子が高校時代の同級生でしてね。だからどうということはないんですが、できれば詳しい事実関係を教えていただきたい」

「詳しい事実関係……ですか」

「金谷さんに迷惑はかけませんよ。それに仕事ではないから記事にするつもりもありません」

婦警が茶を持ってきて金谷と俺の前に一つずつ湯呑を置き、無表情な顔でまた自分のデスクへ戻っていった。

「柚木さんもご存じでしょうが、部外者に捜査経過を流すわけには、ちょっと、ねえ」と、鮨《す》屋《や》の名前が入っている大きな湯呑を取りあげ、一口すすってから、金谷が言った。

「捜査経過を知りたいわけじゃない。事実関係だけでいいんです。それにひょっとしたらこちらから情報を差しあげられる可能性もある」

「柚木さんのほうから、情報を?」

「本庁から準キャリアの警部さんが出張《でば》っているということは、強盗殺人と断定したわけですか」

「そりゃあ、まあ、ね」

「強盗殺人ではないという事実が証明されれば、金谷さんにとっても定年前のお手柄になりますよ」

金谷朔二郎が小さく咳払《せきばら》いをし、湯呑を机に戻して、皺の被さった細い目でちらっと俺の顔をうかがった。

「強盗殺人ではないという事実、ねえ」

「たとえばの話です。ひょっとしたらという、それだけのことですがね」

「ひょっとしたら、ねえ」

「損な取り引きではないでしょう。定年でやめるときに警部補へ特進できるかもしれない。たとえ強盗殺人であっても金谷さんの落ち度になるわけでもない」

「まあ、強盗殺人という捜査方針を決定したのは、あくまでも本庁の前田警部なんですわ」

「金谷さんの本心では、捜査方針に同意していない？」

「とんでもない。あたしなんぞ老いぼれの巡査部長です。本庁の警部さんが決定したことに文句はないんですが、ちょいとねえ、頭からそう決めつけるのは、どんなもんかという気はしますわなあ」

「不審なことでも、なにか？」

「特別に、どこがどうおかしいとか、そういうことではないんですが……」

金谷が机の上に煙草の箱を引き寄せ、疲れた顔で一本を振り出して、背中を丸めながら使い捨てのライターに火をつけた。この問題は声を落として話そう、という目つきで、金谷も取り引きに暗黙の了解を示したようだった。

「司法解剖の結果あたりから、聞かせてもらえませんか」と、色ばかり濃い茶をすすってから自分でも煙草に火をつけて、俺が言った。

「解剖の結果といっても、目新しいことはないんですがね。犯行時間は一月三十日の午後十一時か、前後の一時間ということですわ。被害者は同日の夜、店の従業員と中華料理を食っておりまして、胃の内容物の消化経過からそう断定されました」

「直接の死因は？」

「後頭部を大型の鈍器《どんき》で殴打されたことによる脳挫傷《のうざしょう》です。監察医の見解ではほとんど即死だったろうということですな。凶器は遺体の横に転がっていた陶器の花瓶でした。この花瓶は、もちろんあの店の商品です」

「指紋なんかは、どうですかね」

「被害者や店の従業員や、その他いくつか出ていますが、犯罪者リストに載っているものは一つもありませんでした。それに凶器と店のドアはハンカチかなにかで拭いてあるようでしたな。この事件に限らず、今どき指紋を残していく犯人なんぞ、めったにいるもんではありませんわ」

「現場には金谷さんも行かれたんですか」

「一一〇番通報が回ってきて、署の若いもんと最初に駆けつけましたよ。椅子が倒れていたり商品が散らかっていたり、かなりの荒れようでしたなあ」

「一目見て、物盗りの犯行だと思いました？」

「どうですかなあ。女店員の話では、金目のものがそっくりなくなっているとかで、一応は物盗りの犯行と思いましたがね。その場で結論を出したわけじゃありません」

「シャッターの錠が壊されていたということですが、具体的にはどんな壊され方を？」

「あのシャッターの錠は、鉄の棒が横の壁にスライドする旧式なやつでしてね、バールかなにかを差し込めばかんたんに開いたでしょうな。物盗りの犯行と断定されたのは、実は三ヵ月ほど前、同じビルにある宝石店がやはりシャッターを壊されて盗難にあっておるんです。侵入の仕方がそのときの手口と同じなんですよ」

「三ヵ月前に同じビルにある宝石店が盗難に、ね」

「窃盗犯は同じ手口を使いたがるし、警戒がないと分かれば何度でも同じ建物に侵入しますからな。まあ前田警部が強盗の犯行と断定したのも、常識的には妥当なところでしょうよ」

「捜査方針としては窃盗の常習犯を洗っているわけですか」

「それと、三ヵ月前の事件も含めて、盗品の出回りそうな質屋なんかを重点的に当たってます」

「品物はまだ、出てきていない？」

「なにか物《ぶつ》が出てきてくれれば、この事件にも目途《めど》はつくんでしょうがね」

「金谷さん……」

「はい？」

「被害者が持っていたはずの、店の鍵なんですが、どこかで見つかりましたか」

「店の外の石段の隅に落ちていましたわ」

「石段の、隅？」

「三段ほどコンクリートの階段があったでしょうが。その一段めと二段めの角のところで、あたしが発見しました」

「シャッターから四、五メートルは離れているでしょう」

「事件当夜、店に戻った被害者が中の様子に驚いて、シャッターの外側に鍵を落としたということでしょうな。それを犯人が逃げる途中で蹴飛ばしたと、一応そういう説明は成り立ちます」

「司法解剖での死因は後頭部への一撃でしたよね」

「ほとんど即死だったことは、さっき申しあげました」

「他の外傷は？　小さい擦り傷とか、打ち傷とか」

「額に打撲痕がありましたが、床に倒れたとき、自分でつけたもののようです」

「発見者の女店員の話では、永井実可子は頭を入り口のほうへ向けて倒れていたということでしたが」

「あたしが現場に駆けつけたときも、そのようになっておりましたな」

「フロアの、まん中からはドア寄りでね」

「そういうことです」

「ねえ金谷さん、店の中は被害者が思わず鍵を落とすぐらい荒らされていたわけでしょう？　中へ入っていくときは当然警戒していたはずだ。それなのに被害者の躰には犯人と争った形跡がない。犯人はそれほどうまく隠れていたんでしょうかね」

「そのあたりはあたしも、前田警部に申しあげたんですわ。ですが状況がすべて物盗りの犯行に向かっておりましてな、あたし一人が異論を言ったところで、力にはならんのです」

「力になるかどうかはこれからの問題ですよ。警察が怨恨の線を捨てているなら、わたしが個人的に追いかけます」

「なにか、心当たりが、おありのようですな」

「具体的にはありません。ただ最初に言ったように永井実可子は高校時代の同級生です。彼女自身に悪意はなくても、他人を傷つけることは多かった。いい女というのは生きているだけで、他人を傷つける」

　金谷朔二郎が訳け知り顔で口元の皺を深め、煙草をもみ消してから、使った灰皿を俺の前に押してよこした。実可子が梨早に言い残した、自分になにかあったら俺に相談するように、という言葉は、まだ金谷に言う気にはならなかった。金谷に教えてもそれで警察の捜査方針が、変わるわけでもない。

　俺は金谷がよこした灰皿で煙草の火を消し、上着の内ポケットから名刺を一枚抜き出して、机の上にそっと滑らせた。

「状況に変化があったら連絡してもらえますか。わたしのほうも故殺《こさつ》の可能性が見えたら、金谷さんに報告します」
　金谷が名刺に手を伸ばすのを確かめてから腰をあげ、皺の浮いたその横顔に会釈《えしやく》をして、俺は捜査課の部屋を出入り口に向かって歩き出した。制服の婦警も他の年寄りも俺には注意を払わず、やって来たときと同じように、階段を使って俺は下におりていった。現役時代から感じていたことだが警察署というところはどうしてこう、みんな不用心なのか。どこかの馬鹿に爆弾を仕掛けられても、これでは仕掛けられた警察のほうが悪いとしか、言いようがない。

4

　人間が一人、一週間生きているだけでここまで埃《ほこり》が溜まるというのは、すなわち地球の終末現象なのだろう。俺は部屋の中でエアロビクスをするわけではないし、この一週間は女だって連れ込まなかった。ずっと保険金殺人の原稿を書いていて、電話を受けて風呂に入ってインスタントラーメンを食ってトイレに行って寝酒を飲んでいただけなのだ。それなのに床にもテーブルにもテレビの上にも、まったく感動するぐらい埃が積もっている。冬の乾いた日射しが埃を目立たせるせいもあるだろうが、こうまで埃に囲まれると、この埃まみれの部屋が俺の人生を象徴しているような気分になってくる。

正午《ひる》すぎまで気が済むまで眠り、コーヒーを飲みながら一時間ほど埃を観察したあと、俺は決心をして洗濯と部屋の掃除にとりかかった。洗濯は趣味みたいなものだから苦にはならないが、掃除というやつとはどうも昔から、相性が悪い。子供のときから一ヵ所に落ち着いた生活をしていなくて、これからも落ち着く可能性はなくて、そのせいで自分の『棲《す》み家《か》』に対して愛着を感じない体質になったのか。それでも埃やゴミは時間と同じように俺の人生を汚しつづけるから、生きている間はいやでもなんでもその暴力と闘わなくてはならない。男がこんな歳になって一人で生きていくということは、この汚れと侘《わび》しさを人生の副産物として受け入れることなのだ。

洗濯機を二回まわし、その間に掃除を片づけ、トーストを一枚胃に押し込んだだけで五時半に、俺は部屋を出た。立春をすぎて日は長くなっても空気は痛いほど冷たく、俺はコートの下に加奈子からプレゼントされた毛糸のマフラーをぐるぐると巻いていた。明日は知子も四国の講演から帰ってくるし、俺のほうから電話をして三人で食事をする約束になっている。知子や加奈子に会うことはいつだって気はすすまないが、これも三十八年間生きてきた人生の、副産物というやつだろう。

＊

目黒駅から二十分ほど歩いて見つけた永井の家は、目黒通りから脇道を左に入った、落ち着いた住宅地の中にあった。日は暮れきっていたが街灯の明かりで大谷石《おおやいし》の門に嵌《は》め込まれた〈永井〉の表札は確認できた。石の塀ぞいにはクルマが五、六台とまっていて、その塀の長さから見ても敷地の広さは容易に判断できる。こんな場所にこれだけの屋敷を構えていればただ住んでいるだけで、他人《ひと》から憎まれる。

俺が門についているインタホンを押したのは、ちょうど六時半、応答をしたのは知らない女の声だったのに、玄関に出迎えてくれたのはキャメル色のハイネックセーターを着た早川佳衣だった。下は黒いコーデュロイのパンツで、初七日《しょなのか》の集まりでは正装も必要ないのだろう。俺自身もコートの下はチノパンツに普段着のセーターだった。

「俺と君の関係はどういうふうに説明してある?」と、玄関に並んだ履物《はきもの》の列に目をやりながら、俺が言った。

「叔父さまへはお正月にスキー場で叔母さまから紹介された人で、昨日《きのう》、目黒の駅で偶然会ったと言ってあります」

「嘘のようで本当のようで、うまい説明だ。大学の助手にしておくのはもったいないな」

佳衣が口元に力を入れ、すました顔で顎をしゃくって、冗談を言ってないで早くあがってこい、と目で命令してきた。俺は頷きながら靴を脱ぎ、廊下にあがって佳衣が出してくれたスリッパに足を入れた。事件の捜査では俺のほうが主役のはずなのに、関係自体の主導権はどうも最初から、佳衣が握っているようだった。

案内されたのは床の間《とこのま》のついた十畳の和室で、十人ちかい人間がテーブルを挟んでビールのコップや出前の鮨《すし》と向かい合っていた。和室のとなりにあるダイニングからも人の声が聞こえるから、客も一つの部屋には収まりきっていないらしい。坊さんのお経も済んでいるようで、俺の知っている顔は柿沢洋治と谷村郁男《いくお》と春山順子の、三人だけだった。三人とも高校時代の同級生だったが俺が部屋へ入っていったとき、当然ながらそれぞれの視線は微妙なざわつき方をした。

「叔父さま、こちらが昨日お話しした、柚木さん」

床の間に近い席まで俺を連れていき、俺の顔とグレーの背広を着て座っている四十すぎの男の顔を見比べながら、佳衣が頷いた。

「葬式にも出られず、失礼しました」と、永井実可子の亭主らしい男に、膝を折って、俺も一応の挨拶をした。

「連絡を差しあげなくて申し訳ありませんでしたね」と、コロンの匂いを漂わせながら、二重《ふたえ》の妙に涼しい目を無感動に見開いて、男が答えた。

「実可子さんとはこの正月、二十年ぶりに出会いました。こんなことになるとは思ってもいませんでした」

「突然のことでわたしも家族もまだ、実感が湧いてないんですよ」

「残念なことになりました。とにかく、線香を」

男に会釈《えしやく》し、俺はそのまま床の間の前まで進んで、小机の上に置かれた実可子の写真とカバーの掛かった骨壺に、正座をして向かい合った。写真の実可子は髪を頭の上にまとめていて、目を眩《まぶ》しそうに微笑《ほほえ》ませ、二十年の時間の向こうから冷たい冗談でも話しかけているようだった。

俺は涙腺の手前でなんとか涙を抑え込み、不祝儀袋を写真の脇に置いてから、線香をつけて、自分自身の思い出に十秒ほど掌《て》を合わせつづけた。奇妙な徒労感と静かな怒りが俺の肩を押さえつけ、存在そのものの無力さに、合わせている掌が柄にもなく震えてくる。

うしろで女の声がして、顔をあげると、部屋に菊田《きくた》芳枝が入ってきたところで、ふり向いた俺と菊田芳枝の視線が一瞬、ちらっと重なった。昨日佳衣が結婚して『津久見さん』になった同級生のことを話していたから、この菊田芳枝が津久見さんなのかもしれなかった。

俺は床の間の前から離れて佳衣の横に歩き、煙草《たばこ》を取り出しながら、その仕草で顔を他の客からは見えない角度にもっていった。

「梨早さん、今、家にいるのか」

「自分の部屋です。大人だけなので遠慮しているようです」

「会いたいな。ちょっとでいいから」

佳衣が頷いて腰をあげ、ここで待つようにと目で合図して、足音をたてずに和室を出ていった。俺は火をつけた煙草を指に挟んだまま改めて部屋の中を見回し、視線の合った谷村郁男の横に胡座《あぐら》をかいて座り込んだ。他の同級生とは二十年ぶりだが、谷村とは刑事のころ偶然に会ったことがあって、他の連中よりは親しみが感じられた。

「スキー場で実可ちゃんと会ったことは聞いたけど、まさか柚木が顔を見せるとはなあ」と、俺にコップを渡し、ビールを注ぎながら、赤ら顔に浮いた額の脂《あぶら》を照明に光らせて、谷村郁男が言った。

「場違いだとは思ったが、俺なりに彼女には思い出がある」

「実可ちゃんにはみんな思い出があるさ。俺なんかこの一週間仕事が手につかなかった。それで女房には痛くもない腹を探られた」

谷村はたしか、大手の三角建設に勤めているはずで、五年前に会ったときは経理係長だった。血圧の高そうな赤ら顔も地味な色の背広姿も雰囲気はそのころと、ほとんど変わっていなかった。

谷村の向こうから柿沢洋治が顔を突き出し、ビールのコップを持ちあげて、口を『やあ』という形に開いてみせた。量の多い長めの髪をオールバックに流し、白いセーターに裏革の茶色いジャケットを羽織っていた。尖った顎と鼻には相変わらず温かみはなかったが、目の光には絵の世界で成功した自信のようなものが感じられた。高校時代もろくに口をきいたことのない男で、二十年ぶりに会ってみても、実可子の思い出以外に共通の話題はなさそうだった。

目の端でグリーンのニットスーツが揺れ、短い髪を栗色に染めた春山順子が立ちあがって、腰を屈めながら俺のうしろへ回り込んできた。

「柚木くん、しばらくよねえ。高校を出てから初めてだった?」

「二十年ぶりさ、変わっていないな、みんな」

「柚木くんこそ変わっていないわよ。刑事だったことは谷村くんから聞いていたけど、やめたんだって？」

「三年も前にな。今はフリーで雑誌の記者をやってる」

「いいわよねえ。男の人って、いくつになっても自由なんだから」

「君のほうこそ、あのころよりずっと奇麗になってる」

春山順子がくっと声を出して笑い、周りを憚《はばか》るように口元を隠して、膝を立てながら顔を秘密っぽく俺に近づけた。

「わたし、池袋《いけぶくろ》でスナックをやってるの。今夜は先に失礼するけど、そのうちゆっくり顔を見せてよ。場所は谷村くんにでも聞いて、ね？」

俺が返事をする前に春山順子は谷村や柿沢に会釈を送り、実可子の亭主に挨拶をして、ふり向きもせずに部屋を出ていった。二十年前は愛嬌のある可愛い女の子だったが、性格の慌ただしさだけは昔から変わっていないようだった。

佳衣が戸口に戻ってきて、部屋へは入らず、立ったまま表情で俺を部屋の外に誘ってきた。

俺は火のついた煙草を灰皿でつぶし、客たちの注意を引かないように、席を立って戸口のほうへ歩いていった。和室の客たちはそれぞれに低い声で話をしていて、ダイニングからもやはり何人か女の声が聞こえていた。この家には仏壇がないのかと、ふと、俺はそんなことが気にかかった。

佳衣のあとについて階段をあがっていくと、二階には廊下ぞいに木のドアが三つ並んでいて、広い廊下の突き当たりには洗面所までついていた。

佳衣がまん中のドアをノックし、返事を待たずにドアを開けて、俺たちは八畳ほどの洋間へ入っていった。

勉強机に向かっていた梨早がすぐに立ちあがり、担任教師の家庭訪問でも受けたように、ばかていねいなお辞儀をした。

「気を落とすなと言っても無理だろうけど、こういうときは、頑張るしかない」と、実可子に似ている切れ長の目で俺の顔を見つめる梨早の目を、自分でもまっ直ぐ見返して、俺が言った。

梨早が大人っぽい線の顎で深く頷き、ベッドの前に動いて、そこに浅く腰をおろした。しっかりと結んだ口の形も素直に広い額もなにもかも実可子に似ていて、暖房がきいていないわけでもないのに俺は、背中が寒くなる思いだった。

「スキー場で一度だけ会っている。覚えているか」と、机の前の椅子をベッド側に向け、それに腰かけながら、俺が言った。

両手を膝の上に揃えて、こっくんと梨早が頷いた。

「高校の受験、大変だろうな」

「試験はないの」

「うん?」

「大学の付属」

「そう、か」

知子でさえ加奈子を私立の中学へやると言っているぐらいだから、永井ぐらいの家なら当然、娘を大学までのエスカレータに乗せているということか。

「辛《つら》いとは思うが、一応、訊いておく必要がある」

またこっくんと頷き、前髪を指の先で払って、セーターのうすい胸に梨早が大きく息を吸い込ませた。照明のせいか、顔色は青白かったが、前を見つめる視線は俺のほうが辛くなるほど健気《けなげ》だった。

「君のお母さんは君に俺の名刺を渡したとき、どういうふうに言ったんだ」

「柚木さんが、高校の同級生で、刑事だったこと」

「それから？」

「…………」

「もし自分になにかあったら、と、お母さんは、そう言ったんだろう」

「うん」

「君はそのとき、どう思った」

「…………」

「なにかあったらということについて、思い当たることが、あったか」

「…………」

「お母さんは、どんな顔をしていた？　考え込んでいたとか、悩んでいるようだったとか」

「ふつうだった。柚木さんは、なにかあったときに頼りになる人だからって、そう言っただけ」

「でも、他人《ひと》には内緒だと言ったんだよな」

「うん」

「お父さんにも?」

「うん」

「お母さんはそのことを、君に、いつ?」

「スキーから帰ってきた日」

「スキーから帰って、すぐ?」

「寝る前に、わたしの部屋へ来て、言ったの。それで、パパや佳衣お姉ちゃんに言うと心配するから、黙っているようにって。なにも問題はないけど、もしものことがあったらって」

「それから一ヵ月間、お母さんは、もうなにも言わなかったのか」

「言わなかった。わたしも、だから、忘れていたの」

「お母さんが死んだとき、なぜ、直接俺に連絡しなかったんだ」

「…………」

「怖かったか」

「うん……それに、お母さんが言ったことと関係があるのか、分からなかった」

「佳衣さん以外には、誰にも言ってないんだな」

「うん」

「どうしてお父さんに言わなかった」

「…………」

「なんとなく、か?」

「うん」

「これからも黙っていられるか」

「うん」

「いい子だ。無理はしなくていいけど、事件が解決するまで、少しだけ頑張ってくれ」

「…………」

「どんな難しい問題でも、時間がちゃんと解決してくれる。我慢できなくなったら大きい声を出して、泣けばいい」


見開いた梨早の目から透明な涙が零《こぼ》れ出し、俺は梨早の顔を見ていられなくなって、ドアの横に立っている佳衣に目で合図をした。頷いてドアを開けた佳衣の目にも今にも流れ出しそうなほど、厚く涙が溜まっていた。どんな事情があるにせよ実可子を殺した犯人は、ぜったいに許さない。

佳衣から、梨早フランセに以前勤めていた遠藤秋美の住所と電話番号を書いたメモを受け取り、俺が下におりていくと、和室がざわついていて、柿沢や谷村が実可子の亭主に挨拶をして部屋から出ていこうとしているところだった。席を立っている人間は他にも二人いて、残ろうとしている連中がいわゆる、永井家の身内なのだろう。部屋を出ていく人間にまじって俺も実可子の亭主に、暇《いとま》の挨拶をした。

「柚木、久しぶりだな。方向が合えばクルマで送っていくぞ」と、玄関を出たところで菊田芳枝の肩越しに俺の顔をのぞいて、柿沢洋治が言った。

「電車で帰るさ。他に寄るところもあるしな」と、取り出した煙草に火をつけ、菊田芳枝の品のいい丸顔を懐かしく眺めながら、柿沢のほうへ煙を吐いて、俺が答えた。

「それじゃ、機会があったらまたゆっくりな。谷村はどうする？」

「俺も電車で帰るよ。どっちみち池袋からは電車に乗るんだ」

「津久見さんは？」

「わたしは送ってもらう。柿沢くんの家、方向が同じだものね」

津久見芳枝になっているらしい菊田芳枝が、俺に無邪気な会釈をし、柿沢洋治と並んで門の外にとめてある赤いポルシェのほうへ歩いていった。俺と谷村は一度だけ顔を見合わせ、どちらからともなく、住宅街の道を黙って目黒駅の方向に歩き始めた。だいぶ風が出ていて、舗道の紙くずを下から街灯の明かりの中に吹きあげてくる。

「谷村、勤めは三角建設だったよな」と、煙草を道の端に捨て、冷え始めた手をコートのポケットにつっ込んで、俺が言った。

「ああ。柚木は警察、やめたんだってな」

「若いときの思い込みで警官になってみたけど、もともとああいう社会に馴染《なじ》む体質ではなかった」

「今は雑誌の記者だって？」

「ヤクザと似たようなもんさ。胸を張って太陽の下を歩ける商売じゃない」

谷村郁男がオーバーの襟に顎をうずめて笑い、革の書類鞄を抱え直して、俺にも聞こえるほど、肩で大袈裟なため息をついた。

「実可ちゃんが死んだなんて、俺、まだ信じられないんだ。それも強盗に殺されるなんてなあ、運のいい子だったのに」

「自分の運のよさを信じすぎたのかもしれないな」

「そうかなあ。ああいう人には最後まで運のいい人生を送ってもらいたかった。でも考えてみたら、これで公平なのかもしれないしなあ」

「谷村はいつから彼女を知っているんだ」

「中学からさ。初めて実可ちゃんに会ったとき、世の中にこんな可愛い女の子がいるのかって、びっくりした」

俺にしても、転校して初めて卯月実可子に会ったとき、自慢ではないが人生観が変わるほどのショックを受けたものだ。実可子みたいな女の子がこの世にいることが分かっただけで、東京に出てきたことを単純に喜んでしまった。その喜びが苦痛に変わっていくのが人生だとは、あのころは、思ってもみなかったが。

「なあ柚木、時間があったら、近くで一杯やらないか」と、オーバーの襟に顎をうずめたまま肩を小刻みに動かして、谷村が言った。「このまま家へ帰る気にならんのだ。女房子供は待ってるけど、これは別の問題なんだ。俺にだってちょっとぐらい精神的な我儘を言う権利はある。

って分からんだろうなあ」
「柿沢にも分からんし、実可ちゃんの旦那にも分からん。まして俺の女房なんかには、死んだ
「柿沢なんかじゃ、か」
こういう気持ち、柿沢なんかじゃ分からんだろうしなあ」

＊

俺と谷村が入ったのは目黒駅に行きつく少し手前の、古い縄のれんが掛かった殺風景な焼き鳥屋だった。昨日早川佳衣と昼飯を食べた料理屋も頭に浮かんだが、谷村と二人であの店へ行く気にはならなかった。大人げないとは思いながら佳衣への拘《こだわ》りは、もうしっかり俺の中に根をおろしている。

長い木のテーブルに向かい合って座り、焼き鳥と酒を注文してからそれぞれにコートを脱いで、とりあえず俺たちはビールで乾杯した。高校時代の同級生なんて思い出しもしないし会いたくもないはずだったが、こうやって向かい合うと不思議に懐かしさのようなものが込みあげてくる。中年になると同窓会が多くなるとかいう社会現象は、誰もが青春に対する未練を捨てきれないからなのだろう。

「それにしても柚木が顔を見せるとは、思わなかった」と、おしぼりで額の脂をこすりながら、二杯めのビールを自分で注いで、谷村が言った。「今夜のこと、誰に聞いたんだ」

「彼女の姪《めい》だ。昨日、偶然会った。それまでは彼女が死んだことも知らなかった」

「そうなんだ。新聞にも出たし、テレビのニュースでもやったけど、高校時代のやつは誰も気がつかなかった。ふつうの女じゃないんだぜ。あの卯月実可子なんだぜ。それなのに俺たちのグループ以外、葬式には一人も顔を出さなかった」

「あの卯月実可子でも二十年たてば永井実可子という、ただのおばさんさ」

「いやなんだよなあ、歳をとるって、そういうことなのかなあ」

「スキー場で彼女と会ったとき、谷村たちとはたまに会うと言ってたが」

「盆と正月ぐらいは会っていた。柿沢がフランスから帰ってきてからは、もう少し集まっていたかな」

「やつ、有名なんだってな」

「フランスでなにか賞を取ったらしい。俺も絵のことは分からないんだ。でもやつの絵、今じゃけっこう高いって話だ」

「クルマもポルシェだったし、か」

「俺なんか去年、朝霞《あさか》に家を建ててなあ、給料もボーナスもみんなローンで持っていかれる」

「堅実な生き方が正解さ」

「なんだかなあ。よく分からないけど、人生がふと空しくなることがある。いったい俺、なんのために生きてるのかってさ。実可ちゃんだけは昔と変わらず、自由に生きていたのになあ」

「彼女だけは自由に、か」

やって来た焼き鳥を串からしごき、コップのビールを飲み干して、二つの盃に、俺が熱燗《あつかん》の酒を注ぎ入れた。

「結婚して子供を育てていたのに、彼女が自由だった、というのはおかしくないか」

「実可ちゃんに限ってはおかしくないんだ。なんでも自由にしていいというのが結婚の条件だった。実際あの旦那、実可ちゃんの言うことはぜんぶ聞いてくれたそうだ。俺だってあれぐらい金があって、実可ちゃんが結婚してくれるって言えばな、好きなことはなんでもさせてやったさ」

「あの男、そんなに金持ちなのか」

「そういう話だ。永井通商とかいう輸入車の代理店をやってる。最近じゃ外国にホテルまで持っているそうだ。二代目だから本人が偉いわけじゃないけどな」

「永井、なんていうんだ」

「友規《とものり》だったかな」

「会社の経営がうまくいかないとか、そういう噂は、ないのか」

「どうして」

「訊いてみただけさ」

「だから、どうしてだよ」

「噂でもあればそこから手がかりが摑める」

焼き鳥を頬張《ほおば》っていた谷村の口が、一瞬止まり、きめの粗い小鼻が、ぴくっと痙攣《けいれん》した。

「それ、どういう意味だ」

「ふつうに、そういう意味さ」

「柚木、なにか、妙なことを考えているのか」

「彼女はいったい誰に殺されたのか、と、ふつうのことを考えているだけだ」

「だって……」

「警察も強盗の犯行と断定したわけじゃない。裏ではちゃんと、顔見知りの線でも捜査をしている」

「まさか……なあ？」

「警察というのはそういうところさ。俺も三年前までは警官だった」

「それじゃ、柚木が今夜あの家に顔を出したのは、実可ちゃんにじゃなくて、事件に関心があったからか」

「卯月実可子だからこそ事件にも関心をもった。悪くはあるまい」

「悪くは、ないが……」

「彼女を殺した犯人を捕まえたい。谷村は、そうは思わないか」

「俺だって、もちろん、そうは思うさ」

「彼女のあの店からはなんとかの銀製品だの、なんとかの蠟燭《ろうそく》立てだの、金目のものが盗まれている。犯人が強盗なら、今ごろは盗品が質屋に出回っていなくてはならない」

「それが出ていない？」

「まるで、な」

「そんなことが証拠になるわけか」

「限りなく証拠に近い可能性では、ある」

「そんなもんかなあ」

「だからもし強盗の犯行でないとしたら、犯人は彼女の身近な人間ということになる。俺は二十年間彼女には会っていなかったし、高校時代も親しかったわけじゃない。彼女の最近の様子を、聞かせてくれないか」

谷村が盃を呷《あお》って酒を注ぎ足し、手の甲で額の脂を拭いながら、なでがたの肩で大きく息をついた。

「大変なことになったな。実可ちゃんが死んだだけでもショックなのに、知り合いに殺されたと言われても、実感が湧かんなあ」

「犯人が分かればいやでも実感は湧くさ」

「呑気なことを言うなよ。もし犯人が身近な人間なら、俺の知っているやつということになるじゃないか」

「一番身近なのは谷村自身さ」

「おいおい……俺、家のローンが、まだ二十年も残っているんだぜ」

「さっきの、彼女の亭主の話だけどな、本当に噂はないのか」

「聞かんなあ。もし家庭や会社にトラブルがあっても、実可ちゃんは俺になんか言わなかったさ」

「彼女が一番親しかったのは、春山さんか、それとも……」

「菊田さんな、結婚して、津久見という名前になってる」

「どっちなんだ、親しかったのは」

「どっちかなあ。本人たちに聞いてみろよ。女のつき合いは俺には分からん。それに俺、ただのサラリーマンだからな、他の連中とは立場がちがうんだ」

「みんな自由業なのか」

「柿沢は見たとおりだ。順子は池袋でスナックをやってるし、津久見さんはコンピュータ・ソフト会社の社長夫人だ。結婚したときは相手もサラリーマンだったけど、十年ぐらい前に独立して今じゃ社員が百人もいるらしい」

「春山さんは、結婚していないわけだ」

「それは、まあ、結婚は、したんだ」

「つまり例の、あれ、か」

「そうじゃなくて、死別なんだけどな。自殺だった。柚木、北本《きたもと》というやつ、覚えていないか」

「テニスで国体に出た、あの北本英夫《ひでお》?」

「あの北本英夫さ。順子は高校を出たあとOLをやっててな、北本が大学を卒業するのを待って結婚したんだけど、三年めにやつが自殺しちまった。子供がいて順子もけっこう苦労したんだ」

永井の家で同級生の顔ぶれを見たときから、誰か一人足らない気はしていた。足らなかったのは北本英夫だったのか。北本、柿沢、谷村、それに女のほうが卯月実可子に菊田芳枝に春山順子、この六人がクラスでは目立ったグループをつくっていた。二十年もたてば知ってる人間も何人かは死ぬが、仲のよかった六人のうち、これで二人が死んだことになる。

「北本の自殺の原因は、どういうことなんだ」と、盃を空け、谷村の盃にも酒を注ぎ足しながら、俺が言った。

「いろいろあったんだろうな。順子も気が強いから愚痴は言わんけど、テニスができなくなってから北本は、だいぶ荒れていたらしい」

「テニスができなくなった？」

「交通事故で脚をやられてなあ。生活に不便はなかったけど、やつ、プロになってもいいところまでいけたらしいから、落ち込んだんじゃないかな」

「北本って、あのころ、スターだったよな」

「もてたよなあ、あいつ。テニスはできなくなったけど、親戚のコネで丸菱商事にも入った。俺に言わせれば文句はないと思うけどなあ」

「人間《ひと》によって価値観はちがうんだろうさ」

「贅沢《ぜいたく》を言ったらきりがないぜ。みんな、人生が妥協だってことを知らないんだ。俺は大学も妥協したし勤めた会社も妥協した。女房も妥協してもらって、家だって妥協してあんな遠くへ建てた。好きで妥協したわけじゃないが、自分の能力ぐらいちゃんと分かっているさ。だから俺、実可ちゃんが好きだったんだ。実可ちゃんを見てると気持ちよかった。そりゃ人によってはいやな女だと思うやつもいたろうけど、ああいうふうに妥協しないで、好きなことを言って好きなことをして、それで不自由なく暮らしていたんだものな」

「谷村と彼女は、どういうつき合いだったんだ」

「そんなもの……そりゃあ、大学へ行ってから、二回だけデートしたよ。映画を見たり、喫茶店に行ったり。だけどそれ以上はなにもなかった。実可ちゃんは俺のこと、まるで男だとは思っていなかった。それぐらい俺にだって分かったさ。グループとしてはつき合っていたけど、実可ちゃんと俺、最初から人種がちがうんだ。人間は取り巻く人種と取り巻かれる人種と、最初から二つに分かれているもんさ」

谷村の意見が正しいか、正しくないか、そんなことは分からない。しかし谷村は人生の中で人間を二つの種類に分け、自分は一方にとどまりつづけてきたのだろう。一方からだけ相手の世界を見ていれば向こうの世界だって永遠に、こちら側へは近づかない。正しいか正しくないかは知らないが、自分が傷つかないための、それも一種の処世術ではあるのだろう。

「彼女の周りの男がみんな谷村みたいに分かっていたわけでは、あるまい」と、煙草に火をつけ、谷村の頭の上に長く煙を吐いてから、俺が言った。「本気で彼女にのめり込んだやつだって、何人かいたはずだ」

「何人も何十人も、みんな実可ちゃんには本気になったさ。途中から俺、もうそういうことは見ないことに決めたんだ」

「柿沢や北本は彼女と、個人的につき合わなかったのか」

「知るもんかよ。俺だってデートしたぐらいだから、やつらだって隠れてなにかやっていたろうさ」

「みんな、けっこう、見えないところで苦労していたわけだ」

「苦労しなかったのは津久見さんだけさ。彼女だけは順調だった。子供のころ大変だったらしいから、ちょうどバランスはとれたんだろうな」

「彼女の、子供のころって？」

「よくは知らん。父親がいないとか、そんなことだったな。頭のいい人だったし、面倒には首をつっ込まないことに決めていたんじゃないか」

「あとでいいから、みんなの連絡先を教えてくれ。それと、春山さんの店の場所とな」

「柚木、本当に実可ちゃん、知り合いに殺されたと思うのか」

「俺はそう思っている」

「どこにそんな確信があるんだよ」

「経験と、勘だ。人間はみんな、谷村みたいに世界を区別しているわけじゃない。永井実可子との間に越えられない壁があることに気づかなかったやつは、彼女を許せないと思ったはずだ」

「俺だったら実可ちゃんのすること、なんでも許したのになあ」

「なあ谷村、それに、時間の問題もある」

「時間……」

「最初は谷村のように思っていても、時間がたてば気持ちも変わる。二十年というのは、人間の気持ちなんかかんたんに変わる長い時間さ。気持ちも変わって状況も変わって、それで永井実可子は殺された」

「どこで狂い始めたのかなあ。俺たち、いいグループだったのになあ。歳をとるって、こういうことなのかなあ」

　歳をとるというのは、もちろんこういうことで、高校時代の仲良しグループを二十年も引きずってきたことのほうが、俺に言わせれば気持ちが悪い。過去を脱ぎ捨てていく人生も疲れるだろうが過去を抱え込みつづける人生も、同じように疲れるに違いない。スキー場で会ったときの実可子は微笑みの中に不安を感じさせる、疲れの色を浮かべていた。実可子の微笑みを曇らせたのと同じ疲れをこの二十年のどこかで、やはり犯人も背負い込んでいたのだろう。

「二十年で、六人のうち、二人なんだよなあ……」と、テーブルの端に背広の肘をかけ、欠伸《あくび》を噛み殺すような顔で、谷村が言った。「俺たち、あのころ、本当にいいグループだった」

　結果がどうであれ、こんな歳になってまで感慨に浸れるほどいいグループをもてただけ、谷村たちは幸せだった。札幌から出てきての一年間、俺はクラスの人間と親しく口をきくこともなく、頭の上を台風が通りすぎるのを待つように、ひたすら首をすくめて時間をやり過ごした。殻《から》の内に本音を隠したまま他人とつき合う技術を身につけたのは、やっと大学へ入ってからのことだ。壁を通してしか他人の体温を感じられない心の渇きも、慣れてしまえば、それはそれで持って生まれた体質のように、いつかは躰《からだ》に馴染んでくる。その体質に満足していたわけではなかったが、自分の意志や努力では制御しきれない人生を背負っているからこそ、人間は不幸にも幸福にも諦めを見つけられる。誰かに「それではおまえは不幸なのか」と訊かれれば、そんな質問は無視して通りすぎるが、それでは立ち止まって、「いや、俺は幸せだ」とはやはり、俺は言い返せない。

酔いの回り始めた黄色い目で焼き鳥の串を見つめつづける谷村の顔を眺めながら、空のとっくりを取りあげ、俺は黙って、カウンターの中に酒の追加を合図した。

5

去年の長雨にも閉口したが、こう毎日雨が降らないと脳まで乾いて心が脱水症状を起こしてしまう。空気が埃《ほこり》っぽくて光に優しさがなく、細胞のあちこちに小さい砂粒が溜まった気分になってくる。雨が降っても文句を言うし天気がつづいても文句を言う。アフリカには干あがった土の中で一年も次の雨を待つ魚がいるというのに、まったく人間というのは何歳《いくつ》になっても、諦めの悪い生き物だ。

下丸子《しもまるこ》駅から十分ほど多摩川《たまがわ》方向へ歩いたところに、その丸子ハイツはあった。ハイツというほど洒落た建物ではなく、鉄製の外階段がついた木造モルタル二階建てのアパートだ。外から眺めただけでは何世帯入っているのか分からなかったが、日当たりだけはいいらしく、上の階にも下の階にもベランダには女物のパンティーまで含めて、これでもかというほど洗濯物が広げられていた。

郵便受けで遠藤の名を確かめ、二階の二〇二号室にあがっていくと名前を言っただけでドアが開き、三十ぐらいの薄化粧の女が狭い沓脱《くつぬぎ》に俺を迎えてくれた。髪にはパーマをかけた名残があり、スーパーで売っているような柄物のセーターに下は裾を折り返したジーンズ。見方によっては美人でもあり、見方によっては、すぐに飽きる顔立ちでもある。

「場所が分からなくて、遅れてしまいました」と、名刺を渡してから、奥の部屋でテレビを見ている子供と遠藤秋美の顔を見比べながら、俺が言った。

時間は今朝約束した二時より、十五分ほど遅れていた。

「いいんですよ、この時間は暇なんです。お上がりください、コーヒーでもいれますから」

遠藤秋美が茶ダンスと洋服ダンスの隙間に押し込んだ炬燵《こたつ》を俺にあてがい、自分は台所に立って、マグカップと客用のカップにインスタントコーヒーをいれてきた。となりの部屋でテレビを見ている子供は俺に関心を示さず、なにが面白いのか大人ばかりが出ているワイドショーに、じっと見入っていた。

「わたしも社長が亡くなったことはテレビで知ってたんですけど、お店をやめてから一年もたちますし、お悔やみに行くほどの間柄ではなかったですしね」と、俺にコーヒーのカップをすすめ、角砂糖の入った壺を炬燵の上に押しながら、遠藤秋美が言った。「でも週刊誌の記者さんて、さすがですねえ。一年も前にやめたわたしのことまで、ちゃんと調べてくるんですから」

「因果な商売です。他人の不幸を飯のたねにしています」

「お医者も弁護士もお坊さんも、みんなそうですよ。他人の不幸ほどお金は儲《もう》かるわけだから」

「わたしたちがその中では、最低のランクです」

「いえね、うちの主人なんかも大学を出ているのに、仕事は電気部品の営業なんです。人はいいんだけど競争心が足りないみたいなのね」

「そういう人が幸せな家庭をつくる。金があっても幸せになるとは限らない……永井さんのようにね」

遠藤秋美が細い眉の間に皺を寄せ、熊のマンガがプリントしてあるマグカップから、音をたててコーヒーをすすりあげた。

「まったくねえ、強盗に殺されるなんて、人の運命って分からないわねえ。あの社長、そういうことは一番似合わないタイプだったのに」

「遠藤さんはどういう経緯《いきさつ》で梨早フランセに勤めたんです？」

「新聞の求人案内を見ただけですよ。目黒だと電車で一本ですから、通うのにも都合がよかったし」

「店には二年ちかく勤めたんでしたね」

「ちょうど二年かしら。扱うものがみんなブランド品でしょう。最初のころなんか品物に囲まれているだけで、うっとりしちゃって」

「二年も勤めていれば永井さんの交友関係についても、お分かりでしょう。よく電話をかけてきた人とか、店に顔を出した人とか」

「それは、ね。でもそういうことが今度の事件に、関係ありますの?」

「被害者の人生を立体的に組み立てたいんです。記事に書くにしても書かないにしても、永井さんがどういう人であったかを把握しておく必要がある。週刊誌の記者としての、誠意みたいなもんです」

俺が永井実可子と高校が一緒だったことや、まして初恋の相手であったことなど、遠藤秋美には関係のないことだ。客観的な第三者の立場をとっていたほうが情報を引き出すには、都合がいい。

「週刊誌の記事を書くのも大変ですねえ。素人《しろうと》はそこまで考えませんよ。でもプロって、そういうものなんでしょうね」

「いかがですか。特に印象に残っているような人で、誰か思い出せませんか」

「あの店のお客さんはお金のある方たちですから、みなさん印象には残っていますけど」

「その中で特に、というと?」

「画家の柿沢先生なんか、よく覚えていますわ」

「柿沢先生というと、柿沢洋治？」

「柿沢先生をご存じですか」

「名前だけは、一応」

「わたしが梨早フランセに勤めてすぐ、柿沢先生がフランスから帰ってきたんです。あちらでなにか、大きな賞を取ったとかでね。高校時代のお友達が集まって、しばらくはお店がサロンのようになっていました」

「そのサロンは友好的な雰囲気でしたか」

「お金に不自由のない方々ですもの、雰囲気は友好的ですわよ。わたしも初めは勘違いしちゃって、仲間のような気分でいました。でもそのうち現実が分かってきたんです。集まるみなさんはお金持ちで、お店の品物にも高い値段はついていますけど、わたしはただ十三万円のお給料をいただく店員でしかないということ。社長やお客さんたちの人生とわたしの人生とは、始めも終わりもまるで無関係なんだ、ということなんかをね。羨《うらや》ましいとは思いましたが、関係ないものは関係ないんです。そう思いません？」

「ああいう世界のことは、わたしにも分からない」

「世の中には運のいい人って、けっこういるもんなんですよ。あの社長なんかその典型でしたのにね。社長のご主人も輸入車の会社を経営していて、お二人ともよくヨーロッパへ出かけていましたわ。目黒のお店なんか社長にとっては、趣味みたいなものでしたわ」

「梨早フランセの収支は、どんなものでした？」

「儲かってはいなかったでしょうね。でもそれでいいんでしょう。どうせ永井通商の税金対策なんですから。ああいうお店でもやっていなければ社長にしても、暇のつぶしようがなかったろうし」

「あなたから見て、永井実可子という女性は、どういう人でした?」

「最初に言ったじゃありませんか、わたしとは関係のない世界の人だって」

「関係ないなりに、遠藤さんの意見もあるでしょう」

「あちらの世界のこと、わたしなんかがなにを言っても仕方ありませんよ。こちらには言いたいことがあってもあちらは最初からわたしたちを、無視しているんですから」

「つまり……」

「いくらお腹《なか》が空いている犬でも餌をくれないと分かっている相手に、尾っぽは振りません」

そのたとえが、こんなアパートで子育てに追われている主婦の口から飛び出すことに違和感はあったが、遠藤秋美の言おうとしていることは俺にも、理解はできる。

「具体的になにか例があったら、聞かせてもらえませんか」と、灰皿が見当たらず、取り出しかけた煙草《たばこ》をコートのポケットに押し戻して、俺が言った。

「死んだ人のこと、悪く言いたくないんですけどねえ。あの方に悪気があったわけでもないでしょうし」

「永井さんの人間像を理解するには、あなたの客観的な意見が聞きたいんです」

「要するにね、あの社長は、慎《つつ》ましく暮らしている人間の気持ちになんか、無頓着《むとんちゃく》だったということですよ。一万とか二万とかいうお金の大切さ、そういうお金に困っている人間の感情が、理解できなかった」

「たとえば？」

「そりゃあ、たとえば、あのお店に勤めていれば、わたしだってヴィトンのバッグぐらい欲しいと思うじゃないですか。わたしがそれとなく、仕入れ値で売ってもらえないか、みたいなことを言ったとするでしょう？　そうするとあの社長、従業員に売るためにフランスまで行ってきたんじゃないって、笑いながら言うんです。そのくせ自分のお友達には誕生日のプレゼントだと言って、あげてしまったりね。価値観がちがうといえばそれまでですけど、そういう悔しいことは何回もありました」

「悪気はなくて、ですか」

「悪気はないんでしょうね。でも悪気はなくても、その度にこっちは惨《みじ》めになります。アパートへ帰ってきてからつい主人に、愚痴を言ってしまったり」

「あなたが梨早フランセをやめたのは、それが理由ですか」

「理由は子供ですけどね。子供ができなかったとしてもあのお店はやめていたでしょうね。よく言うじゃないですか、ほら、精神衛生によくないって」

煙草が吸えなくて少し苛々《いらいら》していたが、コーヒーをすすって神経をごまかし、相変わらずテレビに見入っている子供を眺めながら、俺が言った。

「現在梨早フランセに勤めている渡辺裕子さんは、遠藤さんの紹介、ということでしたね」

「ああ、そのこと」

遠藤秋美が炬燵の中で座り直し、マグカップの持ち手をつまんで、視線を台所からドアのほうへもっていった。

「社長も亡くなったわけだし、今更隠しておいても……ねえ？」

「あなたの紹介ではない、ということですか」

「社長のご主人に頼まれたんですよ。そういうことにしておいてくれって」

「そういうことに、ね」

「あのご主人、社長とちがって細かく気配りをしてくださる方でね、外国へ出かけたときなんか、かならずお土産を買ってきてくださるんです。渡辺さんのこともご主人の紹介というよりわたしの紹介にしておいたほうが、都合がよかったんでしょうね」

「あの旦那と渡辺さんが、特別な関係、ということですか」

「知るもんですか。でもなにも関係がなかったら、わざわざそんなことをする必要はないと思いません？」

「常識的には、そうかな」

「男の人の気持ちなんていい加減なものですよ。わたしがお店に勤めているときも、何度か食事に誘われましたし」

　あの永井友規も実可子と結婚して不足はなかったろうに、男という生き物はやはり、一人の女だけでは満足しきれない体質にできている。

「永井さんのほうは、旦那が女遊びをしていることに、気がついていたのかな」

「気がついたとしてもなにも感じなかったでしょうね。あの社長、自分以外の人間には無頓着でしたから。世の中にはああいうふうに、自分が世界の中心だと信じきってる人がいるもんなんですよ」

「永井さん自身の男関係は、どうでした?」

「それがねえ、そういうことに関してだけは、よく分からないんですよ。店のお客さんとぜんぶ関係していたとも思えますし、誰とも深い関係ではなかったようにも思うんです。浮気をしても悩んだり反省するタイプではなかったから、外から見たらそういうことは分かりにくい方でしたね」

俺の中にある卯月実可子と遠藤秋美が見ていた永井実可子と、どちらが本人の実像に近いのか。実可子が二十年前に着ていた紺色のセーラー服が俺の記憶の中で、曖昧《あいまい》な色の曖昧なデザインに変わっていく。

コーヒーを飲み干し、遠藤秋美に会釈《えしゃく》をしながら、俺は炬燵から抜け出した。永井友規に誘われて遠藤秋美が食事につき合ったのか、それ以上の関係を結んだのか、訊く気にはならなかった。こうやって日当たりのいいアパートで幸せそうに子供を育てている遠藤秋美には、実可子やその周囲の世界はたしかに、無縁なのだろう。

*

子供のころからこの歳まで絵画に興味をもったことがないのは、自嘲でも自惚《うぬぼ》れでもない。ルノアールだとかピカソだとかゴーギャンだとかセザンヌだとか、名前ぐらいは知っている。写真を見せられれば作品名を思い出すこともある。だからって展覧会で足を止めたくなる絵に出合っても、それでどうだと言われれば、どうでもないと答えるしか仕方ない。俺が西銀座《にしぎんざ》のギャラリー杉という画廊を見物する気になったのは、イベント情報誌で柿沢洋治の個展をやっていることを知ったからで、興味の対象はそれ以上でも、それ以下でもなかった。

ビルの一階の細長い画廊に客はなく、ベージュ色のスーツを無機質に着込んだ中年の女が、受付と案内係をかねて一人奥の机に座っているだけだった。柿沢洋治の知名度がどれほどのものかは知らないが、こんな閑散とした個展を開くぐらいでポルシェを乗り回せるのだから、画家というのは俺が考えている以上に、うま味のある商売なのだろう。

壁の両側に展示された十五点ほどの絵を眺め歩いても、高校時代の柿沢洋治がどんな絵を描《か》いていたのか、俺にはまるで思い出せなかった。当時、柿沢の絵が評判であることは知っていた。テニスで国体に出た北本英夫と女子学生の人気も二分していた。その北本と柿沢が同じクラスで、卯月実可子を中心とした仲良しグループをつくっていた。俺なんかの出る幕は残念ながら、最初からなかったのだ。

今壁に掛かっている柿沢洋治の絵は、どの作品も明るいブルーを基調に虹のイメージを配したもので、モチーフが女であったり白馬であったりするものの、十五点がすべて似たような、力のない印象だった。こんなもののどこに価値があるのか、新聞紙を広げたほどの大きさの絵に二百万とか三百万とか、泥棒みたいな値段がついている。

部屋の奥まで進んだところで、デスクの女と目が合い、俺が頷くと女も目尻に小皺を刻んで、にっこりと微笑《ほほえ》んだ。歳は五十に近く、硬質な整った顔立ちで、俺の下手な冗談には間違ってもつき合わないタイプだ。

「気に入った作品がありましたらご相談にのりますわ。いくらかは割引も可能ですし、ローンもご利用になれます」

もちろんそれは商売上の条件反射みたいな台詞《せりふ》で、女も本気で俺が絵を買う人間だと思ったわけではないだろう。

「絵には素養のない人間でしてね。それにこんな高い絵を飾ったら部屋のほうが恐縮してしまう」

「絵画の収集には財産形成の意味もありますのよ。この画家は若手の有望株ですから、将来的に値あがりは間違いありませんわ」

「こいつの絵が値あがりする前にわたしのほうが飢え死にする」

「あら？」

「柿沢は高校の同級生です。どんな絵を描くのか、見物に寄っただけでね」

女が軽く顎を突き出し、立ちあがって、デスクを回り込みながら身振りで俺にソファをすすめてきた。

「柿沢先生のお友達でしたの。今日はお見えになりませんけど、明後日《あさって》の最終日には顔をお出しになりますわよ」

「やつには昨夜《ゆうべ》会いました。昔から絵のうまい男だったが、こんなに有名になっているとは、思わなかった」

女がテーブルのポットから急須に湯を注ぎ、茶托《ちゃたく》と湯呑を用意して俺の向かいに腰をおろした。近くで見ると額にも口のまわりにも細かい皺が滲《にじ》み出ていて、どうやら歳も五十は超えているらしかった。

「柿沢先生のお友達でしたら、尚更お安くできますわ。商売を抜きに言っても今買っておいて、ご損にはなりませんもの」

「一応は考えます。ただ絵を買って値あがりを待つより、馬券を買って血圧をあげるほうに喜びを感じる体質なので」

女が呆れたように額に皺をつくり、歳のわりに形のいい脚を組みながら、軽く咳払《せきばら》いをした。

「柿沢、フランスで、なにか大きい賞を取ったそうですね」と、茶を一口すすり、着たままのコートから煙草を取り出して、俺が言った。

「お煙草は遠慮していただけます？」

「うん？」

「煙が商品を汚しますので、店内ではご遠慮いただいておりますの」

「ああ、なるほどね」

俺は取り出した煙草をポケットに戻し、女に愛想笑いを見せてから、目で話のつづきを促した。

「サロン・ド・ルージュ賞という有名な賞ですわ。パリでは十年以上もご苦労なさいましたけど、そのご苦労が報われたということですわね」

「パリで十年以上、ね」

「デビューできない画家の方も多いわけですから、そういう意味では運もよろしかったんだと思いますよ」

「柿沢の絵はこちらの画廊で、一手に？」

「一手にということもございませんけど、ほとんどの作品は仲介させていただきます。亡くなった主人が昔から柿沢先生の才能に注目していまして、そのご縁で今はわたくしが」

「ただ壁に絵を飾ってのんびり座っているだけのように見えても、苦労はあるんでしょうね」

ふっと唇を歪めて笑い、脚を組みかえて、目尻の皺を深くしながら女がソファに背中を凭《もた》れさせた。あと二十も若ければ名前と電話番号ぐらい聞いてみたいところだが、そこまで守備範囲を広げたら別居している知子にも、失礼になる。

「これだけ景気が悪くなりましたもの、以前のように楽な商売はできませんわ。それに絵の売買だけでなく、新しい才能を発掘することも画廊の仕事なんです」

「柿沢も亡くなられたご主人に発掘された、ということですか」

「注目はしていた、ということでしょうね。才能だけあっても作品が売れるわけではありませんから。ある意味では画家もタレントと同じことですわ」

「柿沢の絵についている値段、高いのか安いのか、どっちなんです？」

「一号三十万ですから、新人としてはかなり高いほうですわ。でもさっき申しあげましたように、柿沢先生の絵はこれからもじゅうぶんに値あがりが期待できます」

俺が聞きたかったのは、柿沢のこんな絵に値段に見合うだけの価値があるのか、ということだったが、画家にもタレントに似た要素があるというならどっちみち価値と値段との間に、たいした関係はないのだろう。

女が顎を突き出して壁の絵を見回し、俺も手持ちぶさたに店内を眺め始めたとき、さっきまで女が座っていたデスクのうしろに小さい絵が掛かっていることに気がついて、なんとなく俺はその絵に見入ってしまった。大きさは週刊誌を開いたほどのもので、青とグレーの配色に沈《ちん》鬱《うつ》な迫力があり、柿沢の絵とは構図も筆づかいもまったく異質なものだった。絵には値段も作者の名前もついていなかった。

「この奥の壁に掛かっている絵……」と、思わず立ちあがり、デスクの前に歩きながら絵と女の顔を見比べて、俺が言った。「売り物ではないようですが、柿沢が描いたものではないですよね」

「もちろん柿沢先生のお作ではありませんわ。篠田為永の『泣き富士』という作品です」

「篠田為永の、ですか」

「篠田為永をご存じですの」

「名前だけ、偶然、知っています」

「昭和の北斎といわれて活躍した画家なんですけど、これからというとき、心筋梗塞でお亡くなりになりました」

一昨日《おととい》は気にもしなかったが、梨早フランセから商品と一緒に盗まれた絵はたしか、篠田為永の『怒り富士』とかいう作品だった。画廊の壁に絵が飾ってあるのは当然だし、多くの画家が富士山を描いていることも知ってはいる。しかし一昨日につづけてまたも登場するほど、洋画の世界で富士山は一般的な画題なのだろうか。

「昭和の北斎と呼ばれたということは、篠田為永は富士山をたくさん描いている、ということですか」

「実際に北斎ほどの数を描いたわけではありませんけど、かなりの作品は残っていますわ。所在の分かっているものだけでも三十点はあるでしょうか」

「篠田為永に『怒り富士』という作品がありましたよね」

「聞いたことはあります。篠田為永の絵は死後にも十点ほど発見されました。『怒り富士』はその中の一つだったと思います。もっとも当時画廊は主人がやっておりましたから、詳しいことは存じませんのよ」

「この『泣き富士』が非売品になっている理由は?」

「生前主人が大事にしていた絵ですので、手放す気にならないだけのことですわ」

「売るとしたらどれぐらいの値段かな」

「今の相場なら二千万はいたしますわ。若くして亡くなった画家の絵は数が限られますから、値段は高くなる傾向にあります」

「お宅としては柿沢も早く死んでくれたほうが、都合がいい」

女が口を曲げて俺の顔を睨み、ファンデーションを厚く塗った尖った顎を、笑いながら前にしゃくって見せた。

「柿沢先生がお見えになったら……ええと、お名前、伺っておりませんでしたわね」

「柚木といって、週刊誌や月刊誌にくだらない記事を書いています」

「雑誌の記者さんですの。柿沢先生にはわたくしからよろしくお伝えしておきますわ」

机の上の小箱から草色の名刺を抜き出し、口元を笑わせたまま女がその名刺を俺に渡してよこした。名刺には〈ギャラリー杉　社長　杉屋《すぎや》とよ子《こ》〉と書かれていた。

俺はその名刺を上着のポケットにしまい、もう一度部屋中の絵を眺め渡してから女に会釈をして、通りに面したドアのほうへ足を動かした。

「お気持ちが変わって絵をお求めになることになりましたら、ぜひわたくしどもにお申しつけくださいましね」

俺はドアに顔を向けたままいい加減に頷いてやったが、自分が死んでも絵なんか買う人間でないことぐらい、考えなくても分かっていた。たとえ気が狂って何か買うつもりになったとしても、それはもちろん、柿沢洋治の絵ではない。

ギャラリー杉を出たのは夕方の四時で、俺は西銀座から銀座四丁目まで歩き、銀座通りの本屋へ入って企業の概要本を拾い読みした。『会社紹介』だの『企業便覧』だのという本はけっこう出ていて、永井通商はその中の非上場企業の部で紹介されていた。

それによると、会社の設立は昭和二十八年でこれまでに二度増資されており、現在の資本金は一億四千六百万、従業員数は百二十五人、ヨーロッパ車の輸入代理店のほかに最近では海外におけるホテル経営にも参加している、ということらしい。経済に関する専門的な知識はないが、ここ三年間の収支決算を見るかぎり文句のつけようのない経営状況だった。二百五十億前後の売上げに対して赤字は出しておらず、本社社屋や都内のショールームなどの固定資産にも変動はない。額面どおりに受け取れば、それなりの優良企業ということだ。海外への不動産投資はバブル企業的なやり口だが、だからといって収支報告書には経営が破綻するような兆候は見られない。永井友規がいくら気に食わない男でも、今のところ事件に結びつく存在とは思えなかった。

三十分ほど立ち読みしていたが、まだ時間が中途半端だったので、そこから有楽町《ゆうらくちょう》まで引き返してホラー映画を一本見てから、俺は有楽町線で池袋に出た。すっかり暗くなって空気は冷たく、それでもネオンのぼやけ具合にかすかな春の予感も感じられた。あと一ヵ月で東京にも確実に春は来る。しかしそんなことぐらいで俺の寒い人生が、暖かくなるわけではない。

春山順子がやっている小町《こまち》というスナックは池袋駅を西口に出て、芸術劇場からあけぼの通りを越えた先の、新しいビルの八階にあった。新宿や銀座ほどの馴染《なじ》みはなくても近くに警視庁の池袋署がある関係で、おおよその地理は頭に入っている。この辺りも以前はうら寂《さび》れた夜の街だったがそれが再開発とかいうやつなのか、今では洒落たビルが建ち並ぶ小奇麗な一角に変わっていた。

＊

エレベータで八階へあがっていくと、正面のドアが小町で客はなく、パステルピンクのセーターを着た春山順子が一人で所在なく小型のテレビに見入っていた。カウンターにボックス席が一つあるだけの狭い店だったが、内装はベージュ色を基調にした明るい雰囲気で、順子の率直な性格が『池袋の飲み屋』という臭気《におい》を嫌ったのだろう。

「来るだろうとは思っていたけど、ずいぶん早かったわね」と、テレビのスイッチを切り、カウンターの椅子を俺にすすめながら大きく目を見開いて、春山順子が言った。

「君の顔が見たくて酒を飲むのに相応《ふさわ》しい時間まで、待てなかった」

「このお店、お客が入るのは十時すぎなの。池袋の他の店って閉まるのが早いしね。うちは三時までやってるわ」

「昔の思い出話をする時間はたっぷりあるか」

春山順子が熱いおしぼりを差し出し、二十年前と同じように薄い唇をすぼめて、ぷくっと頬《ほお》をふくらませた。

「昨夜あれから、谷村くんが店に寄ったのよ。柚木くん、実可子のこと、知り合いに殺されたと思ってるんだってね」

「勝手に思ってるわけじゃない。人が殺された場合の、警察にとっての常識というやつさ」

昨夜谷村には、意図的に警察の動きを修飾して話してみたが、このグループの中では予想以上に情報は早く伝わるらしい。柿沢洋治や津久見芳枝にも今ごろはどうせ、同じ情報が伝わっている。

「谷村くんのボトルがあるけど、それでいい？」

「別のボトルを入れてくれ。この店には通いつめることになりそうだ」

「景気がいいのかな。それとも実可子の事件を調べるため？」

「事件なんか何もなくても、君のためなら一年分のボトルをキープするさ」

「あの柚木くんが女にお世辞を言うようになったわけか。二十年って、やっぱり長いわねえ」

酒の棚からジャックダニエルの瓶を取りあげ、順子が、これでいいか、と目で訊いてきた。

俺は頷いて煙草に火をつけ、暖房で滲んできた額の汗をおしぼりで拭き取った。ヤクザや人殺しが相手なら肩に力も入らないが、高校時代の、それも女の子の同級生というのは、どうも首筋を緊張させる。

「昨夜、実可子の家で柚木くんに会ったとき、ものすごく驚いたの。柚木くんってああいう場所に一番似合わない人だったものね」と、バーボンの水割りをうすめにつくり、コースターの上にグラスを置きながら、春山順子が言った。

「自分に似合わないことをするのには不感症になっている。俺には生きること自体が似合わない」

「実可子が死んで悲観的になってるのか……そうでしょう?」

「そんなところかな」

「谷村くんもそうだけど、男の子って、今度のことで世界が終わるみたいに思ってるのよね」

「実際に世界は終わったさ、半分以上は」

「まったく、いつまでも子供なのよねえ、男の子って」

三十八にもなって、いまだに男の子と呼ばれることに違和感はあったが、俺も頭の中ではどこかで順子のことを女の子と思っている部分がある。同じ三十八歳の人間と向かい合うにしても喋り方や顔の輪郭《りんかく》を、つい二十年前の記憶とだぶらせてしまう。

「いつだったかなあ、もう五年ぐらい前だったかなあ、谷村くんから柚木くんが刑事をやってることを聞いたの。あのときも驚いたけど、昨日《きのう》顔を見たときはもっと驚いたわ。柚木くんもやっぱり、あのころ実可子のことが好きだったんだ」

「伝染病みたいなもんさ。札幌から出てきたばかりで、彼女みたいにすごいウィルスには免疫がなかった」

「東京の子でも男の子は実可子に憧れたわよ。あれだけ可愛ければ仕方なかった。でも結局トンビに油揚げをさらわれたじゃない。トンビはたくさんいても油揚げは一枚だけだということ、どうして気がつかないのかしら」

「頭のいいやつは気がついていたさ。北本だって、ちゃんと気がついていた」

首をかしげて俺の顔をのぞき込んでいた順子の視線が、壁のほうへ流れ、吸い込まれた息が胸の内側で止められて、居心地の悪い間が一瞬カウンターに広がった。覚悟はしていたものの俺だって昔話をするためだけに、この丸椅子に座ったわけではない。

「谷村くんに聞いたのか。あいつ昔から、お調子もんだったわねえ」と、俺のグラスにウィスキーを足してから、自分でもバーボンの水割りをつくって、順子が言った。

「秘密でもないだろう。俺以外のやつはみんな知っていることだ」

「わたし、昔のこと、思い出したくないのよね」

「俺だって昔のことなんか思い出したくないさ。ただ永井さんがああいう死に方をした以上、俺自身の問題としてけじめをつけたい。それが青春とか初恋に対する、礼儀のような気がする」

「青春とか初恋に対する礼儀……か。柚木くん、見かけによらずロマンチストなんだ」

「ロマンチックな夢を見る以外に生きている価値がないからな」

「そうなのよねえ。強がってるくせに、男ってみんなロマンチストで、みんな意気地なしなのよね」

グラスの中の氷を鳴らし、カウンターに肘をかけて、遠くのほうから順子がちらっと俺の顔をうかがった。

「だけどそのことと北本のこと、どういう関係があるの」

「どういうふうに関係しているか、聞いてから考えるさ。関係はないかもしれないけどまさか君と二人で、このまま黙って目を見つめ合ってるわけにもいかない」

順子のきれいに縁取られた赤い唇が大きく歪み、粒の小さい歯がこぼれ出て、それがまた冷や汗に似た居心地の悪さを感じさせた。すっかり忘れていたが、実可子とは別な魅力であのころ俺は春山順子にも、多少の関心はもっていたのだ。

「わたしと北本のことなんて、聞いても面白くないと思うけどなあ」

「昔話に興味があるんだ。聞いてるうちに俺も二十年前を思い出せる」

「そういうもんかしらね。柚木くん、転校生だったし、アウトサイダーやってたものね。それなりにわたしは柚木くんのことを覚えてるけど」

「今は北本の話でいい。君と北本、高校のときからつき合っていたのか」

「わたしのほうが一方的にのぼせていたのよ。分かるでしょう？　あのころ彼に熱をあげていたの、わたしだけではなかった。男の子が実可子に夢中になっていたのと同じ理屈よ」

「卯月……その、永井さんは、北本に熱はあげなかったのかな」

「実可子は誰にだって熱なんかあげないわ。それにあのころ、実可子は一応柿沢くんとつき合っていたもの」

「彼女は、柿沢と、つき合っていたのか」

「驚くことはないでしょう。柿沢くんでなければ北本、北本でなければ柿沢くんって、あのころの常識みたいなものよ。番外で柚木くんもいたけど、あなたの場合は正体が分からなくて怖かったの。女の子ってつまらない男も嫌いだけど、不安にさせられる男も嫌いなのよ。もっとも今なら少しぐらいは、趣味を変えてあげるけど」

「そのあたりの問題はゆっくり話し合おう。大人には大人の価値観があるだろうしな」

俺が飲み干したグラスに順子が氷とバーボンを足し、俺も順子のグラスに水割りをつくり直して、取りあげたグラスを俺たちは軽く重ね合わせた。奇妙な偶然で二十年前の世界に逆もどりしたが、この甘酸っぱい焦《あせ》りに似た感傷も、不愉快ではない。

「君と結婚したあとで北本が自殺したことは、知っている」と、バーボンの苦味をしばらく舌の先で転がしてから、新しい煙草に火をつけて、俺が言った。「あいつ、テニスができなくなって、荒れたんだってな」

「今から考えれば荒れていたからわたしと結婚したんでしょうね。でもそんなこと、あのころは分からなかった。テニスはできなくなったけど躰《からだ》が不自由になったわけではないし、会社もいいところへ入った。わたしと二人でやり直してくれると思っていた……彼、挫折を知らない人だったのね。挫折してから初めてその重さに気がついたの。わたしには、どうすることもできなかった」

挫折するならしてもいい。自殺したいならしてもかまわない。しかしそんな身勝手な人生に順子を巻き込んだ北本英夫に、俺はふと、遠い憎しみを感じた。勝手に死ねない人間は寿命がくるまで生きていかなくてはならず、現実に生きている自分の人生を人は誰も、死んだ人間の責任にするわけにはいかないのだ。

「でもね、わたし、彼を恨んではいないのよ。彼はわたしを選んでくれた。たった二年でも彼と一緒に暮らせた。子供だって残してくれた。本当に好きな人と結婚できたんだもの、わたしはわたしなりに、幸せだったと思っているわ」

昨夜谷村は、たしか、自分の人生は妥協の連続だったと言っていた。妥協して今の会社に入り、妥協して結婚し、妥協して朝霞にローンで家を建てた。妥協して空しさを感じるのも妥協しなかった結果として苦労を背負い込むのも、それぞれの生き方だろう。客観的に見れば順子の人生が平穏だったはずもないが、それを『幸せだった』と言い張る順子の強情さに俺は心の中で、拍手をしたい気分だった。少なくとも妥協したことに愚痴を言いつづける人生よりはずっと、気持ちがいい。

「それで、柿沢と永井さんのほうは、どうなったんだ」と、頭の中から北本英夫の白いテニスウェアを締め出し、柿沢洋治の髪をなびかせた繊細な顎の線を呼び戻して、俺が言った。

「どうなったかなんて、今の柿沢くんを見れば分かるじゃない」と、目尻に小皺を刻ませ、カウンターの上で灰皿を取りかえながら、順子が言った。「芸大にも入れなくて、お父さんがやっていた工務店も倒産して、それで実可子にも振られたの。でもそのお陰で今の柿沢くんがあるんだから、それでよかったんでしょうね」

「柿沢は永井さんに振られたのか」

「実可子にとっては柿沢くんなんかアクセサリーみたいなものだったわよ。色がさめたりメッキが剝げたりすれば、アクセサリーとしての価値はなくなるの」

「しかし剝げたメッキの下から、また本物の金が出てきた」

「結果的にはね。でもあれから二十年もたっているのよ。実可子はアクセサリーなんか、好きなだけ手に入れていたわ。好きなだけ手に入れて、好きなだけ使い捨てた」

「それは、つまり……」

「言葉のあやよ。意味はないの、実可子のイメージを言葉で言ってみただけ。実可子だって実可子なりに、悩むことぐらいあったということ」

「彼女に悩みがあったとしたら、他の女と同じように歳をとる、ということだけじゃなかったのかな」

「ロマンチストねえ。男の子ってそうやって、いつまでも子供でいたいわけね」

「永井さんに、なにか、特別な悩みが？」

「実可子だって人間よ。柚木くんは認めたくないでしょうけど、実可子とわたしのちがいは顔の肉付きだけ。それがほんの一ミリか二ミリちがうだけで、女の人生はまるで別なものになってしまうの」

「だから、要するに、なにが言いたいんだよ」

「要するに、見かけは特別だったけど、中身は実可子もただの女だったということ。ただの女はただの人間だから、ふつうに人間らしい悩みはあったと言ってるだけのことだわ」

「だから……」

「特別なことなんか言ってないわよ。常識で考えれば分かるじゃない。男の子は実可子のすがた形に憧れて夢中になる。でも、逆に女の子は誰も実可子に近寄らなかった。わたしも芳枝も一応のつき合いはしたけど、それ以上の関係にはならなかったわ。そういうことの寂しさは、実可子だって分かっていたと思う」

「彼女は彼女なりに、孤独だったということか」

「そういう孤独を実可子は自覚していたわね。どこかに諦めみたいなものをもっていた。だからわたし、実可子がお見合いで結婚することになったとき、少しも驚かなかった。実可子にはたぶん、こういう結婚の仕方しかないんだろうなあって、へんに納得したわ」

外から見ているだけでは解けない謎も、内側からのぞいてみれば案外かんたんに種が割れるものなのだ。男の側からは理解できなかった実可子の見合い結婚が女の立場になってみれば、それほど難しい理屈ではなかった。見合いなんて、もともと一種の諦めの上に成り立っている制度なのだ。

「そうやって女のことが分からないから、いつもトンビに油揚げをさらわれるんだろうな」と、自分でもへんに納得し、順子の尖った顎を悲しい気持ちで眺めながら、俺が言った。「俺たちの油揚げをさらっていったやつについて、君、なにか知らないか」

「実可子の旦那様は見たとおりの人よ」と、カウンターから躰を離し、酒棚に寄りかかって煙草に火をつけながら、順子が言った。

「見たとおりの、二代目実業家という意味か」

「二代目実業家でスマートで優しくて女に手が早いの。よくいるタイプではあるけれど、憎める男ではないわね」

「そういう男であることを承知で、彼女は結婚したんだな」

「実可子がどこまで考えていたのかは知らない。でもさっき言ったとおり、実可子は自分に対してだけは敏感な子だったわ。唯一取柄があったとしたら、彼女のそういう部分だけね」

「そういう部分だけ、か。あの旦那の会社で問題があるようなことは？」

「問題って？」

「資金繰りが苦しいとか、海外での事業がうまくいっていないとか」

「どうかしらねえ。そういうことがあったとしても、わたしなんかに話さなかったわよ。芳枝ならなにか聞いてるかもしれないけど」

「菊田……津久見さんと、永井さんは親しかったわけだ」

「親しかったかどうかは考え方の問題ね。でも難しいことは芳枝のほうが話しやすかったはずよ。芳枝って昔から面倒見のいい子だったもの」

「あのクラス、谷村が学級委員長で津久見さんが副委員長だったっけな」

「懐かしいわねえ。若かったから当たり前だけど、あのころはみんな、自分がどんな人間にでもなれると信じていたわ。最近はよく愚痴を言うけど、谷村くんだって昔はあんなふうじゃなかった」

「大人になるのが谷村だけ、早かったんだろうな」

「頭のいい子はみんな早く大人になるのよね。芳枝なんか高校のときから大人で、物分かりがよくて親切だった。順調な人生をおくるのも才能の問題かもしれないわ」

菊田芳枝という名前をまた頭の中で津久見芳枝に置きかえ、実可子の家で見かけた落ち着いた笑顔を、俺はぼんやり二十年前の時間に引き戻した。あの津久見芳枝なら間違った男の選択はしなかったろうし、無茶な人生設計なんて最初から、頭になかったに違いない。そういう人生が面白いか面白くないか、他人がどう言おうと、そんなことは本人が決めればいいことだ。

「なあ、柿沢がフランスに渡った経緯、聞かせてくれないか」と、突き出しのピーナッツを一粒口に放り込み、それを嚙みくだいてからバーボンの水割りで唇を濡らして、俺が言った。

「経緯なんか知らないわよ。画家ならフランスへ行きたいと思うの、当たり前じゃないの」

「実家の仕事がうまくいかなくなっていたのに、そんな金がどこにあったんだ。それに十年以上も向こうにいた間、どうやって暮らしていたのか」

「苦労はしたらしいわよ。日本人観光客相手のガイドからレストランの皿洗いまで、できることは何でもやったって」

「それにしても最初はまとまった金が必要だったはずだ」

「直接柿沢くんに訊けばいいじゃない。あのころはみんな就職したり結婚したりで、それぞれが忙しかったの。今みたいに集まることも、ほとんどなかったしね」

「柿沢も、この店、よく来るのか」

「谷村くんほどじゃないわ。柿沢くんの遊び場は銀座と六本木《ろっぽんぎ》。たまに気まぐれで銀座のホステスと一緒に来るぐらいよ。わたしたちは気軽に柿沢くんなんて呼ぶけど、彼、本当はもう住む世界がちがっているの。絵の世界では若手のトップクラスだって。柿沢くんの絵のどこがいいのか、わたしにはよく分からないけど」

「成功したのは結局、柿沢一人ということか……」

店のドアが開いてサラリーマン風の二人連れが顔をのぞかせ、俺のうしろを回ってカウンターの端に歩いていった。順子が表情を極端な笑顔に変え、二人の前に場所を移して酒の支度を始めた。もともと水商売に向く性格だったにせよ知らない男と交わす順子の軽口に、俺の青春に対する拘《こだわ》りがどこかで、許せないものを感じる。昨夜の谷村の台詞ではないが、歳をとるというのは、こういうことなのだ。

十分ほど一人でバーボンをすすり、勘定を払って、俺は小町を出た。

＊

四谷《よつや》のマンションに戻ったのは午前の二時だった。そんなことは予定どおりで、俺の中の屈折が歌舞伎町《かぶきちょう》から新宿の二丁目、三丁目とだらだら酒場のドアを開けて回らせた。馴染みの店をはしごしたところで腰が落ち着くはずもないのだが、誰も待っていない部屋へ帰ったところで風呂に入って眠るしかない。それでも留守番電話は十回の着信記録があって、自分がいつからこれほど人気者になったのかと、酔っ払った頭で思わず俺は感激した。電話なんて薄情なときは三日も四日も、頑固にベルを鳴らさないのに。

十のうちメッセージが入っていたのは四つだけで、六つはただ回線がつながったことを知らせる無言電話だった。声が入っていた四つは風来社の石田、目黒中央署の金谷、早川佳衣、そして最後は俺の酔いを一気に冷ませる、加奈子からの不吉な伝言だった。

「ママが怒ってるよ。わたし、知らないからね」

6

夢なんて見ている間も夢であることを自覚していて、いい夢でも悪い夢でも所詮は夢なんだと、ちゃんと高《たか》をくくっている。しかしそれでも悪夢というやつは恐ろしい。知子が俺に手錠をかけて警視庁の廊下を、表情も変えずに引き回しているのだ。

取り調べ室には永井実可子と早川佳衣が加奈子を挟んで座っていて、それぞれがみんな、冷たい目でじっと俺の顔を見つめてくる。知子は手錠を外してくれず、他の三人に対していかに俺がいい加減な人間であるか、いかに女たらしであるか、いかに人間のくずであるか、そんなことを断定的な口調でまくし立てる。

知子の言うことは一々もっともで、俺自身夢の中ですべてを認めてやってもいいと思うのだが、わずかに残っている意地がかろうじて懺悔《ざんげ》の言葉を押しとどめる。たしかに知子の言うことはどこまでも正しい。どこまでも論理的だ。しかし四国の講演から帰って来る日をうっかり忘れたぐらいのことで、なぜ俺がここまでの仕打ちを受けるのだ。

電話が鳴って、それが現実の世界に響いている音であることに気づいたとき、正直なところ、俺は心から救われた気分だった。直前の悪夢がそのまま部屋に引っ越してくるなどと、まさか、思ってもいなかった。

「あら、あなた、ご気分よくお目覚めかしら」

「ん……」

「昨夜《ゆうべ》はずいぶん忙しかったようね」

「ちょっと、その、面倒な事件に首を……」

「あなたはいつだって面倒な事件に首をつっ込んでるじゃないの。わたしと知り合ってから面倒な事件に首をつっ込んでいなかったこと、一度でもあった?」

「弁解するわけじゃないが……いや、だけど君、四国からは、いつ?」

「昨日《きのう》に決まってるわよ。出かける前の日に電話で言ったでしょう? あなたも約束したわよね、三日後にはあなたのほうから、間違いなく連絡をよこすって」

「電話するつもりでいたさ。つまり、それは、今日のことだけどな。君が言った三日後というのを、俺は今日のことだと思っていた」

「都合よく日にちを間違えるのね。それで都合よくわたしが忘れていたら、あなたは今日も電話をよこさないつもりでいたんでしょう」

「考えすぎだ。本当に俺は、今日連絡しようと思っていた。今日連絡して、加奈子と三人で食事をする日を決めようと思っていた」

「あなたの言うこと、わたしが信じられると思う？」

「君の気持ちは分かるが、今言ったことは本当だ。俺だって父親の自覚はある。君が一人で加奈子を育てている苦労も分かっている。電話は一日遅れたが、その……今から会う日にちを決めたっていい」

「一日遅れたら、それだけで一週間の予定が狂ってしまうのよ。あなたって昔からそういうところがルーズなのよ。たった一日なんてかんたんに言うけど、わたしは専業主婦で家に閉じこもっているわけではないの。週刊誌やテレビのための取材もある。スタッフとの打ち合わせだってあるのよ。あなたのように一人で好きな事件を追いかけている人と立場がちがうの。加奈子もそういうわたしのことを分かってくれているのよ。だからなんとか我慢しているんじゃない。加奈子やわたしがどれぐらいあなたに対して我慢しているか、少しは理解してくれてもいいと思うのよ。それをあなたったら、いつも自分の都合しか考えないんだもの。加奈子もわたしもあなたの都合で生きているわけではないの。わたしにはわたしの立場があるし、加奈子にだって加奈子の都合があるのよ。あなたってそういうこと、いつになったら分かってくれるのよ」

「その、なあ、煙草《たばこ》を吸わせてもらえるか」

「なんですって?」

「いや、駄目ならいいんだ」

「あなた、まだ煙草なんか吸っているの?」

「ときどき、まあ、たまに」

「この前はやめると言ったじゃない。あなただって約束したでしょう? 少なくとも加奈子の前では煙草は吸わないって、ちゃんと約束したじゃない」

「だから、加奈子のいるときは、我慢している。つまり、そういうことじゃなくて……要するに、当分君のほうは都合がつかないって、そういうことなんだろう」

「ですからそれは、あなたが昨日連絡をよこさなかったからなのよ。何度電話しても、ずっと留守番電話のままだったからよ」

「日にちを間違えたことは悪かったと思っているさ。だからって時間を昨日には戻せないじゃないか。俺のほうは覚悟を決めているから、とにかく君の都合のいい日を言ってみてくれ」

「そういう言い方って、あなた、ないでしょう? この前三人で食事をしようと言ったのは、あなたのほうなのよ」

「ちゃんと覚えているから、俺は君の都合に合わせると言ってるんだ。君が忙しいことは知ってるけど、俺だって遊んでるわけじゃない」

「問題をすり替えないでよ。わたしはあなたが遊んでいるなんて言ってないわよ。あなたが昨日電話をしてこなかったことを怒っているの。自分の都合だけでわたしや加奈子の都合を考えてくれないことを怒っているの。あなたがいつもいつもいつも、約束を守ってくれないことを問題にしているのよ」

「だから……」

「わたしはね、別にね、個人的にはあなたの性格やあなたの生活を非難しようとは思わないわよ。今更そんなことが無駄であることは分かっているの。わたしが言いたいのは、あなたにもう少し加奈子の父親であることを自覚してほしいということ。わたしたちの勝手で加奈子に辛《つら》い思いをさせているんだから、その責任だけはちゃんととってほしいと言ってるの。あなたは忘れたいでしょうけど、加奈子は間違いなくわたしとあなたの間に生まれた子供なのよ」

「俺がいつ、加奈子の父親であることを忘れたんだ？」

「忘れているわよ。一緒に暮らしている間も忘れていた。今も忘れている。これからもずっと忘れようとしているのよ」

「君、なあ」

「なあって、なにがなあなのよ」

「四国で、トラブルでもあったのか」

「トラブルなんて、別に……」

「この前も言ったけど、少し働きすぎじゃないのかな。君が俺を非難する気持ちは分かるけど、今は君が加奈子を育てるしかないんだ。君が疲れることは加奈子だって望んでいないはずだ」

「あの、そのことはね……」

「俺だっていつも加奈子のことは考えている。君に対しても済まないと思っているさ。でも今は、俺にはどうすることもできない。日にちを間違えたことは謝るから、俺が君たちのことを心配している気持ち、少しは分かってもらえないかな」

「わたしだってまるで分からないわけではないわよ。ただあなたがいつも約束を破るから、それで、言いたくないことも言ってしまうのよ。責任はあなたにあるのよ」

「責任があることは分かっている。自覚もしている。君が俺を非難するのも当然だと思う。だけど、俺が心配しているのは君のことさ。大きなお世話かもしれないが、やっぱり君、少し疲れすぎている気がするんだ」

「自分が疲れていることぐらい自分で分かっているわよ。だけど、スケジュールが押しているんだから、どうすることもできないじゃない。あなたはわたしに、仕事をやめろって言うの」

「そうは言わないさ。なんとか時間をつくって話し合おうと言ってるだけだ。俺のほうは用意できている。都合のいいときに、君が連絡をしてくれればいい」

「その言い方はないでしょう？　勝手に約束を破っておいて、会えないことをわたしの責任にするつもりなの」

「なあ、俺は、最初から俺の責任だと言ってるじゃないか」

「いいわよ。あなたの性格は分かっているわよ。言葉だけで相手を騙せると思っているのよね」

「俺は……」

「あなたのことなんか当てにしてないわよ。近いうちまた電話をするわ。それからね、加奈子が話したいって言うから、ちょっと待ってちょうだい」

なんだかよく分からなかったが、とにかく知子の攻撃は中断されたようで、しかし加奈子が俺と話をしたいというのは、どういうことだ。

「もしもし。パパ。元気?」

「うん、なんとか、やってる」

「やっぱりママともめたね。ママが怒ってるって、ちゃんと留守番電話に入れておいたよ」

「あれは聞いた。いつものことだけど、気持ちの行き違いがあった。だけどおまえ、こんな時間にどうして、家に?」

「今日、日曜日だもの」

「日曜……か?」

「二日酔いやってるの」

「夢を見ている最中に起こされて、少し頭が混乱した」

「どっちでもいいけどね、ママと喧嘩するの、やめてくれないかな。わたしにだって立場があるんだよ」

「そりゃあ……でも大人にはいろいろ問題があって、喧嘩なんかしたくなくても、ついやってしまうことがある。おまえにだってそのうち分かるようになるさ」

「それ、いわゆる、男と女の問題ってやつ?」

「そんなところだ。なあ、お母さん、そばにいるのか」

「トイレに行った」

「トイレ、か。そりゃあよかった。ところでな、おまえ、正月にスキー場で会った女の人、覚えているか」

「覚えているよ。ものすごく奇麗な女の人」

「そんなことはいいんだけど、あのこと、本当にお母さんに言いつけたのか」

「パパとあの女の人が、じっと目を見つめ合っていたこと？」

「じっとなんて見つめ合わなかった。高校の同級生で、懐かしかっただけさ」

「心配しなくていいよ。ママにはなにも言ってないよ。それぐらいの常識、わたしだってちゃんとあるもの」

「お母さんも疲れているみたいだし、今は、神経に障《さわ》らないほうがいいと思うんだ」

「分かってる。男と女の問題は、結局パパとママで解決するしかないもんね」

「そういうことだ。おまえも大変かもしれないが、お母さんの話し相手になってやるんだぞ」

「ねえパパ」

「なんだ？」

「品川《しながわ》に新しい水族館ができたの、知ってる？」

「聞いたような気はするが、それがどうした」

「わたし、ちゃんとママの話し相手になるからさ、今度の日曜日、品川の水族館へ行かない？」

「水族館……なあ」

「頭の上を魚が泳ぐんだよ」

「俺は口の中に入る魚しか興味はない。水族館ぐらい友達とだって行けるだろう」

「ママが友達同士では駄目だって言うの。友達だけでそういうことをすると、不良になるからって」

「ママ……いや、お母さん、疲れていて、気が立っているんだ。今度会ったとき俺からも言っておく。だけど今はお母さんの言うことを、聞いてやってくれ」

「聞いてやる。話し相手にもなるよ。だからね、パパ、今度の日曜日、品川の水族館へ連れていってよ。クラスでまだ行ってないの、わたしだけなんだよ」

「頭の上を、魚が……か」

「ふつうは上からしか見られないお魚を、下から見られるんだよ。お腹《なか》が白くて、すっごくきれいなんだって」

「おまえ、この前もカモノハシが見たいとか言ったよな。学校で今、へんなものが流行《はや》ってるのか」

「エコロジーの時代だもの。動物学者や昆虫学者になりたい子だって、たくさんいるよ」

「俺たちの時代はみんな歌手とか野球選手になりたがった」

「ねえ、今度の日曜日、いいでしょう?」

「そう、だな」

「水族館はブームだから、若い女の人もたくさんいるよ。お魚がつまらなかったら、パパは女の人を見ていればいいよ」

「俺は別に、若い女の人なんか、見たくはないさ。ただ考えたら月に一度の約束もあるし、今度の日曜日ならたぶん大丈夫だ」

「約束する?」

「ん……約束する」

「それじゃ決まりだね。わたしもスキー場で会った女の人のことはママに言わないから、パパも安心していいよ」

「おまえ、なあ」

「あとでまた電話するね。お酒も飲みすぎないようにね。ママにはパパからよろしくって言っておく。じゃあね、元気でね」

まったく、ついさっきまでは手錠姿で警視庁の中を引き回され、そして来週はなんの因果か、加奈子が魚の腹の下を引き回してくれるという。すべては自分の責任だと諦めるにしても、俺みたいな人間が一人で背負うには、この責任は少しばかり重すぎる。

時間はまだ十時をすぎたところで、ベッドへ戻ってもよかったのだが、俺は部屋の暖房を入れて台所にコーヒーをいれに行った。昨夜の留守番電話はどれも『連絡を待つ』というもので、しかし夜中の二時に電話をするわけにもいかず、そして俺は今日が日曜日だということを忘れていた。金谷朔二郎は所轄《しょかつ》に出ているとしても風来社の石田は自宅で、子守りでもしているに違いない。たいして気合いの入る商売でもないが、今度の事件が片づいたら、俺はまた石田が回してくれる仕事で食いつながなくてはならないのだ。

舌触りの悪いコーヒーを台所で一口すすり、カップを持って部屋に戻ってから、仕事用の椅子に座って、俺はまず早川佳衣の部屋に電話を入れてみた。本当なら金谷や石田への連絡を先にするべきなのだろうが、俺にだって俺の、一身上の都合がある。

柄にもなく緊張しながらコールした早川佳衣は、どこかへ出かけていて、自分の落胆を意識しながら、それでも俺は目黒中央署の金谷朔二郎を呼び出した。

「昨夜は帰りが遅くて、連絡ができませんでした」と、電話に出た金谷に、煙草に火をつけながら、俺が言った。

「柚木さんもお忙しいのは結構なんですがなあ。その、例のことで……」

「なにか進展が？」

「そういうことなんですが、ちょっと……柚木さん、あと三十分ほどお宅にいられますかな」

「出かける用事はありません」

「それなら三十分ほどして、こちらからご連絡しますわ。署内も人間が多いとどうも空気が悪くて」

金谷の言っている意味は、周りに人間がいるから今は具合が悪いということで、俺からの電話を受けること自体が現職の金谷には不都合なのだろう。

金谷との電話を切り、アドレス帳をめくって、俺は調布《ちょうふ》にある石田の自宅に電話を入れてみた。最初に女房が出たが、思ったとおり石田は家にいた。

「今こちらから電話しようと思っていたんですよ。この前の原稿、編集長にも受けがよくてね、これで部数が伸びたら局長賞ものかもしれませんよ」

「金一封ならありがたくもらっておく。だけど俺としては原稿料のアップを願いたいもんだな」

「無理を言わないでくださいよ。今の稿料だって相場の五百円増しなんですよ。それも昔の義理があるから無理やり編集長に頼み込んだんです。たまたま今度の原稿はできがよかったけど、柚木さんはこれまでずいぶん手を抜いてきたじゃないですか」

「手を抜いてきたわけでは、ない。ただプロとしての自覚は、足りなかったかも」

「今ごろ気がつかないでくださいよ。この三年間あたしがどれだけ編集長に怒鳴られてきたか、少しはこっちの身にもなってもらえませんかね」

「迷惑かけていることは知ってる。俺だって努力はしているんだ。原稿料のことは、まあ、冗談だ」

「分かってくれればいいんです。せっかくの休みだというのに、脅かさないでくださいよ。柚木さんのせいで子供がひきつけを起こしたら、もう仕事は回しませんからね」

「無茶を言うなよ。その女の子が十八になったら、ちゃんと嫁にもらってやるから」

「どっちが無茶なんですか。あたしの家庭を崩壊させないでください。となりでもう女房が逆立ちしていますよ」

「どういう家庭生活をしているか知らないが、その女房、俺が写真週刊誌に売り込んでやってもいいぞ。それより、なあ、昨夜の電話、仕事の話じゃなかったのか」

「そうなんですよ。柚木さんが脅かすから忘れるところでした。いえね、最初に言ったように、今度の記事が社内でも評判なんですよ。それで四月号の特集も柚木さんに頼もうかって……明日にでも会社へ来てもらえませんかね」

「仕事の選り好《えごの》みはしないさ。原稿料にも文句は言わない」

「原稿料は、その……まあいいか。要するに、明日は来られるんですね」

「俺が出版社の命令に逆らえると思うか。午後の早いうちには顔を出す。それからついでなんだが、おまえさん、絵の世界に詳しい人間を誰か知らないか」

「絵の世界って、画壇のことですか」

「画壇や、画家個人や、絵の流通なんかについてさ」

「去年まで新聞社の学芸部にいた男は知ってますけどね。今も美術関係でライターをやってますから、その人なら詳しいと思いますよ」

「その男を紹介してくれないか。できたら明日、お宅の会社で会いたい」

「またアルバイトの私立探偵ですか」

「とんでもない。俺も歳だし、世間並みの教養を身につけておこうと思っただけさ」

「なんだか知りませんけど、相手には一応連絡しておきますよ。会社には何時ごろみえます？」

「三時には行けると思う。大事な用なんだ。よろしく頼む」

「こっちは柚木さんが、手を抜かずに原稿を上げてくれればそれでいいんです。教養を身につけようとアルバイトで私立探偵をやろうと、原稿が締切りに間に合えばそれでいいんですよ。それじゃ明日の三時、会社でお待ちしています」

石田が一方的に電話を切り、俺も受話器をフックに戻して、コーヒーのカップを引き寄せながら新しい煙草に火をつけた。禁煙なんてやろうと思えばいつだってできるが、俺が煙草をやめたところで褒めてくれる家族が、いるわけでもない。

暖かくなった部屋でコーヒーを飲み干し、煙草を灰皿でつぶし終わったとき電話が鳴って、出てみると相手は柿沢洋治だった。こっちから連絡をしなくてはならないと思っていたのに柿沢のほうから電話をかけてくるとは、たぶん今日は大安か仏滅なのだろう。

「谷村から聞いたけど、柚木、実可子の事件でなにか調べてるんだってな」と、とぼけたような抑揚のない声で、それでも威圧的に、柿沢が言った。

「同級生のよしみでサービスをやってるだけさ」と、思わずまた煙草に手を伸ばし、仕事机の角に寄りかかって、俺が答えた。

「頼まれもしないサービスは傍迷惑《はためいわく》なだけじゃないのか」

「今のところ誰も、迷惑だと言ってきたやつはいない」

「彼女の家族が心配なんだよ。これ以上騒ぎを大きくして、誰が喜ぶんだ」

「喜ぶやつなんか誰もいないだろうな。家族も親戚も友達も、もちろん犯人も喜ばない。俺は誰かを喜ばせるために事件を調べているわけじゃない」

「この事件を記事にするつもりなのか」

「犯人の顔を見てから決めるさ」

「実可子のためにも残された家族のためにも、そっとしておくわけにはいかないのかよ」

「俺が動かなくても警察が動く。新聞や週刊誌も嗅ぎつけて、いやでも騒ぎは大きくなる」

「面倒なことになったよなあ、まったく」

「殺された永井さんにとっては、ただの面倒では済まなかった」

「なあ柚木、どうしてそこまで向きになるんだよ」

「柿沢が今俺に電話しているのと、同じ理由だろうな」

「事件も面倒だけど、おまえも面倒な男だよなあ。昨日は銀座の画廊にまで顔を出したそうじゃないか」

「あれもまあ、同級生のサービスだ」

「どうせ俺のことも調べるんだろう。いっそのこと、今日にでも会わないか。これ以上の面倒は引きずりたくないし、俺にも立場がある。週刊誌で面白おかしく騒がれるのはご免なんだ」

俺一人が口を塞《ふさ》いだところで他の週刊誌まで黙り込むはずもないが、そんな業界の理屈を柿沢に教えてやる義理はない。それに実際は警察もマスコミも、この事件ではまだどこも動いてはいないのだ。

「夕方なら時間はある。三時か四時か、そのあたりだな」と、メモ用紙と鉛筆を机の向こう側から引き寄せ、なんとなく壁のカレンダーに目をやりながら、俺が言った。

「四時ならこっちも都合がいい。少し早いが夕飯を食いながら、ということにでもするか。銀座あたりでどうだ」

「高い店ならそっちの奢《おご》りだな」

「最初からそのつもりでいるよ。マスコミの人間は大事にする主義なんだ。柚木も警官なんかやめて、正解だったじゃないか」

それから二言三言、どうでもいい相槌《あいづち》を打ち合い、会う店の場所を決めて俺たちは同時に電話を切った。夕飯なんか奢ってもらわなくてもよかったが昨日柿沢の絵と対面したときの腹立たしさがつい、俺の意地を悪くした。高校時代の記憶を探しても俺が柿沢に遺恨を感じる理由は、どこにもないはずだったが。

台所へ行ってコーヒーを注ぎ足してくると、また電話が鳴って、今度の相手は金谷朔二郎だった。受話器の遠くで音楽が低く流れているから、所轄の自分の席から喫茶店にでも場所を移したのだろう。

「お待たせしましたな。なんせ歳なもんで、階段ののぼりおりだけで息が切れるんですわ」

「わたしもベッドからおりるだけで息が切れます。寝たきり老人になる自分の姿が、目に見えるようですよ」

「何をおっしゃる。柚木さんには法と正義のために、あと一働きも二働きもしてもらわにゃなりません」

嘘っぽい空咳《からせき》をして間を置き、受話器の中でコートのこすれるような音をさせてから、声をひそめて、金谷が言った。

「で、例の件なんですがなあ、実は、被害者の店から盗まれたと思われる物《ぶつ》の一つが、ひょっこり出てきたんですわ。いったいこれ、どういうことなんですかなあ」

俺も内心、目黒の焼き鳥屋で谷村に盗品の情報を吹き込んだときからいつかは品物が出てくると予感していたが、相手がここまで早く行動に出るとは、思ってもいなかった。

「やっぱりね、出ましたか」と、背中に突然の悪寒《おかん》を感じ、掌《てのひら》に滲《にじ》んできた汗をパジャマの胸にこすりつけながら、俺が言った。「具体的にはどういう状況で？」

「昨夜の七時ごろのことですわ。大久保《おおくぼ》の質屋に吉野徳三《よしのとくぞう》という男が持ち込みまして、質屋の主人が一一〇番通報してきたんです。吉野が質入れしたのはペドロなんとかいうスペイン製の置き時計でしてな、梨早フランセの女店員につくらせた盗難品リストと一致したわけです」

「その男が質入れしたのは、置き時計一点だけですか」

「そういうことですな。若い連中が家宅捜査《ガサイレ》をしたんですが、他の盗品は出てきませんのです」

「吉野はどういう供述をしています？」

「それが、要領をえませんでなあ。まだ絞めあげている最中なんですが、吉野というのは新宿の山本組《やまもとぐみ》で使い走りをしている若造でして、例の物は地下道にたむろしている浮浪者から取りあげたというんです。供述の裏をとろうと動いてはいますが、相手があの連中のことでもありますし、聞き込みは思うように進んでおりませんわ」

「目黒の殺しについては認めていないわけですね」

「殺しも強盗も、完全に否認しております」

「しかし物が出てきたということで、捜査本部では強盗殺人の線を強めていくでしょうね」

「おっしゃるとおりです。本庁の前田警部は事件が片づいたような気になっておられますよ」

「犯人も警察がその方向に動くことを期待したわけです」

「ふつうに考えれば強盗常習犯の洗い直しという線で、正解だとは思うんですがなあ……柚木さん最初に、やっぱり出たか、と言われませんでしたかね」

「そう言いましたか」

「あたしの耳には、そう言ったように聞こえましたな」

「ねえ金谷さん、四人ばかり、事件当夜のアリバイを調べてもらえませんか」

「四人……つまり、故殺《こさつ》の可能性を確信したと、そういう解釈で？」

「心証として確信しただけのことです」

「心証として、ですか」

「まだ証拠はありません」

「柚木さんが心証として確信しておられれば、こちらはそれで結構ですわ」

「お願いできますか」

「当然でしょうがね」

「金谷さん、残念ながら、永井実可子の事件は間違いなく、怨恨による殺人だと思います」

＊

柿沢洋治、谷村郁男、春山順子、津久見芳枝。この四人の名前を口に出してしまったことで、俺はしばらく自己嫌悪に似たいやな気分を味わった。警官だったころの習性で容疑者を無自覚にリストアップしたのだが、卯月実可子が記憶から消えていかないようにあの時代の断片はいつまでたっても俺の人生を、うしろ向きに引き回す。思い出を美化したまま記憶の中に押し込むことはできなくとも、わざわざ自分の手で汚すまでの必要が、どこにあるのか。順子にも谷村にも実可子にも、警官になった理由をまともに説明のできなかった俺の人生はいったい、なんだったのか。親がヤクザに殺されたから、という単純な言葉を口にするのがなぜこれほどまでに恥ずかしいのか。警官だった十三年間に警察という組織を、内側から眺めすぎたせいか。罪を犯した者と犯罪に巻き込まれた者とを加害者と被害者に分けるしかない機構と、その機構に安住する警官たちをあまりにも多く見すぎたせいか。それともそんな警察を必要悪として受け入れるしかない社会の仕組みに、個人としてただ嫌悪を感じるだけなのか。今度の事件に係わりながらも、実可子を殺した犯人に対する怒りと犯人を見つけ出すことへのためらいが柄にもなく、俺の首筋に自虐的な風を吹きつける。

テレビもつけず、新聞も広げず、三十分ほどベランダで遊ぶ冬の光を眺めていたが、部屋のチャイムが鳴って俺は玄関へ歩いていった。ふだんの行いが悪いせいか、静かな時間が欲しいときに限ってなにかの勧誘員がやって来る。

チェーンを掛けたまま開いたドアの隙間に見えたのは、しかし新聞の勧誘員でもなく、俺を天国への道連れにしようと狙っているキリストの手下でもなかった。ヘルメットを被《かぶ》ったままの早川佳衣がまっ黒いライダースーツを着て、気楽に手をふっていたのだ。中身を知らなければ台所から包丁でも持ってくるところだが、ヘルメットの下でたぶん佳衣は、にっこりと笑っているようだった。

「君、なあ、この前も思ったけど、ヘルメットを取ってからチャイムを押してくれないか」と、チェーンを外して早川佳衣を部屋の中へ入れながら、そのヘルメットの頭をげんこつで叩いて、俺が言った。

「この前は緊張して脱ぐのを忘れたんです。今日は柚木さんが部屋にいるかどうか、分からなかっただけです」

佳衣がブーツを脱いで部屋にあがり、手に持っていた荷物をテーブルの上に置いて、ソファのこの前と同じ場所に腰をおろした。ヘルメットを取ったのはそのあとのことだったが、現れた顔は黒光りするライダースーツが冗談にしか思えないほど、穏やかで幼かった。どういう価値観でバイクを乗り回しているのか、まさか俺を驚かすためだけのパフォーマンスでもないだろう。

「さっき君の部屋へ電話をしたが、出かけたあとだった」

「これから千葉までツーリングです。ついでに寄ってみただけです。柚木さん、部屋にいるときはいつもパジャマですか」

「今朝は、忙しくて、着がえるのを忘れた」

「中年男のパジャマ姿って、それなりに可愛いですね」

「自分では、考えたことも、ない」

「わたしの父も休みの日は一日中パジャマでごろごろしています。もちろん父のパジャマが可愛いと思ったことは、一度もありませんけど」

「ええと……コーヒーでも、飲むか」

「そのつもりで来ました。これ、おみやげです」

テーブルに置いた紙袋の中から包装された四角い箱を取り出し、俺に目で合図をしてから、佳衣がその包装紙を慎重に外し始めた。箱の中から出てきたのは喫茶店で使っているような、ドリップ式のコーヒーメーカーだった。

「一応お礼のつもりです。大人としての常識です」

「ああ、そう」

「パーコレータもいいですけど、美味《おい》しいコーヒーを飲むのに手抜きはいけません。そういうことに手を抜くから生活が侘《わび》しくなるんです」

「反省はしてるんだが、なかなか、な」

「台所を貸してください。わたしがいれてあげます」

コーヒーメーカーを両手で持って立ちあがり、佳衣が肩でリズムを取りながら、俺を無視して台所のほうへ歩いていった。しばらく俺は途方に暮れていたが、自分の部屋でうまいコーヒーが飲めること自体に、文句はない。俺はソファに座ってテーブルの空き箱と包装紙を、ぼんやりと片づけ始めた。さっきまでの鬱屈《うつくつ》が半分どこかへ逃げ出し、窓からの日射しに突然春の気配を感じてしまった。知子には死んでも打ち明けられないが、不本意ながらこれが俺の、体質なのだろう。

コーヒーの缶も薬缶《やかん》もカップも勝手に見つけたらしく、佳衣が香ばしい匂いを部屋に運んできて、俺たちは二つのカップを挟んでテーブルに向かい合った。豆が変わったわけでもないのになるほど、手抜きさえしなければコーヒーとは、こんなに上品な飲み物だったのだ。

黒革のライダースーツにはどうにも違和感があったが、テーブルからカップを取りあげて、俺が言った。

「千葉へのツーリングって、大変なんだろうな」

「首都高さえ抜ければ気持ちよく走れます。あとは京葉道路から外房道路です」

「千葉のどこまで?」

「鴨川《かもがわ》です。教授のお使いでサザエの資料を受け取りに行きます」

「なんの資料?」

「サザエです。食べる貝のサザエ。鴨川にある水産試験場に水温とサザエの繁殖に関する研究データを借りに行きます。サザエの研究では鴨川の水産試験場が日本一進んでいます」

「よくは知らないが、サザエも難しい問題を抱えているわけか」

そういえば加奈子も電話で、品川の水族館へ連れていけ、と言っていた。今世間では俺が思っているよりずっと、魚関係が流行なのかもしれない。具体的には聞かなかったが佳衣も大学の水産研究室とかで、助手をしているのだ。

「君も大学で、サザエの研究をしているのか」と、複雑な気分でコーヒーの苦味を味わいながら、佳衣の長い指先から視線を逸《そ》らして、俺が言った。

「わたしの研究テーマはサンゴです」と、表情も変えず、口の前にコーヒーのカップを構えたまま、佳衣が答えた。「サンゴの生殖です。サンゴは有性生殖と無性生殖をくり返しますけど、無性生殖の限界点と有性生殖を始める外部要因と、そのあたりを環境の方向からアプローチしたいと思います」

「大変だろうが、まあ、頑張ってくれ」

「好きでしている研究ですから、大変なことはないです」

「大変なことがなければ、それは、よかった」

サザエにもサンゴにもまるで興味はなかったが、しかし人間以外のものに歩調を合わせて生きているらしい佳衣には、羨《うらや》ましいほど安心する。惚《ほ》れたとか裏切られたとか憎んだとか憎まれたとか、あげくの果ては殺したとか殺されたとか、そんな生臭い世界がこの早川佳衣に似合うはずはない。そして俺の世界はその、生臭い部分だけで成り立っている。

「柚木さん、わたし、あまり時間がないんです」

「鴨川まで行くなら急がなくちゃな」

「ええ……」

「事件のことは俺に任せておけばいい。うまいコーヒーを飲んで、やる気が出た」

「そういう意味では、ないです」

「なにが？」

「いえ。事件のこと、少し話していいですか」

なにを言おうとしたのか、よくは分からなかったが、俺としてはこれ以上佳衣を事件に巻き込みたくはなかった。おぼろげながら事件の輪郭《りんかく》が見えてきた今となっては、尚更のことだ。

「あまり話したくはないな。もう君は事件に係わらないほうがいい」

「話したくないって、どういうことですか」

「君の助けは要らなくなったと、そういう意味だ」

「調査をお願いしたのはわたしのほうです」

「俺に調査を依頼したのは永井実可子の遺志だったはずだ」

「それは、でも、言葉のすり替えです」

「言葉の問題ではなく、俺は永井実可子と自分自身のために犯人を見つけたい。最初からそのつもりだった」

「わたしや梨早ちゃんのことは、どうでもいいわけですか」

「ある意味では、ついでみたいなもんだな。君が鴨川へ行くついでにここへ寄ったのと同じことだ」

「こじつけを言わないでください。そんな理屈は成り立ちません。梨早ちゃんとわたしは叔母さまの身内ですけど、柚木さんは他人です」

「殺人事件の捜査なんて、他人でなくてはやっていけないんだ。俺も昔の経緯《いきさつ》には目をつぶることに決めた。そうでなくては犯人にまで行きつけない」

「柚木さん……なにか分かったんですね」

「たんなる強盗殺人でないことだけは、分かった」

「それなら、そのこと、わたしに話すべきです。わたしには聞く権利があります」

「君はおとなしく大学へ通って、サザエだかサンゴだかの研究をしていればいい。実可子さんだって君や梨早さんを事件に巻き込みたくはないはずだ」

「勝手すぎます。自分にだけ都合のいい理屈です。叔母さまを殺した犯人を見つけることは、本当ならわたしと梨早ちゃんの問題です」

「犯人が分かったら連絡はする。状況の説明もする。しかし捜査自体は別の問題だ。他人の不愉快な部分に足をつっ込むのは、これ以上汚れる心配のない人間のやることだ」

喋っているうちに自分で自分に腹が立ってきて、思わず机の脚を蹴飛ばし、俺は窓のほうへ顔を向けて椅子に腰をおろした。言葉は伝わっても気持ちが伝わらないのが、立場の限界というやつか。

佳衣がソファに座り直して脚を組み合わせ、俺の煙草に手を伸ばして乱暴に火をつけた。大人の女だから煙草ぐらい吸ってもかまわないが、その強情な横顔がまた俺の気分を苛立《いらだ》たせる。

「研究室の助手なら、早いところ教授のお使いを済ませたらどうだ」と、膝を立てて回転椅子を揺すりながら、机の上に鉛筆を転がして、俺が言った。

「勝手な人だったんですね。勝手で、拘《こだわ》っているのは自分のスタイルだけなんですね」

「そうやってこの歳まで生きてきた」

「辛いことや不愉快なこと、ぜんぶ一人で背負い込むのが恰好いいと思ってるんでしょう」

「君に言われる筋合いは、ない」

「一人で恰好をつけて、一人で満足して、それで人生の侘しさを味わうんですか。そんなことのどこが大人なんですか」

「大きなお世話だ。俺には俺の価値観がある。今度の事件は俺の価値観の中で解決させてやる」

「わたしをのけ者にして、ですか」

「結果は知らせると言ったろう。人間にはそれぞれ向き不向きがある。魚だって泥沼が好きな魚もいれば、きれいな水の中でしか生きられない魚もいる」

「魚のことを柚木さんに教えていただく必要はありません」

「お互い様だ。こっちも殺人事件の捜査を君に教えてもらう必要はない」

「これはただの殺人事件ではなく、わたしの叔母が殺された殺人事件です」

「だから君を、巻き込みたくないと言ってるんだ」

「だからわたしは、一緒にやらせてくださいと言ってるんです」

「君は……」

「なんですか」

「いや」

「言いたいことがあれば、はっきり言えばいいじゃないですか」

「はっきり言ってるのに、君が聞かないんだろう」

自分が怒っているのか呆れているのか、突然分からなくなって、俺は椅子を立って光の射す窓ガラスに背中で寄りかかった。口を尖らせて不器用に煙草をくわえている佳衣の横顔が、悲しいほど可笑《おか》しかった。

「君の気持ちや、言いたいことが、分からないわけではない」と、背中に窓ガラスの冷たさと自己嫌悪を感じながら、一つ肩で息をついて、俺が言った。「ただ人間にはそれぞれ専門がある。気分や好みではどうにもできないこともある」

「柚木さんはわたしのことを、子供扱いしています」

「子供だから子供扱いをする。当然のことさ」

「わたしは……」

「もうすぐ二十七だし大学の助手だし、夜中まで酒を飲むし煙草だって吸う。しかしそれならなぜ、自分の叔母さんをただの女として観察できなかった。君は意識的にか無意識的にか、彼女の家庭生活を俺に隠していた。義理の叔父さんが女に手の早いお坊ちゃんであることも、二人の夫婦関係が表面的なものだったことも、君にはみんな分かっていたはずだ。事件には関係ないと思って俺に話さなかったのか。ちがうだろう？　君は正直に認めるのが怖かった。無意識のうちに汚いものは見ないように努力していた。自分の美意識に合わないものからは本能的に目を逸らしてしまう。君は……いや、俺は、君が悪いと言っているわけじゃない。誰だっていやなものには目をつぶる。口にだって出したくはない。それでいいんだ。人間はふつう、みんなそうやって生きていく。そうやって生きてもなにも困らない。ただ、そうやって生きている人間に大学の助手はできても、探偵の助手はできない。言いたかったのは、そういうことだ」

佳衣が視線を膝元に据えたまま灰皿に腕を伸ばし、姿勢を変えずに、十秒ほど灰皿の上で指先を動かしつづけた。部屋の空気に亀裂が入って窓からの光がハレーションを起こし、佳衣の黒いライダースーツを激しく銀色に光らせる。その十秒が一分にも一時間にも、俺にはとんでもなく長い時間に感じられる。

不意に佳衣が腰をあげ、ヘルメットを胸の前に抱えて、大股にドアのほうへ歩き出した。ふり返るそぶりは一度も見せず、俺に言葉をかけさせる余裕も与えず、乱暴にブーツを履《は》いてあっけなくドアの外に消えていく。空気の密度が高まって、窓の光も俺の頭も、音が出るほど激しいハレーションを起こし始める。

俺は目眩《めまい》を感じてソファに倒れ込んだが、もちろん二日酔いのせいでも睡眠不足のせいでもなかった。佳衣の飲み残したコーヒーの香りが化粧品の残り香と一緒に、重く俺の神経にのしかかる。どうでもいいが、まったくいい歳をして、俺はどこまで女に甘えれば気が済むのだ。

窓を閉めていても、外濠《そとぼり》公園の方向から雀やカラスの鳴き声が聞こえてくる。空気が乾いているせいか日曜日で新宿通りの交通量が少ないせいか、外を通るクルマの音がやけに遠く感じられる。日曜日だからといって勤め人のように心が浮き立ちはしないが、それでも明るい日射しを眺めながらソファの上で膝を抱えているには、あまりにも今日の空は青すぎる。早川佳衣さえあんなヘルメットを被って登場しなければ俺にもまだ、洗濯と掃除の気力ぐらいは残っていたろうに。

＊

津久見芳枝への連絡はとりやめ、三時ごろまで部屋でくすぶってから、俺は柿沢洋治と会うために部屋を出た。夕方というにはまだ日は高く、空気の肌触りにも日射しの暖かさが残っていた。相手が柿沢でなければ銀座まで出かけることに、これほどの億劫《おっくう》さは感じないはずだった。

待ち合わせをしていた店はみゆき通りを六丁目側に入ったところにある中華レストランで、こんな中途半端な時間でも空席が見当たらないほどの混み方だった。柿沢は先に来ていて、四人がけのテーブルでザーサイを肴にビールを飲んでいた。瓶に残っているビールの量からすると俺のほうがそれほど、遅れたわけでもなさそうだった。

「一昨日《おととい》会ったばかりだが、まあとにかく、しばらくだったな」と、席についた俺にコップをすすめ、テーブルの向こうからビール瓶を伸ばして、柿沢が言った。

永井の家で会ったときよりも顔色がよく、目尻に浮かべた細かい皺にも高校時代の不遜さは感じられなかった。一昨日はそんな印象も受けなかったから、『十年以上フランスで苦労した』と言った春山順子の言葉が、今日の先入観になっているのかもしれなかった。

「二十年もたってから柿沢に会うとは、俺も思わなかった」と、目の高さで乾杯をし合ってから、一杯めのビールを飲み干して、俺が言った。

「それもこんな用事で会うとは、じゃないか」

「お互いにな。卯月……永井さんのことがなければ、柿沢が有名になっていたことも知らなかった」

「まだ駆け出しだよ。本当に有名なら彼女のことがなくても、知っていたろうからな」

制服を着たウェイターが来て柿沢が『中華風しゃぶしゃぶコース』とかいうやつを注文し、俺も同意したが、酒はビールから老酒《ラオチユウ》に切りかえた。

「忘れていたが、ルージュ賞を取ったお祝いを、まだ言ってなかった」

「三年も前のことだ。自分でももう忘れかけてるよ」と、笑いながら盃を取りあげ、薄い唇を片方だけ歪めて、柿沢が答えた。

「しかし昨日ギャラリー杉で柿沢の絵を見たときは、意外な気がした」

「こんな絵にどうしてこんな値段がついているのか……そういう意味だろう」

「そんな意味じゃない。ただ昔はああいう感じの絵では、なかった気がする」

「二十年も昔の話をするなよ。俺だってそれなりに苦労もしたし、進歩もしたんだぜ」

「そうなんだろうな。俺に絵のことは、よく分からない」

「柚木には子供の塗り絵みたいに見えるかもしれんが、今俺が表現しているのは人間生活の現実を超えた心の平和なんだ。あの青は海の青でも空の青でもなくて、平和のシンボルとしての青ということだ」

「それが世間に認められたんだから、とにかく、いいことには変わりない」

「俺の絵が売れたこと、喜んでくれていないみたいじゃないか」

「喜んではいるさ。手を取り合って涙を流すのは恥ずかしいけどな」

テーブルの上に鍋の支度が始まり、生野菜やフカ鰭《ひれ》のスープも運ばれてきたが、『中華風しゃぶしゃぶ』といったところで要するにたれが味噌味になっているという、それだけのことだった。

「変わらんよなあ。高校時代から一番変わらないのは、柚木じゃないのかな」

「歳相応に疲れてはいる」

「そうやって悟ったような言い方をするところが、つまりは変わっていないわけだ」

「一番変わらなかったのは永井さんだったはずだ」

柿沢が盃を呷《あお》ってから一瞬黙り込み、尖った顎の先を掌でこすって、小さく舌打ちをした。

「なあ柚木、谷村から聞いたんだが、今度の事件を警察は本当に、顔見知りの犯行だと思っているのか」

「その線で動いていることは、確かだな」

「分からんなあ。それならどうして俺や谷村に、話を聞きに来ない?」

「俺はもう警察の人間ではない」

「しかしなにか情報を握ったから、柚木だって調べているんだろう」

「警察は物盗りと顔見知りの両面で捜査をしている。俺に分かっているのは、それだけだ」

「事件から十日ちかくもたっているのに、どっちにも決まらないなんて、まだそんなことをしているのか」

「関係者が金持ちだったり社会的地位があったりする事件では、警察も慎重になる。あとでマスコミに叩かれないようにな」

「関係者というのは、つまり……」

「被害者や被害者の家族や、それに容疑者もさ」

「要するにそれは、俺たちの誰かを疑っているということじゃないか」

「被害者が永井実可子なら顔見知りには柿沢たちのグループが含まれる。特別な状況ではないさ」

「俺にとっては、こういうことは特別な状況なんだよ。警察がなぜ顔見知りの犯行と思っているのか、知ってることがあったら教えてくれないか」

柿沢が俺を呼び出したのは捜査の進み具合を聞き出すのが目的だったはずで、それぐらいは承知で俺も銀座まで出かけてきた。アリバイを調べると約束した金谷朔二郎も、話の様子ではまだ柿沢のところまでは出向いていないのだろう。

「盗まれた品物が出てきていないことは、谷村から聞いたよな」と、しばらく箸《はし》を使ってから老酒を注ぎ足し、盃を口に運びながら、俺が言った。

「出てこないことが怪しいとか、そういうことだったな」

「俺が谷村に話したときはまだ出ていなかった。それが昨日、一つ出てきた」

「出てきた……ほう」

「たった一つだけな。新宿のヤクザ者が質屋に持ち込んだそうだ」

「それならそいつが、犯人じゃないのか？」

「殺人の証拠品を質屋に持ち込む馬鹿はいないさ。そいつは浮浪者から巻きあげたと言っている。たぶん本当だろう。問題はその置き時計がなぜ昨日になって出てきたのか、だ。俺が谷村に、盗品が質屋に出回らないのはおかしいと言った、次の日にな」

「谷村が、まさか……」

「わざと浮浪者に見つかるような場所に捨てた、そう考えられなくもない」

「いくらなんでも考えすぎだろうよ」

「可能性の問題さ。谷村がやった可能性もある。それと同時に柿沢か春山さんか津久見さんか、その誰かがやった可能性もある。俺が谷村に話した内容はあの夜のうちに、他の三人にも伝わっていた」

柿沢が老酒のとっくりを空けて視線を店の壁に漂わせ、ウェイターに身振りで酒の追加を注文した。皮膚の薄い端整な顔は相変わらず無表情で、自分の台詞《せりふ》がどこまで相手に通じているのか、俺には見当もつかなかった。

「だけど、柚木、それぐらい、偶然ということもあるだろう」と、テーブルに肘をかけ、長めの髪を耳のうしろに掻きあげながら、柿沢が言った。

「もちろん偶然ということも、ある。しかし偶然で指紋は消えていかないさ。犯人は凶器の花瓶とドアの取っ手から指紋を拭き取っていった。窃盗が目的の犯人なら手袋をしてくる。あとになってわざわざ指紋を拭き取る必要はないんだ」

「指紋……か。そうか、拭いてあったんなら、そういう理屈になるわけか」

「今度の事件には物証がほとんどない。だから犯人を捜すためには動機から攻めていく必要がある。永井実可子を殺したいと思う動機が、いったい、誰にあったのか」

「それは……」

「彼女は他人と無難に折り合う性格ではなかった。あるいは折り合う必要がないと思い込んでいた。本人が意識しない部分でいつも他人を傷つけていた。うしろから花瓶で頭を殴られた瞬間、もしかしたら気づいたかもしれないが、そのときはもう遅かった」

「柚木、はっきり言えよ。その動機とやらが俺にあると言いたいのか」

「少なくとも昔、柿沢は彼女に振られているからな」

柿沢の目が一瞬いやな色に光り、無表情な皮膚の下に隠れていた傲慢《ごうまん》さが露骨に姿を現した。フランスで皿洗いや観光ガイドをやったぐらいで持って生まれた性質までは、変わらないのだろう。

「今の話は、柚木、誰から聞いたんだよ」

「同級生というのは誰だって昔話が好きなもんさ」

「谷村か春山順子か、そのあたりか。暇な連中に限って思い出話で自分を慰めたがるからな」

「柿沢はそれほど暇ではない、か？」

「十何年も昔の話に拘るほど、暇ではないな。振られたことを根にもって人間を殺すほど暇でもない。本当に拘っていたらフランスから帰ったあとで、実可子には会わなかった」

「自分を振った女を十年以上も殺したいと思い込みつづける男も、そうはいないか」

「そのとおりだよ。実可子にはたしかに振られたけど、十八年も昔の話だ」

「十八年、か。年数までよく覚えているもんだ」

「柚木……」

「ふつうの人間なら時間と一緒に恨みや屈辱は忘れていく。ふつうならそのとおりさ。だけど柿沢は絵に執着しつづけた。十五年か、二十年か？　とにかくそんな長い時間、一つのことに執着しつづける人間が俺の目の前に、ちゃんといるわけだ」

象牙の箸を動かしていた柿沢の手が皿の上で止まり、平らな広い額にウエーブした前髪が、束になって覆い被さった。

「俺が、実可子を殺したというのか」

「柿沢はふつうの人間より、執着心が強いと言ってるだけさ」

「それがどうした。俺がどんな気持ちで絵を描きつづけてきたか、おまえなんかに分かるはずはない」

「分かりたいとは思わない。俺が知りたいのは永井実可子を殺した犯人の名前だけだ」

「いい加減にしろよ。下司《げす》な警官根性で他人《ひと》の人生にまで踏み込むな。俺が誰に振られようと、売れない絵を何年描きつづけてこようと、そんなことは柚木の知ったことじゃない。おまえはでっちあげの記事を書きとばして、せいぜい安い原稿料でも稼いでいればいい」

絵の話題が柿沢の神経に触れたらしいことは間違いなかったが、どういうふうに神経に触れたのか、そこまでの判断はつかなかった。俺のほうも原稿料の安さを見抜かれて冷静だったわけではないが、しかしこっちはもともと柿沢と友好的な関係を結ぼうとは思っていないのだ。それを柿沢に対する嫉妬と言ってしまえば、それは、そうなのだろうが。

「済まん。つい、興奮した」と、青白い頬《ほお》に硬い皺をつくり、視線を上げずにまたゆっくり箸を使い始めながら、柿沢が言った。「売れない時代が長かったせいか、あのころのことを思い出すと頭に血がのぼってしまう。なかなか悟りは開けないもんだ」

「悟りなんか開いたら絵を描く必要もなくなる」

「まあ、そうなんだろうな。俺だって柚木が警官になった事情ぐらい、知らないわけではなかったが……」

視線を合わせないまましばらく黙って『中華風しゃぶしゃぶ』をつつき合い、それから老酒を追加して、柿沢洋治が静かにとっくりを俺の盃に伸ばしてきた。

「なあ柚木、実可子に振られたことが俺の動機だというんなら、谷村や春山順子のことはどうなんだ？　あいつらのことは知っているのかよ」

「谷村と春山さん……が？」

俺は頭の中で、目の前のテーブルに父親と母親の躰《からだ》が崩れ落ちる光景を茫然《ぼうぜん》と見つめていたが、話題が当面の問題に移って、意識を谷村郁男と春山順子の存在に切りかえた。

「やっぱりな。あいつらが自分に都合の悪いことまで、喋るはずはなかったか」

「永井実可子と谷村や春山さんの間に、問題があったわけか」

「自分が疑われたから言うんじゃないんだぜ。だけど動機ということなら、俺なんかよりあの二人のほうが大きいはずだ」

目黒の焼き鳥屋で酒を飲んだときの谷村と、池袋のスナックでバーボンの水割りをつくった春山順子の顔を同時に思い出してみたが、しかし柿沢が今言おうとしているような話題は気配にも出てこなかったはずだ。

「仲間が二人も死んでいるのにグループの結束は、固いということか」と、コップの水で唇を湿らせ、煙草に火をつけて、俺が言った。

「どこがグループなんだか、俺にはよく分からんけどな」と、自分でも煙草に火をつけて、柿沢が言った。「北本が自殺したことだけは聞いているか」

「春山さんと結婚していたことも聞いている」

「自殺の理由は？」

「脚を怪我して、テニスができなくなった」

「まあ、それも嘘ではないんだ。やつ、大学時代には世界ランキングにも入って、かなりのところまで行けると言われていた。実力もあったし人気もあった。逆に俺のほうは芸大にも入れず、親父も事業に失敗した。結論はかんたん、実可子はあっさり俺から北本へ、乗りかえた」

　実可子があっさり柿沢洋治から北本英夫に乗りかえた、言っている意味があまりにもかんたんすぎて俺の頭は言葉も相槌も、なにも思いつかなかった。

「実可子っていうのはそういう女なんだ。正直といえば正直で、自分勝手といえば自分勝手。とにかく目の前にあるもののうちで一番光っているものを欲しがる。悪気はなくてもそれで周りの人間が、みんな迷惑する」

「それは、とんでもなく、迷惑だろうな」

「迷惑だけど、俺個人としては、どこかで許している部分があった。実可子の性格は最初から知っていたわけだし、許すしか仕方ないぐらい惚れてもいた。甘いと笑われるかもしれないが、甘くなくては実可子とはつき合えなかった。あいつは、そういう女だったよ」

「柿沢は、そのあと、どうしたんだ」

「ただの友達としてつき合っていたさ。自分の未練には腹が立ったが、どうしても実可子から離れられなかった。実可子の結婚が決まってそれで俺も、やっとフランスへ渡る決心をした」

「彼女は柿沢から北本に乗りかえて、北本がテニスをできなくなったとたんに別な男と見合い結婚した、そういうことか」

「単純に、そういうことだな。北本は俺みたいに実可子を許すことも諦めることもできなかった。テニスのスター選手からただの会社員になって、実可子という自慢のアクセサリーまで手放さなくてはならなかった。自分のほうが実可子のアクセサリーだったことに、北本は気がつかなかった」

「許せなくて、諦められなくて、それで自殺か」

「テニスのこともあったろうし、いわゆる人生のすべてに、絶望でもしたんだろう」

「春山さんは北本と永井実可子の関係を承知で、結婚を？」

「可哀そうに、順子は高校時代からずっと北本に惚れていた。事情は知っていても結婚すればなんとかなると思ったんだろう。順子も馬鹿だけど北本も北本だ。俺としては実可子より、順子の人生に責任をとらなかった北本のほうが許せない。勝手に自殺して、あとの始末をぜんぶ順子一人に押しつけたんだものな」

　池袋の店で春山順子は、北本を恨んでいないと言いきった。一緒に暮らした時間と子供を残してくれて、自分は幸せだったと。あの言葉はただの強がりだったのか。それとも一人の男を愛しつづけたことの、女としての本心だったのか。女の気持ちなんか俺に分かるはずもないが、実可子より北本のほうが許せないという柿沢の言葉は、順子の立場に立ってみれば、どういうことになるのだろう。それになぜあのとき順子は北本英夫と実可子の関係を、言わなかったのか。

「俺の知らないところで、みんなそれぞれ、ドラマをやっているんだな」と、煙草を灰皿でつぶしてから小皿をテーブルの脇にどかし、残っていた老酒を盃に注いで、俺が言った。「春山さんのことは聞いておくとして、谷村と永井実可子の問題というのは、どういうことなんだ」

「ある意味では俺や北本より谷村のほうが、苦しかったかもしれないということさ。俺も北本もあっさり捨てられたが、谷村は実可子の前に跪《ひざまず》くことしかできなかった。この二十年間やつがどれだけ屈折していたか、最近になって、やっと分かった」

「谷村が彼女に惚れ抜いていたことは、見当がつく」

「一方的に惚れるだけで満足する男が、世の中に何人いると思うよ。谷崎潤一郎《たにざきじゅんいちろう》の世界じゃあるまいし……」

「谷村も満足していなかったのか」

「やつのことはよく分からなかった。実可子の周りをうろうろしているだけで満足していると、俺はそう思っていた。だけど、そんなことはないんだよな。谷村だってちゃんと男だ。この前のクリスマス、みんなで順子の店に集まったけど、そのときやつが狂ったように実可子へ殴りかかった。自分の人生がここまで惨《みじ》めなのは実可子のせいだと喚《わめ》きながら、な。俺たちが止めなかったら、あのときどうなったか知れたもんじゃない」

「あの谷村が、な」

「あの谷村が、さ。酔っていたせいもあるだろうが、あれは谷村の本音だったと思うぜ。実可子にはそうやってみんなが苦労させられたんだ。柚木は俺を疑っているかもしれないが、もし動機が問題になるなら動機は全員がもっていたことになる」

春山順子が北本と実可子の関係を隠していたように、谷村もまた実可子とのトラブルを隠していた。目黒の焼き鳥屋では実可子のすべてを許せる、と言ったはずの谷村が、実際には酔って殴りかかるほど実可子を恨んでいた。しかし調べればすぐに分かるような嘘をなぜ谷村はわざわざ、俺に話して聞かせたのか。それとも柿沢の言うことのほうが嘘で谷村はやはり、単純に実可子に憧れていただけなのか。春山順子にしても自分と北本と実可子の関係は別にして、谷村と実可子のトラブルまで隠す必要がどこにあったのか。クリスマスに谷村ともめたことで実可子が身の危険を感じたというのなら、それはそれで、時間的な辻褄《つじつま》は合うのだろうが。

「仕方はないが、個人的には、聞きたくない話だった」と、ウェイターが持ってきた中国茶に口をつけてから、煙草とライターをポケットに戻して、俺が言った。「傍から見ているだけなら羨ましいようなグループだったのに、な」

「他人《ひと》の女房は美人に見える。隣の芝生も青く見えるしな。柚木、約束どおりこの店は俺の奢りだぜ」

「今日だけはそういうことにするか」

「なあ、記事に圧力をかけるとしたら、どれぐらいの金が要る?」

「俺の年収分を現金で積んでくれたら、考えないこともない」

「金で済むことならなんとかする。まずい記事になりそうだったら、その前に連絡をくれ」

「柿沢、一つ、訊いてもいいか」

「一月三十日のアリバイだろう」

「どうせ警察にも調べられる。アリバイがあるなら聞かせてくれ」

「アリバイはあるさ。俺が心配しているのは、そんなことじゃない」

「分かってはいるが、一応、だ」

「あの夜は十二時まで美術雑誌の編集者と六本木で飲んでいた。店も馴染《なじ》みの店だし、誰に訊いてもアリバイは証明してくれる」

「十二時まで、か」

「そうだ。新聞には、実可子が殺されたのは十一時ごろと書いてあった。十二時までのアリバイがあればじゅうぶんだろう」

「アリバイがあれば、心配することはないさ。あとは週刊誌に嗅ぎつけられないように、せいぜいうまく立ち回ることだ」

腰をあげる気配のない柿沢に頷いてやり、立ちあがりながら、思い出して俺が言った。

「津久見さんのことを忘れていた。どういうわけかいつも、彼女のことを忘れてしまう」

柿沢が座ったまま肩を揺すり、片方だけ眉を持ちあげて、ちらっと俺の顔をうかがった。

「津久見さんと永井実可子との間に、問題はなかったのか」

「津久見芳枝がどうやって問題を起こすんだよ」

「彼女だって人間だから、な」

「芳枝が誰かともめ事を起こしたら、俺なんか花を買ってお祝いに飛んでいく」

「高校時代の、あのときのままということか」

「世の中には波風を立てずに生きている人間もいるもんさ。六人のうち一人ぐらい幸せになっても、悪いことはない。それとも誰かが幸せになったら、柚木としては面白くないか」

「俺はみんなに幸せになってもらいたかった。柿沢にも谷村にも春山さんにも菊田さんにも、そしてもちろん、卯月実可子にも」

なにか言いかけて言葉を呑み、吸い込んだ煙草の煙を柿沢が天井に向かって、大きく吐き出した。俺にしてもそれ以上訊くことはなく、そのままテーブルを回ってドアのほうへ歩いていった。

店を出ながらもう一度考えてみたが、俺が柿沢を快く思わない理由はやはり、どこにも見当たらなかった。同じことはどうせ柿沢も今、煙草を吹かしながら考えてはいるのだろうが。

*

光の暖かさでマフラーを忘れてきたが、日の落ちきった銀座通りの舗道には北からの風が腹の立つほど強く吹き抜けていた。日曜日の銀座なんてデパートが閉まれば気が抜けるほど静かな街で、歩いているのは暇な外国人と勤め帰りの店員ぐらいのものだった。新宿に回れば開いている酒場があることは分かっているが、しかし酔いつぶれて眠るには今日はまだ、時間が早すぎる。

しばらく松坂屋《まつざかや》の前に立ってクルマの流れを眺めてから、近くの電話ボックスまで歩き、テレホンカードを使って俺は津久見芳枝の家に電話を入れてみた。こんな用事で会うのは気がひけるほどの優等生ではあったが、グループの中で一人だけ実可子とトラブルを起こしていないというなら、それだけ客観的な意見が聞ける可能性もある。津久見芳枝がいくら堅気《かたぎ》の主婦でも事情が事情だし、不良の俺が電話をしたら失礼になる、ということもないだろう。

津久見芳枝は家にいて、亭主が留守なので一人で海老グラタンを食べているところだと言い、それからマンションのある品川の住所とそこまでの道順を教えてくれた。

電話ボックスを出てからタクシーに乗り、そのときになってふと俺は早川佳衣の顔を思い出した。どんなバイクだか知らないがあの強情なサンゴ学者は、この風の中をまだ一人で鴨川辺りを走っているのだろうか。

場所的には戸越《とごし》公園の南側になるのだろうが、大井町《おおいまち》線《せん》が近くを走る住宅街の中のマンションは自分の部屋を二度とマンションとは呼べなくなるような、セキュリティシステム完備の贅《ぜい》沢《たく》な建物だった。大理石の床は絨毯敷でエレベータの中にまで絨毯が敷かれ、ロビーは壁も柱も大理石。最近はマンションの値段がさがっているといってもこれだけの造作《つくり》ならどの価格帯でも、二億より下ということはないだろう。永井実可子の生活を引き合いに出すまでもなく金というのは、集まるところに集まるようにできている。

エレベータをおりた五階の東角が津久見芳枝の住居が入っているスペースで、チャイムを押しただけで俺はすぐ中へ迎え入れられた。案内された二十畳ほどのリビングには毛足の長い白い絨毯が敷かれ、ダイニングを挟んだ向こう側にも二つか三つの部屋があって、オーダーメイドらしい家具も内装も安定感のあるモノトーンで統一されていた。子供のころから優等生で物分かりがよかった津久見芳枝の人生に対する、これが、ご褒美か。

「もっと早く連絡をくれるかと思っていたのに、二十年前と同じで、わたしを一番あと回しにしたわけ？」と、俺を背の低い革張りのソファに座らせ、自分は夜景の見える広い窓の前に立ったまま、少し首をかしげて、津久見芳枝が言った。

「君に会いに来る口実が見つからなかった」と、まだ頭のどこかで部屋の空気に戸惑いながら、奥の部屋から登場した毛糸玉のような犬に会釈《えしやく》をして、俺が言った。「旦那の留守を狙って来たわけじゃないが、他に家族は？」

「子供はできなかったの。それに主人は仕事の虫だから、この前いつ会ったのかも覚えていないぐらい」

「君みたいな優等生にも思いどおりにならないことがあった、か」

「柚木くん、それ、皮肉？」

「一般論的な感想さ。百パーセント満足な人生なんて、そうあるもんじゃない」

「相変わらず刺《とげ》のある言い方をするのね。だからあのころ、みんなから敬遠されたのよ」

「あのころから今までずっと敬遠されている。女房や子供にまで敬遠された」

「気持ちは優しいのに口のほうが臍曲《へそま》がりなのよね。少しは素直になっているかと思ったら、やっぱり昔のままだった」

それからほんの少しの間目を細めて俺の顔を見つめ、肩でため息をついて、芳枝が口の端を笑わせた。

「柚木くん、食事は?」

「済んでいる。ここへ来る前に柿沢と二人で飯を食った」

「あら」

「中華風しゃぶしゃぶとかいうやつを奢られて、絵を一枚買えとすすめられた」

芳枝が眉の間に皺を寄せて睨む真似をし、丈の長いフレアスカートの裾を翻《ひるがえ》して、無邪気な歩き方でダイニングへ入っていった。昔は整った顔立ちのわりに華やいだ雰囲気を感じさせない子だったが、二十年の時間が芳枝の表情から除々に屈託を削り取ってきたのだろう。柿沢の台詞ではないがグループのうちで一人ぐらい幸せになったところで、たしかになにも、悪いことはない。

「柚木くん、なにを飲む? お酒ならなんでもあるわよ」と、遠くのほうから首を伸ばし、二十年前と変わらない澄んだ声で、芳枝が言った。

初めて来た家で強い酒を飲むのも気はひけるが、話の都合上、俺にしてもあと少しだけ酔いを回しておきたかった。優等生の副委員長が相手では殺人事件の生臭い話題は、どうにも切り出しにくい。

「ウィスキーをオンザロックでもらえるかな」

「スコッチもバーボンもあるけど」

くなる。

「わたしもおつき合いするわ。主人の真似をしていたら飲めるようになってしまったの」

芳枝がダイニングの奥で鼻唄を歌い始め、俺のほうはテーブルにガラスの灰皿を引き寄せて、煙草に火をつけた。例の毛むくじゃらの犬がリビングとダイニングの中間で不思議そうに二つの部屋を見比べていたが、これで子供でもできれば芳枝の人生も限りなく、百パーセントに近くなる。

俺が煙草を吸い終わったとき、芳枝が銀の盆とデカンタを持ってきて、俺たちはお互いに目尻の皺を認め合うぐらいの距離で向かい合った。子供がいないせいか指は荒れてなく、短くカットした髪からのぞく白い首にも生活のくすみは見えなかった。丸襟のセーターの首には大粒のトパーズをペンダントヘッドにした、金のネックレスが光っていた。

グラスにアイスペールの氷を落とし、デカンタからウィスキーを注いで、芳枝がグラスを一つ俺に手渡した。そのグラスは平らなカットの重い手触りで新宿の飲み屋で出てくるグラスとのちがいに、俺の指先が無意識に恐縮した。

「君だけは幸せになっているというみんなの意見は、正しかったらしい」と、グラスを合わせてから苦味の強いバーボンをすすり、芳枝の穏やかな目と視線を合わせて、俺が言った。

「みんなということは、やっぱりわたしが最後だったわけね」

「今朝一番で電話をするつもりだったが、どうも、な」

「どうも、なに？」

「君は俺なんかに会いたくないだろうと、気を使った」

「昔の友達なら誰でも懐かしいわ」

「相変わらず教科書どおりの答えだ」

「偏見をもっているからそう聞こえるの。自分が素直になれば相手の言葉も素直に受け入れられるのに」

「それが怖かった」

「それ?」

「君にはあのころもよく説教された。今度の事件がなければ俺はこのマンションの、一キロ以内にも近寄らなかった」

芳枝が口の端を結んでグラスに唇をあてて、視線を宙に浮かせたままため息をついた。

「事件……ね。こんなことになるなんて思ってもみなかった。昼間は警察の人が来て、わたしのアリバイを聞いていったわ」

金谷朔二郎がどういう順序で回り始めたのか、電話のあとで俺が思っていた以上に、気合いを入れ始めたのか。定年ちかい叩きあげの刑事としては本庁のエリートに対して、意地も見せたいのだろう。

「それで、アリバイは、あるのか?」

「あるはずないわよ。あの夜は主人が夜中の一時に帰ってきて、わたし、夜食の支度をしながら待っていただけですもの」

「曖昧《あいまい》なアリバイならないほうがいい。堅気の主婦は夜中にアリバイなんかないもんさ」

「でも警察に来られてみると、なんとなく気味が悪い」

「俺も喜んで来たわけじゃない。同級生の過去を調べるなんて、気分も悪いし」

「見かけによらず気が弱くて、見かけによらず正義感が強いのよね。その見かけによらないのが柚木くんの困ったところだけど」

「君には見抜かれているようで、どうも、具合が悪いな」

「ねえ、もう、言ってもいいかな」

「なにを?」

「わたし、柚木くんが警官になった理由、知っているの。あなたが転校してきたとき担任の山《やま》崎《ざき》先生が話してくれた。柚木くんがなにか困ったとき、相談にのるようにって」

「君には最初から頭があがらないようにできていたわけか」

「気を悪くしないでね。山崎先生も柚木くんのことを心配していたの。もちろんわたしも、心配だったわ」

「二十年も昔のことで文句は言わないさ。他のやつらも、知っていたのか」

「知っていたのはわたしと山崎先生だけ。だから柚木くんが警官になったと聞いたとき、わたしは少しも驚かなかった。レストランにいただけなのに暴力団が撃った鉄砲の弾が、当たってしまったんですものね。ご両親を殺されて柚木くんがああいう人たちを憎むようになった気持ち、よく分かったわ」

芳枝の言うとおり警官になった直接の理由は、たぶん俺の中の憎しみだったかもしれない。タイヤがパンクしたような音が聞こえたとたんに親父が上半身をテーブルに倒し、お袋が椅子の肘かけに崩れおちて、その瞬間の乾燥した空白を俺は以降の時間の中で、意識的に埋めようと努力した。父親と母親の胸から流れ出す血に漠然《ばくぜん》と事態を把握した瞬間の空白の中に、悲しみの色がまじっていなかった事実を、俺はいまだに釈明できていないのだ。俺が犯罪者やヤクザを憎んだのはあの空白に対する言い訳でしかなかったのではないか。そしてその言い訳のために結局、俺自身が二人の人間を撃ち殺した。個人的な怨念という形式に拘って俺は十三年もの時間を自分に甘えて過ごしてきた。無駄なものに費やした時間が無駄ではなかったという方程式が、まだ俺には見つからない。

「君はそうやって、いつも他人の人生に気を配ってきたんだろうな」と、強いバーボンを咽の奥に流し、自分の指先が震えていないことを確かめながら、俺は煙草に火をつけた。

「誤解なの。みんな優等生だと思っていたかもしれないけど、わたしも友達に意地悪をしたし、劣等感も感じていたわ。子供のころからよい子として育てられて、その枠から抜け出せなかっただけ」

「そう見えないところが優等生なのさ」

「それなら柚木くんは見かけどおりの臍曲がりなの？」

「俺は、自分のことを誰かに分かってもらいたいとは、思わない。人のことを必要以上に分かろうとも思わないけどな」

「二十年かけてつくってきたスタイルは、変えられない?」

「君だって変えられないさ。柿沢も谷村も春山さんも永井実可子も、誰も自分のスタイルは変えられなかった」

薄く口紅を塗った唇を舌の先でなめ、肩をすくめながら、芳枝が俺のグラスにデカンタのウィスキーを注ぎ足した。

「実可子のことは残念だったわ。柚木くんが実可子の事件に拘る気持ち、わたしにはよく分かる」

「自分があの時代を引きずっていることに、彼女が殺されて初めて気がついた」

「男の子はみんな実可子に憧れていたものね」

「事件の原因は永井実可子そのものにあった気がする、よくも悪くも」

「悪気のある子では、なかったけど……」

「みんなが迷惑していた。柿沢も、春山さんも谷村も、死んだ北本もな。君だけは彼女の毒から身を守っていたらしいが」

「わたしは臆病だっただけ。臆病だったから実可子みたいな危ない子には、近寄らなかったの」

「それでもグループとしてはつき合っていた」

「適当な距離をおいてね。火傷《やけど》するほど近寄らなければ実可子って、楽しい子だったわ」

「火傷したやつは自分が悪い、か?」

「そういう意味ではないの。でも北本くんや谷村くんは実可子のことを知らなすぎたと思う。実可子のことというより、女そのものを、かな。女は誰でも冷たい部分をもっているけど、ふつうは自分の身を守るために隠している。実可子は誰からも傷つけられない自信があったから、冷たさを剝き出しにしてしまったの」

「そういう女を一般的には、いやなやつという」

「あれだけ奇麗なら一般論は意味がなくなるのよ、特に男の子にとっては、ね？」

「男が馬鹿な生き物であることについては、三十八年も勉強をつづけてきた」

「勉強をつづけてきて、懲《こ》りた？」

「それが、どうも、そういうことは死ぬまで懲りないらしい……困ったもんだ」

芳枝が歯を見せて笑い、背中をうしろに倒して、スカートの裾を巻きつけながらゆっくりと脚を組み合わせた。毛糸のかたまりがその膝にあがろうとしたが芳枝に鼻面を押されて、犬はピアノの足元にまで退散した。

「一番の問題はやっぱり、北本くんが自殺したことだったわ」と、グラスの氷を揺すり、鼻を鳴らしている犬に不安定な流し目を送りながら、芳枝が言った。「あのことでみんなの気持ちがばらばらになってしまったの。実可子が悪いという人もいた。北本くんが悪いという人もいた。順子自身が悪いという人もいた。でもあのときは、それぞれみんな、仕方なかったと思う」

「それぞれがそれぞれに、仕方がなかった、か」

「優等生すぎるかな」

「君としてはそれ以上に考えられないだろう。ただそれからもグループとしてつき合っていた君たちの気持ちが、俺には分からない」

「集まるようになったのは柿沢くんがフランスから帰ってきてからなの。時間もたったし、みんな大人にもなった。柿沢くんの成功を喜ぶ余裕もできたの。でもそれまでは本当にばらばらだったわ」

「北本が自殺したとき永井実可子は、君になにか言っていたか」

「順子に恨まれるだろうとは言ったわね。実可子はお葬式にも来なかったけど、気にはしていた。でも自殺なんかされて迷惑をしたのは、自分のほうだとも言ってたわ」

「彼女らしいといえば、彼女らしい」

「心の問題は自分で解決するしかないのに、北本くんにはそれができなかったって。実可子は他人にも冷たかったけど、あの冷たさは自分に対する冷たさだったような気もする」

「彼女も意外に、孤独だったか」

「実可子は孤独を我儘の言い訳に使っていたのよ」

「自分と他人との距離に早くから気づきすぎたんだ。彼女は我儘だったのではなくて、もしかしたら人生に、冷めていたのかもしれない」

「結果的に周りの人間が迷惑したことに、変わりはないわ」

「春山さんの本心は、どうだったのかな。最後には永井実可子を許したんだろうか」

「順子も気が強いから愚痴は言わない。でも、辛かったとは思う。愛しつづけて結婚もして子供もできて、それでも相手の男はずっと別な女の人を見ていた。時間があれば男の目を自分に向けさせられたかもしれないけど、男はその時間を与えてくれなかった……少し、感傷的すぎる?」

「春山さんにとっては永井実可子が生きている限り、結論は出せなかった」

「実可子が……柚木くん、それ、もしかして?」

「いや。ただの言葉の、成り行きだ」

「早く事件が片づいてくれないと、言葉に一々神経質になってしまうわ」

「谷村のことはどうだ? 去年のクリスマスは春山さんの店で荒れたらしいが」

「あれはちょっと、驚いたな。谷村くんがあそこまで実可子を思っていたとは、ね」

「柄にもないと、そういう意味か」

「言葉は悪いけど、意味は、そういう意味ね」

「君も本音でものを言うようになった」

「わたしだって意地は悪いし、柚木くんが思っているほど優等生ではないの。さっきそう言ったでしょう?」

「遠回しに言ったところで意味が変わるわけではないし、な」

「でも、あのときね、わたし、悲しかったな。どうしようもない相手にいくら誠意を見せても、やっぱりどうしようもないのよね。谷村くんだって分かっているはずなの。分かっていても、やっぱり、どうしようもなかったのね」

「具体的にはどういう荒れ方を」

「初めはふつうに喋っていたの。高校時代は誰が誰を好きだったとか、下級生の女の子から手紙が来たとか。そのうち仕事の話になってね、彼、昇進が思うようにいかないらしいの。会社の悪口や建設業界の談合のことや、そんなことを言い始めたとき実可子が鼻で笑ったのよ。ふだんなら谷村くんも受け流すんでしょうけど、あのときは我慢できなかったらしい。突然顔色を変えて、怒り出したの」

「殴りかかった」

「テーブルを飛び越えて大暴れだった。泣いたり怒鳴ったり、実可子に一緒に死んでくれとか言い始めたり。わたしのほうが怖くなってしまった」

「一緒に死んでくれ……か」

「勢いで言っただけでしょうけどね。谷村くんも辛いことがあったんだと思うわ」

「谷村が荒れて、そのあとは?」

「柿沢くんがなだめたらしい。わたしは実可子を連れて先に店を出たの。あとで順子に聞いたら、すぐに静かになって帰ったと」

「永井実可子も驚いたろうな」

「ショックだったでしょうね。一番自分に逆らわないはずの谷村くんが、急に人格を変えたんですもの。タクシーで実可子の家まで送っていく間、一言も喋らなかった」

実可子にとって谷村は好きなようにいたぶれるサンドバッグのような存在だったはずで、それが突然牙を剝いたらたしかに、ショックではあったろう。自分が男たちに恨まれていることはどこかで感じながらも、直接の危害を受けたことなど、一度もなかったに違いない。谷村が突然剝き出した敵意に直面して実可子は、自分の気持ちをどう整理したのか。スキー場で見せた疲れの表情は谷村とのトラブルに、やはりどこかで関係していたのだろうか。

「なあ、今気がついたんだけどこのグラス、梨早フランセで買ったものか」と、氷とウィスキーを芳枝に足してもらってから、グラスを目の高さにかざして、俺が言った。

「そういえば、そうだったわ」と、自分でもグラスを掌にのせ、遠くを眺めるように目を細めて、芳枝が言った。「実可子があのお店を出したとき、記念にデカンタとセットで買ったの。バカラのオールドファッションドだけど、あれから五年もたっているのね」

「彼女はなぜあの店を始めたんだろう」

「三十もすぎて子供も大きくなって、すべてに満足していいはずなのになにかが満たされない。他人は贅沢と言うかもしれないけど、分かる気はするわ」

「頭では人生を諦めていても、気持ちは諦めていなかったか」

「女は誰でも諦めないものよ。柩《ひつぎ》に入って外から釘を打たれてもまだしつこく女でありつづけるの」

「君の口から聞くと、迫力がある」

「三十八年も勉強してまだ女のことが分からないの?」

「分かってはいても、認めるのが、怖い」

「ロマンチストなのね。柚木くん、昔から本当はロマンチストだったのよね」

同じことは昨夜、春山順子にも言われた気がする。しかし他の男に比べて俺が特別にロマンチストというわけではないのだ。女は生きているだけで存在するが、男は生きているだけではただの、幻影でしかない。

ピアノの下から犬が出てきて欠伸《あくび》をしながら芳枝にすり寄り、芳枝も今度は膝の上に抱きあげて犬の頭をなで始めた。他人の目には充足して見える生活も本人の気持ちの中ではまだどこかに、満たされない部分を残しているのかもしれなかった。

俺は思わずアルコールの疲れを感じ、腕時計の時間を確かめながらゆっくりとソファから腰をあげた。今朝電話で知子に起こされた時間を考えると一日分の労働義務は、じゅうぶんに果たしている。今夜は酒場に寄らずこのまま部屋へ帰って、ゴミのように眠ればいい。事件についての結論を出すには不足しているパズルのチップが、まだあまりにも多すぎる。

「犬の名前、なんていうんだ?」

「タロウちゃん」

「そうじゃなくて、種類の名前」

「パピヨン」

「昔は犬なんかスピッツかコリーしかいなかったのにな。もう少し勉強しないと時代に置いていかれる」

「女性に対する勉強はそこそこに、ね」

「犬の種類も覚えてグラスのブランド名も覚えて、それからサンゴやサザエやカモノハシについても勉強しなくてはならないし、どうでもいいけど最近は世の中に、俺の知らないことが多すぎる」

7

天気なんかよくても悪くても困りはしない。それでも冬の曇り空というのはやはり気が滅入る。躰《からだ》が怠《だる》いし頭には気合いが入らないし、今日一日を健全に生き抜こうという気力が湧いてこない。原因が早川佳衣にあることは承知していながら天気のせいにでもしなければ、自分の存在が空しくなる。信じれば女に迷わなくなる新興宗教でもあればつべこべ言わず、俺は今からでも信者になってやる。

いやがる躰といやがる神経に無理やり服を着せ、それでも二時すぎには部屋を出た。湿気を含んだ空気は咽に優しくて風の吹き方もおとなしかったが、そんなことでこの憂鬱《ゆううつ》は変わらない。天候と体調の相関関係についていつか研究するとして、体調が悪いのはどうせそれ以前の問題なのだ。人生そのものが不健康で躰だけ健康だったら、まるで俺は、馬鹿みたいだ。

月刊ＥＹＥＳを出版している風来社は神田の古本屋街に近い雑居ビルの三階にあって、編集部では不精髭を生やした石田貢一が爪を切りながら夕刊の早刷りに見入っていた。歳は俺より五つ六つ若いが額の生えぎわがあやしく、度の強いスチールフレームの眼鏡が顔立ちを必要以上に神経質に見せていた。休日明けに不精髭を生やしている男も珍しいが、「ジャーナリストはサラリーマンではない」というのが酔ったときに出る石田の、口癖だった。

「忙しそうだな。昨日《きのう》は子守りで爪を切る暇もなかったか」と、石田の肩を叩いてとなりの席から椅子を引き出し、その椅子に腰かけながら、俺が言った。

「原稿は遅れるくせに時間の約束だけは守るんですね」

「歳をとると早く目が覚める。今日は午前中からおまえさんの顔だけを思い浮かべていた」

「女房と別れろなんて言わないでくださいよ。あたしにはそっちの趣味はないんですから」

「俺にそっちの趣味があってもおまえさんには言い寄らないさ。子供のときから美しいものだけが好きなんだ」

「どうでもいいですけどね。それよりこの前の原稿、本当にいいできでしたよ。ああいう仕事がコンスタントにできれば柚木さんも一流です」

「大宅《おおや》壮一《そういち》賞でも狙ってみるか。別居している女房に自慢できるし、テレビ局の美人アナウンサーとも不倫ができる」

「まあ、ねえ、大宅賞でも天皇賞でも好きなものを狙ってください。あたしとしては次の仕事をきっちりやってもらえば、それでかまいませんよ」

俺のうしろで黒い革のコートが立ち止まり、石田の眼鏡が光って、俺は椅子に座ったままそのほうに肩を回してみた。立っていたのは四十をすぎたぐらいの痩《や》せた男で、色の悪い骨張った顔に脂《あぶら》っけのない長髪を首のうしろまで垂らしていた。

「暇なときに限ってみなさんちゃんと時間を守ってくださる」と、俺に目で合図を送りながら尻で椅子をずらし、面倒臭そうに立ちあがって、石田が言った。「柚木さん、昨日電話で頼まれた小林《こばやし》さんですよ。最近では例のルノアール事件をやってもらいました」

小林という男が名刺を差し出し、俺も立ちあがって、名刺を渡しながらちょっと編集部のフロアを見回してみた。打ち合わせ用のソファは空いていたが編集長の席に近すぎるし、そうでなくてもこれは私用なのだ。

「下の喫茶店で待ってもらえますか。こっちをかんたんに済ませてわたしもすぐおりていきます」

「臭いですねえ柚木さん。内緒で大きい事件《ヤマ》でも追いかけてるんですか」

「教養の問題だと言ったろう。高尚な芸術を語るのにこの編集部では品がなさすぎる」

「大きなお世話ですよ。うちの雑誌は下品なまでの鋭さが売り物なんです」

「俺が言ったのはおまえさんや編集長の人相のことさ」

「そうですか。なんとでも言ってください。小林さん、それじゃ、そういうことにしてもらえますか。あたしは高尚な芸術のほうは遠慮させてもらいます」

小林雅信《まさのぶ》が面白くもなさそうに笑ってうしろに下がり、俺に会釈《えしやく》をしてから、ショルダーバッグを担ぎ直してフロアを出口のほうへ歩いていった。用事でもなければ友達になりたいタイプの男ではなかったが、誰か男と友達になりたいと思ったことなど、考えてみれば俺は、一度もなかったのだ。

「あの人も腕はいいんですがねえ」と、小林がドアの外に消えてから椅子に座り直し、煙草《たばこ》に火をつけて、石田が言った。「酒と博打《ばくち》が命取りなんですよ。新聞社をやめたのも博打が原因だそうです。人は見かけによりませんよねえ」

「おまえさんのように女にだけ溺れていれば平和なのにな」

「どっちがですか。柚木さんこそ、高尚な芸術もどうせ女がらみなんでしょう？」

「世の中の半分は女さ。意味もなく男に興味をもつ必要が、どこにある」

「知りませんがね、世の中はいろいろです。仕事以外では他人の人生に深入りしない、あたしはそう決めてます。仕事と女房と子供と、あたしの能力ではそれで手いっぱいですよ」

石田が煙草をくわえたまま椅子を引き、原稿の山の中から茶封筒を取り出して、俺が座っている机の上に滑らせてよこした。

「柚木さんもお忙しいでしょうから、仕事だけ片づけてしまいましょうかね。締切りは今月の末で原稿料はいつものとおりです」

「打ち合わせの前に原稿料を決めてくれるとは、俺も信用されたもんだ」

「皮肉はやめましょうよ。柚木さんを見込んでの仕事なんです。素直に引き受けていただかないと、あたしの立場がない」

「おまえさんの立場も自分の立場も分かっているさ。若い女の子に振られて気が立っているんだ」

「いつものことじゃないですか。まあ、仕事のほうにも気を立ててください。詳しい内容は資料を見てもらえば分かります。テーマは『日常の中の真実』というやつで、柚木さんに受け持ってもらうのは神楽坂《かぐらざか》で起きた殺人事件です。去年の暮、酔っ払い同士の喧嘩でセメント会社の経理係長が殺された事件、覚えてます？」

「どうだったかな。去年の暮はスキー場探しで忙しかった」

「あとで新聞の切り抜きに目を通してください。とにかくうちの社に匿名《とくめい》の投書が来ましてね。その事件、酔っ払いの喧嘩に見せかけた計画殺人だというんですよ。同じ内容の投書は新聞社にも回っているらしくて、裏で動き始めたところもあるようです」

「セメント会社の係長ぐらいが、どうして計画的に殺されるんだ」

「例によって汚職絡《おしょくがら》みです。セメントのシェア争いに関連して通産省の役人に賄賂《わいろ》が渡っているそうです。投書には政治家の名前も書いてありますよ。もし本当だとしたらこいつはちょっとした社会問題です」

「役人と政治家とセメント会社、か。一筋縄ではいかないな」

「かんたんな事件なら専門学校出の子供にやらせます。もちろん立件にまでもっていってくれとは言いません」

「コンセプトとしては、『計画殺人の疑い強まる。背後にセメント業界と政治家の癒着《ゆちゃく》』といったところか」

「そこまでやれればスクープですがね。検察の動きは分かりませんが、もし警視庁が動いていれば疑いは濃厚です。どうです？　攻めてみる気になりましたかね」

とぼけた目つきで不精髭をさすっていながら俺の弱点を心得ていて、たとえ半分の原稿料でも俺がこの仕事を引き受けることぐらい、石田は最初から見抜いている。政治家や大企業が相手になるとふだんは冬眠している俺の闘争心が、むっくりと目を覚ます。

「一応の資料は揃えてあります。あとでゆっくり目を通してください。相手が相手ですから勇み足は困りますがね。今回はあくまでも、導火線という程度のつもりで結構です」

石田が眼鏡を光らせてにやっと笑い、煙草を灰皿に放り込んで、椅子の背凭《せもた》れをぎーっと軋《きし》らせた。

俺は茶封筒をかんたんに確かめてから二つに折ってコートのポケットにしまい、椅子を立って石田の不精髭を手でこすってやった。

「そのうち奥さんの顔が見たいもんだ。おまえさんがこの会社を馘《くび》になったら三人で、サーカスでも始めようじゃないか」

「締切りは今月末ですよ」

「分かってるさ。あくまでも導火線のつもりで、な」

「柚木さん。そちらの高尚な芸術、よかったらうちの雑誌で引き取りましょうか」

「ありがたいが、遠慮しておく。なあ石田、どうしても売れないねたの一つや二つ、俺にだってあるもんだ」

石田がまた椅子を軋らせて煙草に手を伸ばし、俺はその石田に手を振って編集部のドアに向かい始めた。大きい仕事を背負い込んで実可子や早川佳衣の顔を思い出している暇はないはずなのに、俺の意識は依然として前の事件に拘《こだわ》っていた。その問題に決着がつくまでセメント汚職に気合いが入らないことは分かっている。誰に文句を言うわけでもないが三十八にもなって、俺はいつまで、こういう生活をつづけるのか。

小林雅信を待たせたのはせいぜい十五分で、小林は喫茶店の入り口に近い席でビールを飲みながら競馬週刊誌を読んでいた。七〇年安保を経験してきたぐらいの歳らしいから人生観のどこかに、どうせ屈折はある。そうでなくても人間は誰だって多少の屈折は抱えている。

向かいの席に座り、ウェイトレスにレモンティーを注文してから、煙草に火をつけて、とにかく俺は本題に入ることにした。

「個人的な興味で柿沢洋治という画家のことを調べています。売れるまでの経緯《いきさつ》や画壇での状況など、教えてもらえませんか」

小林がビールを追加し、髪の毛を掻きあげながら、髭の濃い尖った顎にふて腐れたような力の入れ方をした。

「柿沢洋治ねえ。どういう個人的な興味か知りませんが、面白いところに目をつけたもんだ」

「画廊で個展を見ましたが、あの絵のどこがいいのか、理解できなかった」

「絵の価値なんて主観的なものです。いいか悪いかは誰にも分からんでしょう。ゴッホの絵だって生前は一枚しか売れなかった。問題は時流に合うか合わないかだ」

「柿沢の絵は時流に合った、ということですか」

「売れているということは、そういうことでしょうな。この軟弱な時代がああいうソフトタッチを受け入れたわけです。誰がどういうふうに受け入れさせたのか、その辺はちょっと、怪しいもんですがね」

「面白いところに目をつけた、と言われたのは、その怪しい部分で?」

「彼は画壇の本流に乗ってデビューした画家ではありません。当然絵以外のところでも、テクニックは必要だったでしょうな」

「フランスで受賞したサロン・ド・ルージュ賞に、問題が?」

「賞自体に問題はありませんよ。世界への登竜門とか大袈裟な宣伝をしていますが、日本で言えばちょっとした市民展のようなものです。パリではルージュ賞の受賞者がいくらでも似顔絵描《か》きをやっていますよ」

「つまり……」

「あんな賞を十も取ったところで、画家としての箔付《はくづ》けにはならんということです」

知らないというのは恐ろしいことで、柿沢がフランスで受賞したサロン・ド・ルージュ賞という名前に、俺はすっかり安心していた。俺だけでなく谷村や春山順子だって賞の価値に疑いはもっていなかったはずだ。しかし小林が言うようにあの賞に画壇的な意味がないとしたら、柿沢はどうやって今の立場をつくったのか。それにいくら死んだ亭主からの引き継ぎだとはいえ、ギャラリー杉の杉屋とよ子がサロン・ド・ルージュ賞の概要を知らないはずはない。

「分かりませんね。本来ならデビューできるはずのない画家が突然デビューして、突然スターになった。そういうことですか」

「それが今われわれが直面している問題でしょうな」

「からくりというか、仕掛けというか、なにかがあったわけですね」

「あったでしょうなあ。具体的にそれが何なのか、業界では誰も知らんのですよ」

「小林さん、ギャラリー杉という画廊は、ご存じですか」

「西銀座の中堅どころの画廊でしたかね」

「あのギャラリー杉が仕掛けたとは？」

「無理だと思いますな。片棒ぐらいは担いだでしょうが、画廊の宣伝力では限界がありますよ。柿沢洋治を売り出したのは東西《とうざい》デパートです。東西デパートと柿沢がどういう形で繋がっているかは、分かりませんが」

「東西デパート、ですか」

「あそこの企画部がサロン・ド・ルージュ賞を宣伝材料にして、地方の系列店にまで個展をやらせたんですな。画壇でも初めはデパート屋の一発企画だと高《たか》をくっていたんですが、どういうわけか人気が出てしまった」

「人気が出てしまえば画壇としても、それなりの待遇をせざるを得なくなった」

「そういうことです。しかし最初にも言ったように本流ではないから、足を引っ張ろうと狙っている人間も多いでしょうよ。業界の古狸たちにとって目障《めざわ》りな存在であることは間違いない」

柿沢の強みは、どういう経緯でか東西デパートの宣伝力に乗ったことで、しかし逆にそのことは画壇での足場が弱い柿沢の、弱点でもあるのだろう。スキャンダルをあそこまで恐れる理由はたぶん、そういうことだ。柿沢がただスキャンダルを警戒しているだけだとすれば永井実可子殺しとは、直接にはつながらない。

「もう一人、篠田為永という画家のことですが……」と、『泣き富士』の暗い迫力を思い出しながら、無表情にビールを飲みつづける小林に、俺が言った。「あの画家についてなにか、ご存じですか」

「柚木さん、あなた、よくよく変わった画家と縁がおありのようだ」

「やはり変わっている?」

「絵描きにはもともと変わり者が多いんですがね、篠田為永は特に変わってます。四十までの経歴がまるで不明なんですよ。世界を放浪していたという説もありますし、刑務所へ入っていたという説もある。どっちにしても世間に認められたのは五十ちかくになってからで、売れ始めたとたんに、病気で死んでしまった」

「富士山の絵をたくさん描いて、昭和の北斎と呼ばれたんでしたね」

「ああいう画家はもう出てこないでしょうなあ。好き嫌いは別にして、配色や筆づかいに怨念にも似た情熱がありましたよ」

「篠田為永の変わっていたところは、経歴だけですか」

「私生活も謎でしたなあ。極端な人間嫌いで、美術雑誌なんかにはまったく登場しなかった。一部の関係者を除いて画壇での交流もなかったはずですよ。そのせいで死んだあと、贋作《がんさく》問題なども起きましたがね」

「贋作問題？」

「死後何点か未発表の絵が発見されたんですが、それを偽物だという女が現れましてな。画廊との間で一悶着《ひともんちゃく》ありました。あ、いや、そういえば……」

「もめた画廊というのは、ギャラリー杉？」

「偶然といえば偶然ですなあ。いやまったく、柚木さんの言うとおりだ」

顔色こそ変えなかったが頭の中では高速に計算機を回し始めたらしく、小林が俺と同じ結論を引き出すことは時間の問題だ。絵画の分野に限っていえば俺のほうが情報を提供した結果になった。しかし小林には贋作問題と永井実可子の事件を、結びつけられはしないのだ。

「で、小林さん、贋作問題にはどういう決着がつきました？」

「自然解消でしたよ。ギャラリー杉が女に金を渡したという噂もあったが、実際のところは誰にも分かりません」

「その女というのは篠田為永の、身内かなにか」

「水商売の女ですよ。晩年篠田為永と愛人関係にあったとかいうことで、美術協会や出版社に苦情を言って回ったんです。死ぬ前の何年か篠田の身の回りを世話していたが、新しく出てきた絵にはまったく覚えがないと、そういうことでしたな」

「鑑定の結果は？」

「鑑定なんか仕様がありませんよ。死後年数がたっている画家の絵なら科学鑑定もできたでしょうが、篠田為永は現役の画家でした。画材は市販のものだし逆に私生活のほうは謎だらけで、女との関係も曖昧《あいまい》だった。けっきょく篠田の絵を独占的に扱っていたギャラリー杉の保証で決着がつきました。女のほうもそれ以降姿を消してしまいましたな」

「その贋作騒ぎがあったのは、いつごろのことです？」

「篠田為永の死んだ直後でしたから、十四、五年はたっていますか」

「当時篠田の絵はどれぐらいの値段でした」

「そうですなあ。現在六号から八号の絵で二千万はしますから、あのころでも一千万はしたでしょう。人気のあるうちに死んだ画家の絵は値段が跳ねあがるもんです」

新しく発見された絵がもし十点であれば、当時でも一億という金額だったことになる。篠田為永は四十歳までの経歴が不明で私生活も謎だらけ、生前にどれぐらいの絵を描いていたかなど、知っている人間はほとんどいなかったに違いない。篠田の愛人だったという女の言うとおり新発見の絵が贋作だったとしても、いったいそれを、どうやって証明するのか。当時の状況としては偽物であることも偽物でないことも、まず証明は不可能だったろう。篠田為永の絵を独占していたギャラリー杉が保証すれば、美術業界としてはそれを認めざるを得なかった。その贋作問題があったのが十五年前として、なんの偶然かちょうどそのころ柿沢洋治は、フランスに渡っている。そしてなんの偶然か梨早フランセには『篠田為永』の『怒り富士』が飾られていて、さらになんの偶然か梨早フランセに押し入った強盗は商品と一緒に、壁の絵まで盗み出している。世の中に馬鹿ばかしい偶然はいくらでもあるが、この偶然は永井実可子を殺した犯人にとって少しばかり、無理が大きすぎる。

「いや、柚木さんがなにを追いかけているのか知りませんが、わたしとしても大いに興味のある話題でしたよ」と、競馬週刊誌をショルダーバッグにしまい、コップのビールを飲み干して、小林雅信が言った。「仕事で回るところがありましてな、かまわなければ先に失礼しますよ」

俺のほうも訊くことはなくなったし、小林と向かい合っているのも苦痛だったので、伝票を引き寄せながら俺は頷いた。小林も篠田為永の愛人だった女を探すつもりなのだろうが、見つけたところで篠田の死後発見された絵が贋作だった証拠は、握ってはいないのだ。篠田為永を中心にギャラリー杉と柿沢洋治を結びつけてみても、そのこと自体に意味があるわけではない。杉屋とよ子の亭主がこの世にいない現在、贋作問題の真偽は誰にも証明できないのだ。

小林が革コートの上にショルダーバッグを担いで店を出ていき、俺のほうは煙草を一本吸ってから、衝立《ついたて》の間まで歩いて目黒中央署の金谷に電話を入れてみた。署内で金谷の立場が悪くなっても困るが事件がここまで見えてきた以上、善人にもなっていられない。

「いいタイミングですなあ。たった今外から戻ってきたところですわ」と、抑揚はないがそれでもなにか期待をもたせるような声で、金谷朔二郎が言った。

「具合が悪ければあとでかけ直します」

「いやいや、今どき課内で渋茶をすすっておるのはあたしだけですよ。窓際刑事にも役得はあるもんです」

「アリバイの件、どうなったかと思いましてね」

「そのことですよ。なんせ昨日は日曜日だったもんで、証言の裏を取るのに苦労しました。しかしまあ、お聞きした四人の人間はぜんぶ調べてみましたわ。四人とも被害者とは高校が同級だったんですなあ」

「とりあえず柿沢洋治あたりから、聞かせてもらえますか」

「柿沢洋治ねえ、なるほど……」

受話器の中で椅子がずれるような音と手帳を開くような音が聞こえ、待つまでもなく金谷朔二郎のいがらっぽい声がつづいてきた。

「柿沢洋治は、当夜は夜中の十二時すぎまで六本木のやまめというバーで酒を飲んでおります。六本木から目黒ですとクルマを飛ばしても二十分はかかりますなあ。犯行時間からしてアリバイは成り立ちます」

「裏はとれて?」

「美術世界という雑誌の編集者と一緒でしてね。この男も証言しています。店のママさんも柿沢を送り出したのは十二時十分ごろだと言っております。タクシーを店の前まで呼んで、編集者と二人で柿沢を見送ったそうですよ」

「十二時十分……ですか」

「このアリバイは崩れんと思いますなあ」

「金谷さん、犯行時間の十一時前後というやつは、なんとかなりませんかね」

「どうもねえ、被害者が中華料理店で食事をした時間も分かっていますし、店を出た時間も分かっている。胃の内容物との関係からして、十二時すぎというのは無理でしょうなあ」

「無理、ですかね」

「柚木さんは柿沢洋治に目を？」

「なんとか……いや、それでは他の三人の話を、聞かせてください」

「アリバイがないのは津久見芳枝ですよ。亭主は夜中の一時に帰宅しております。それまでずっと一人で、九時以降は電話もなかったということです。部屋の中で犬を飼っておりましたが、あの犬では証人になりませんなあ」

「谷村郁男と春山順子のほうは？」

「問題なのはこの二人ですよ。二人ともアリバイらしきものは主張しておるんですが、どうも、印象はよくない」

「疑問な点が？」

「谷村は当日、千葉の勝浦《かつうら》まで接待ゴルフに出かけております。現地で食事をしたあと、六時五十四分発の特急で東京に戻ったということで、ここまでは同僚の証言もある。問題は朝霞の自宅に着いた時間なんですよ。本人は十二時前だったと言っておるんですが、隣家の二階に受験生がいまして、この男の子が一時すぎに谷村の家の前にタクシーがとまったのを目撃しておるんです。タクシー会社はまだ当たっておりませんが、乗ってきたのが谷村だとすると、そこに一時間以上の時間差が出てくる」

「谷村の家族はどう言ってます？」

「女房は十一時ごろ床《とこ》についておって、夜中に谷村が帰ってきたのは知っているが、それが十二時だったか一時だったかまでは分からんと。谷村が乗った特急の『わかしお』は八時半には東京駅に到着するんです。地下鉄かＪＲを乗り継いで東武東上線《とうぶとうじょうせん》に乗ったとしても、十時前には朝霞へ着く計算になります。まあ遅くとも、十時半でしょうかな。谷村が言うように十二時前に帰宅したとしても、もうそこに一時間半の誤差がある。一時だったとすれば二時間半ですよ。それだけの時間があれば、ねえ、東京駅から目黒経由で朝霞へ戻ったとしても、時間的には犯行もじゅうぶんに可能です」

「二時間半、ね」

「最大を考えれば三時間になりますな」

「三時間もの間、東京へ戻ってきてから谷村は、なにをやっていたのか」

「なにをやっていたんでしょうなあ。ねえ柚木さん、個人的に言わせてもらうと、あたしとしてはこういう時間の差が一番気に食わんのです。先が見えてきたと思いませんかね」

「結論を出してしまうのは、どんなものか」

「谷村を重要参考人で引っ張れれば、話はかんたんなんでしょうがなあ」

「女房子供を抱えて逃げはしないでしょう。それで、もう一人の……」

「春山順子ですかな。これについても一つだけ気になることがあるんですわ。みなさんなにかを隠していて、困ったもんです」

金谷朔二郎が電話の中で茶をすすり、呼吸を整えるように、低い唸り声と一緒にちっと舌打ちをした。

「明け方の三時まで店にいたことは客が証言しておるんですが、途中で一度、店を抜け出しているんですなあ。同じ階にやはりスナックがありましてね、そこのママが十時に客を送り出したとき、春山順子が店を閉めて出かけるところを目撃しておるんです。十二時にのぞいたときにはまた看板が点《つ》いていたということですから、どれぐらいの時間出かけていたのかまでは、分かりかねますがね」

「要するに十時から十二時までのアリバイが、ない」

「そういうことです。池袋から目黒までなら二時間でじゅうぶんに行ってこられる」

「その二時間が、ちょうど、犯行時間ということですか」

「買い物に出かけるのに適当な時間とは言えません。しかしねえ柚木さん、改めて言うまでもないでしょうが、今度の事件は女の手口ではありませんよ。ああいう犯行は……」

「後頭部への一撃やシャッターの錠を壊した、あの手口ね」

「女に不可能ということはありませんが、発想的にはやはり男の手口でしょう」

「わたしも一応は、そう思っています」

「二人の男のうちアリバイがあるのは柿沢洋治だけ。そうなればやはり、事件の先は見えてきたようなもので」

柿沢一人だけにアリバイがあって、谷村と春山順子と津久見芳枝には、アリバイがない。そして金谷に念を押されるまでもなく犯行の手口から見て、犯人が女であるとは考えにくい。四から三を引いたら答えは一であることぐらい幼稚園の子供にでも理解できる。谷村郁男には永井実可子を殺す動機があることも分かっているのだから、捜査はやはり、その方向にすすめるべきなのか。

「金谷さんのおっしゃることは分かるんですが、柿沢洋治のアリバイを、もう一度洗い直してもらえませんか」と、受話器を握った掌《てのひら》に滲《にじ》み始めた汗を意識しながら、内心の動揺を抑えて、俺が言った。

「柿沢洋治のアリバイを、もう一度？」

「調べに手落ちがあったというわけではありません」

「柚木さんの本命は、やはり柿沢洋治ですか」

「詳しいことはあとで話します。とにかく調べ直してもらえませんか。無駄足を踏ませる結果になったら、そのときは謝ります」

「そこまでおっしゃるなら……まあ、あたしとしても時間をかけて調べたわけじゃないですからな、それじゃもう一度当たってみることにしましょうかね」

「お願いします。それにできたら司法解剖の結果も、チェックのし直しを。犯行時間が本当に動かせないものか、どうか」

「やってみますよ。今夜じゅうにはご報告できると思います。夜中でもかまわなければ、あたしのほうから電話を入れますがね」

「お待ちしています。戻っていなかったら留守番電話に連絡先を入れてください。無駄足を踏ませたら謝りますが、わたしの勘がどうしても、柿沢洋治を見逃すなと言ってる」

金谷が電話を切り、自分でも受話器を置いて、俺は元の席に戻って煙草に火をつけた。そのうちまた禁煙に挑戦しなくてはならないだろうが少なくとも今は、それどころではない。永井実可子殺しに絵画の贋作事件が重なって、やっと事件の構図が見えてきたというのに主役である柿沢洋治は最初から、アリバイという特等席に避難している。十五年前の贋作問題が事実であることも証明できないし、偽物の制作者が柿沢洋治であったこともやはり、証明はできない。これだけ無理な条件が揃っていながらそれでも俺が柿沢洋治に拘りつづける理由は、客観的にはたんなる嫉妬であるかもしれない。人生に成功した柿沢に対する、そして自分では手も握れなかった卯月実可子と関係をもった柿沢に対する、たんなる俺の、負け惜しみだ。

*

同じ冬の坂道でも歩く人間の気分によって、風景はまるでちがって見えてくる。四日前この権之助坂をくだったときは空気が恥ずかしく光っていたし、商店街のアーケードにも微笑《ほほえ》ましい活気が溢《あふ》れていた。神田の出版社から目黒駅に回ったコースも同じなのに、あのときは風のない晴れた日で俺のとなりにはツイードのジャケットに芥子色《からしいろ》のマフラーを巻いた早川佳衣が歩いていた。今日が曇り空のせいもあるだろうが、同じ冬の坂道でも歩く人間の気分によって、風景はちがって見える。

梨早フランセの入っている三階建てのビルは外観に変化はなく、一階に入っている他のテナントも当たり前のように店を開いていた。その中で梨早フランセだけが目黒通りに面した窓に半分シャッターを下ろし、出入り口のドアには休業を告げる筆書きの告知を貼り出していた。店名の梨早フランセという言葉以外には、貼り紙の文字にも店の外観にも永井実可子を感じさせるものは、なにも残っていなかった。

店に明かりがついていることを確かめ、ドアを押して、俺は中へ入った。

ドアの音に気づいて顔を向けた人間は二人いて、一人は店員の渡辺裕子、もう一人マホガニーの応接椅子に座っていたのは実可子の亭主の、永井友規だった。二人の表情は将来について建設的な相談をしていたものではなく、どちらかといえば現状について言い争いをしていた雰囲気だった。俺個人としてはもちろん、そんなことはどちらでもよかったが。

「この店がどうなったのか、気になりましてね。近くに来たついでに寄ってみました」と、カウンターに寄りかかっている渡辺裕子に会釈をしてから、永井友規の女性的な涼しい目と意識的に視線を合わせて、俺が言った。

「家内の事件をまだ調べているわけですか」と、ため息をつくように言葉を吐き、プレスをきかせたズボンの脚を組み合わせて、永井友規が言った。「あなたがただの同級生でないことは知っていました。先日は人も多かったので、黙っていましたが、ご主人が心配するような関係ではなかった」

「事件に興味があること以外ではただの同級生です。ご主人が心配するような関係ではなかった」

「済んだことはいいんです。ただわたしや家族の周りを嗅ぎ回るのは、やめてもらえませんか。実可子の実家も神経質になっている。娘を世間の晒《さら》しものにもしたくない」

初七日《しょなのか》の日に永井友規がすでに俺の素性《すじょう》を知っていたということは、当然渡辺裕子が報告したからで、永井友規と渡辺裕子に男と女の関係があると分かっている今となっては、驚くこともない。しかし友規が分かっていないのは梨早を世間の晒しものにしようとしているのは友規本人と、死んだ実可子なのだ。

「わたしにも小学生の娘がいます。だからといってあなたを庇《かば》うつもりはないが、今度の事件を週刊誌沙汰にはしたくない。わたしの個人的な、実可子さんに対する感謝の気持ちです」

「実可子に対する、感謝？」

「心配されるような意味ではなく、あの時代に知り合って、よくも悪くも彼女はわたしに思い出をつくってくれた。こんな人生でそこまで記憶に残る女性も、そうはいないもんです」

永井友規が一度腰を浮かせかけ、すぐに座り直して、カウンターの前の渡辺裕子に首を伸ばした。

「君、コーヒーをいれてくれないかな。わたしのぶんと二つ」

渡辺裕子が返事をせずに奥のドアに消え、しばらくそのドアを眺めてから口元を歪めて、永井友規が視線で目の前の椅子をすすめてきた。

「店を閉める決心をしましてね。そのことについて彼女と相談をしていたところです」

「相談というより、説得なんでしょうがね」

「面目ないが、おっしゃるとおりですよ。実可子に死なれてわたしも目が覚めた思いです。わたしがもう少し真剣に実可子を見守っていれば、こんなことにはならなかった」

永井友規がどう実可子を見守っていようと、結果は変わらなかったかもしれない。しかしその死を自分の責任として受け入れようという気持ちに、嘘はないだろう。他人が外側から眺めていたより友規は実可子を愛していた。女遊びがやまなかったのは実可子が友規に人生を預けていなかったからで、友規も心のどこかでその寂しさを感じていた。いくら諦めて結婚した相手だといっても、実可子がそれほど馬鹿な男を選んだはずはない。

「昨夜《ゆうべ》、佳衣ちゃんからひどく叱られましたよ。わたしの責任だということも分かっています。今更反省しても遅いんでしょうが、梨早だけはなんとか、守ってやりたい」

「早く事件を解決して、忘れることです。忘れられなくても忘れたことにして生きていくしか、方法はないでしょうね」

「いい歳をしてお恥ずかしいが、なくしてから初めてなくしたものの大きさに気づきました。実可子がいなくなった穴を、どうやって埋めたらいいのか……」

渡辺裕子がカウンターに姿を現し、濃いコーヒーの匂いを盆にのせて、リズムのない歩き方でフロアを回ってきた。癖のある目つきは相変わらずだったが口は固く結ばれていて、躰全体になにか殺気のようなものを漂わせていた。この女と手を切る永井友規の覚悟と努力を想像して、他人事《ひとごと》ながらどうにも俺は、鳩尾《みぞおち》のあたりが寒くなった。

「君はもう引きあげてくれていいよ」と、受け皿にのせたカップを手前に引きながら、視線を床にやったまま、永井友規が言った。「退職金のことも含めて細かいことはあとで連絡をする。さっきも言ったけど、悪いようにするつもりはないから、それだけは分かってくれ」

返事もせず、頷きもせず、渡辺裕子がカウンターのうしろへ戻っていき、毛皮のロングコートとハンドバッグを腕に抱えてやはり黙ったまま、壁際を出口のほうへ歩き出した。

「渡辺くん……」

渡辺裕子がフロアを半分まで歩いたときになって初めて顔をあげ、細く息を吐いてから、永井友規が言った。

「店の鍵《かぎ》を忘れている。それはぼくに、返してもらいたい」

渡辺裕子が立ち止まり、首をうしろに回して、癖のある目で永井友規の顔をじっと睨みつけた。友規も視線は外さず、呼吸を整えながら黙って渡辺裕子の顔を見返していた。

しばらくして渡辺裕子がハンドバッグから鍵束を取り出し、ドアへ向かって歩きながら、その中の一本をうしろに放り投げた。鍵は木の床に硬い音でぶつかり、そして気がついたときには渡辺裕子は店を出てこの空気の中から、きっぱりと姿を消していた。永井友規がコーヒーカップに手を伸ばしたのは、渡辺裕子が店を出ていってから、十秒以上もたってからのことだった。

「大変でしょうが、頑張ってください」と、自分でもコーヒーカップを取りあげ、床に転がった銀色の鍵を眺めながら、それでもほっとして、俺が言った。

「笑ってくれて結構です。佳衣ちゃんにいくら叱られても、反論の余地はない」

「早川さんを敵に回すと手強いでしょうからね」

「彼女には昔から頭があがらなかった。うちの女たちには、わたしは誰にも、頭はあがらなかったが」

コーヒーのカップをテーブルに戻し、もう一度床の鍵に目をやったとき、なにか銀色の不愉快なものが俺の拘りの中を、いやな音をたてて横切った。永井友規に『頑張ってください』なとど、なにを寝ぼけたことを言っているのだ。

今床に転がっている鍵は渡辺裕子のもので、永井実可子の鍵は事件の翌日店の外で金谷朔二郎が発見している。実可子が入り口で落とした鍵を犯人が蹴飛ばしたという仮説も、一応は成り立つ。しかしそれは単純な強盗殺人事件と仮定しての話だ。犯人が実可子と親しい人間であったら実可子はなぜ、入り口で鍵を落としたのだろう。犯人はなぜシャッターの錠を壊して侵入したのか。だいいちシャッターの錠が壊されていたことと事件との間に、いったいどんな関係があるというのか。犯人が実可子の顔見知りなら、店に入るためにシャッターの錠を壊す必要はなかったのだ。シャッターの錠はカモフラージュにすぎなかった。それでも犯行後に犯人が冷静であったら、鍵を実可子の死体に戻すぐらいの芸はしたに違いない。鍵を店の外に捨てたのは取り乱していたか、実可子が死んでいる店の中に戻る勇気がなかったか、どちらかだった。そしてどちらであるにしてもこれは犯人が目に見える形で残した、唯一のミスなのだ。犯人はシャッターの錠を壊すことで警察の捜査が窃盗の常習犯に向かうことを知っていた人間。問題はそれが俺の狙っている人間に、どういうかたちで結びつくか、ということなのだが。

「佳衣ちゃんから聞きましたが、柚木さんは、実可子が知り合いに殺された、と思っているそうですね」と、床から鍵を拾ってきて元の椅子に座り、伏目がちに俺の顔をうかがって、永井友規が言った。

「強盗殺人であったほうが、誰にとっても都合がいいことは分かります。ただここで逃げてしまうとあなたも娘さんもわたしも、彼女に係わったすべての人間に悔いが残ってしまう」

「わたしには、なんとも、判断がつきかねます。事件の真相を知りたい気もするし、梨早と二人で静かに暮らしたい気もする」

「頭のいいお子さんですよ。真相が分かってもあの子なら自分で解決できるはずです」

「実可子のために一つ弁解しておきますが、彼女は自分から好んで争いを起こす性格ではなかった。どちらかといえば自分から他人の中へ入っていく性格でもなかった。他人のほうが彼女の周りに集まってきて、そこで、どういうわけか、軋轢《あつれき》を起こしてしまう」

「そのあつれきについて、心当たりが？」

「考えてはみたんですが、殺されるほどとなると、やはり、思いつきません」

「実は盗まれた絵について、渡辺さんに訊こうと思って来ました。もうご主人に伺ったほうが早いかもしれない」

「篠田為永の『怒り富士』、ですか」

「あの絵は実可子さんが結婚前から持っていたものですか」

「友人からもらったものです。たしか五年ほど前だったと思います」

「五年前？」

「ハワイにわたしの親しい友人がいましてね。向こうで不動産屋をやっています。『怒り富士』は彼の持ち物でした。五年前、その友人を訪ねたとき実可子があの絵を気に入って、どうしても譲ってほしいと言い出しました。それで友人がプレゼントしてくれました」

そんな絵をあっさりプレゼントしてくれる友人なら俺も何人か欲しいところだが、これがいわゆる、『住む世界のちがい』なのだろう。あれだけくどく頼んでも俺なんか原稿料の千円すらあげてもらえないのだ。

「わたしには実物を見る機会がありませんでした。『怒り富士』というのは、どういう感じの絵でした？」

「背景がオレンジ色で、山が赤くて、奇妙な迫力のある絵でしたね。いい絵だろうとは思いますが、わたしの好みではありません。実可子の好みでもなかったはずですが、彼女がなぜあそこまで欲しがったのか、今から考えれば、不思議な気もします」

「五年前というと、実可子さんがこの店を始めたころでしょうか」

「この店を始めた直後で、友人もお祝いのつもりがあったんでしょうね」

「以後、絵は、ずっとあの壁に掛けられていた？」

「店に飾ったのはいつだったか……ハワイから帰ってきてから、しばらくは包装したままのはずでしたが」

「しばらくというのを、正確に思い出せませんか」

「一年か二年か……渡辺くんの前に勤めていた女の子なら、あるいは知っていると思います」

事件の構図が俺の考えたとおりだとすれば、犯人の狙いは最初から『怒り富士』だったはずで、銀製品などを盗んでいったのはシャッターの錠と同様、ただの偽装工作でしかなかったのだ。その『怒り富士』は今、抜け殻の額縁だけが壁際の床に放り出されている。

「電話をお借りします。ちょっと、確かめてみます」

壁際の額縁を眺めながら腰をあげ、カウンターへ歩いて、俺は手帳に書いてある遠藤秋美のアパートに電話を入れてみた。遠藤秋美は部屋にいて、訝《いぶか》りながらも質問には答えてくれた。

「社長があの絵をお店に飾ったのは、わたしが勤めてから二ヵ月ぐらいあとのことです。ええ、たしか、柿沢先生がフランスから帰って、すぐだったと思いますよ」

永井実可子は亭主の友規が不審に思うほどの熱心さで、『怒り富士』を欲しがった。そのくせ手に入れてからほとんど二年の間包装を解こうともしなかったのだ。女は気まぐれで、実可子は特に気まぐれだった、そう言ってしまえばそれまでだが女の気まぐれにもだいたいのところ、なにか意味はあるものなのだ。実可子が奇妙に『怒り富士』に執心したのも、その絵を梨早フランセに飾ったのが柿沢洋治の帰国後だったことも、なにかそれなりに、意味はあったに違いない。問題は柿沢洋治がその絵を見て、なにを思ったか、だ。まして『怒り富士』は梨早フランセの壁に、三年間も飾られつづけたのだ。

「永井さん、この店はいつ、お閉めに？」と、永井友規の前まで戻り、取り出した煙草に火をつけて、俺が言った。

「事件が片づいたら、実可子の友達に店の品物を頒《わ》けようと思います。彼女は友達に縁の薄い女でした。本人にも分かっていたんでしょうが、自分では、どうにもできなかった」

「品物を処分して、そのあとは？」

「店舗自体は借り物です。品物がなくなればなにも残らない。さっぱりしたもんですよ」

「一つもらいたいものがあります」

「はあ」

「額縁をいただきたい」

「額縁？」

「他にはなにも要りません。この店の品物は高級すぎて、わたしの部屋には似合いませんからね」

「額縁はかまわないが、柚木さん、最初に、あなたと実可子はわたしが心配するような関係ではなかった、とおっしゃいましたね」

「残念ながら、そのとおりです」

「そのあなたが実可子と実可子の事件に、なぜここまでの関心を？」

床に煙草の灰が落ちることは承知で正面の壁まで歩き、指先で額縁の埃《ほこり》を払ってから、俺はちょっと、その重さを確かめた。

「彼女に約束したからですよ」

「実可子に……」

「お嬢さんに、です。梨早さんに、お母さんを殺した犯人はかならず見つけると、そう約束しました」

頭の中では、本当は梨早の顔と二十年前の卯月実可子の顔が一つに重なっていたが、それを今口に出したところで俺にも永井友規にも、意味はない。

「お嬢さん、元気ですか」と、コートのポケットに落ちた煙草の灰を払い、額縁を持ちあげて、俺が言った。

「いくらか落ち着きました。わたしが思っていた以上に、しっかりした性格のようです」

「問題でも起こらないと子供のことは、分からないもんです、男親なんて、特にね」

「ハワイのハイスクールへやろうと思うんですよ。本人もその気になっています」

「ハワイの……そうですか。それも、いいかもしれませんね。額縁をいただいていきます」

永井友規が頷きながら腰をあげ、俺は目で挨拶をしてから、額縁を肩に担いで店を出た。こんな抜け殻を持って帰ったところで意味はないが、今度の事件はこの中に納まっていた『怒り富士』に、すべての原因がある。

8

寝酒を飲みすぎて二日酔いになるというのも、論理的には馬鹿な話だ。寝酒は眠るために飲むはずなのに飲んでいるうちにいつも神経が尖ってきて、けっきょく朝まで飲みつづけることになる。ウィスキーのボトルは半分以上が空になり、アセトアルデヒドの分解酵素が怠慢な俺の躰《からだ》は五、六時間眠ったぐらいではまだ、しっかりとアルコールの毒に占拠されている。昨日《きのう》も一昨日《おととい》もその前の日も同じような眠り方をしたはずで、これで人生を前向きに生きようというのは高望みにも程がある。前なんか向いたって高《たか》が知れているし、俺の人生にはふり返ってみたいような風景もない。今日だけを無心に生きればいいというような静かな日が、いつかやって来てくれないものかと、朝が来るたびに毎日二日酔いの頭で考える。

正午《ひる》をすぎてからそれでもどうにか起き出し、早川佳衣が置いていった新兵器でコーヒーを落としてみたものの、昨夜の金谷からの電話に俺は相変わらず途方に暮れていた。調べ直した柿沢洋治のアリバイはやはり完璧で、タクシーの運行表まで当たってみたが柿沢はあの夜、六本木からどこへも寄らずに南馬込《みなみまごめ》のマンションに帰ったという。検死解剖の結果も移動の余地はなく、十二時をすぎての死亡はあり得ないということだった。俺一人がいくら意地になっても一月三十日の午後十一時に、柿沢洋治を目黒の現場へ連れていくことはできないのだ。それでは犯人は、動機があってアリバイがない谷村郁男か春山順子の、どちらかなのか。しかしもしそうだとしたら梨早フランセから盗まれた『怒り富士』を、どう説明したらいいのだ。谷村や春山順子に実可子を殺してまであの絵を手に入れなくてはならない、どんな理由があるのか。

光は明るいし、頭は二日酔いだし、部屋には性懲《しょうこ》りもなく埃《ほこり》が積もっている。腹が立って俺はまた掃除と洗濯を始めることにした。まず風呂場に行って浴槽を洗い、すっ裸になって着ていたものをぜんぶ洗濯機に放り込んだ。それから掃除機を取り出して台所から沓脱《くつぬぎ》、ベッドの周りからソファの下と、自棄《やけ》になって掃除をしまくった。こんな冬の日に四十にも近い男がすっ裸で掃除機をふり回している光景はかなり不気味だろうが、一番恐ろしいのは俺自身なのだ。知子に愛想をつかされるのは当然で、早川佳衣に嫌われるのも、非常に当然ではないか。

＊

三十分で掃除と洗濯を片づけ、そのあと風呂に入って躰からアルコールを追い出し、気合いを入れ直してとにかく、俺は外へ出た。客観的にはたしかに手詰まりではあったが、動き回っていれば憂鬱《ゆううつ》の神様があわれな俺に同情して、ヒントぐらいは授けてくれる。嫉妬と言われようと負け惜しみと言われようと、このまま柿沢洋治を見逃したら俺は本物の、負け犬になる。

俺が銀座へ出たのはもう一度ギャラリー杉で篠田為永の『泣き富士』に対面するためと、できれば杉屋とよ子から東西デパートと柿沢洋治の関係を聞き出したいと思ったからだ。丸ノ内線を銀座でおりて西銀座まで歩く途中、本屋へ寄ってデパート関係の情報誌も立ち読みしてみたが、経営内容からは柿沢と東西デパートが結びつく予感すら感じられなかった。柿沢の実家は二十年ちかく前に倒産しているし、もし身内にデパートの上層部がいれば、これほど長い間柿沢がデビューできなかったはずもない。

ギャラリー杉のガラスドアには休業の札が掛かっていたが、店の奥には明かりがついていて、俺はドアを押して中へ入った。三日前は柿沢の絵が並んでいた両側の壁はさっぱりとしたベージュ一色で、奥の机では杉屋とよ子がバインダーの厚い帳簿に見入っていた。絵さえ飾ってなければ画廊というのは入居者のいない、ワンルームマンションのようなものだ。

口の中で「あら」と言いながらボールペンを置き、大きく目を見開いて杉屋とよ子が顔をあげてきた。化粧は世間を馬鹿にしたような濃さで、手の甲に浮いた染みにさえ気づかなければ相変わらず、歳の分かりづらい女だった。

「柿沢先生の個展、昨日でおしまいですのよ。今日はお休みをいただいておりますわ」

「曜日を間違えてしまったかな。酒の飲みすぎで頭がぼけたらしい」

「雑誌の記者さんでしたわね。あなたがお見えになったことは先生にお伝えしました」

「もう一度わたしが顔を出したら、追い払えと言われませんでしたか」

「お友達が見えたことを喜んでいましたわ。ついでに絵を買ってくだされば、わたしも喜んで差しあげますけどね」

「美術館や画廊で絵はいつでも見られます。美しいものを独り占めにする趣味はない」

杉屋とよ子が口の端で笑い、席を立って机をゆっくりとフロアへ回り込んできた。

「お休みでお茶の支度もしてありませんの。それともなにか、他にご用でも？」

「昨夜『泣き富士』を夢に見たんですよ。それでもう一度、この目で確かめたくなった」

杉屋とよ子が目尻の皺を伸ばして唇をめくりあげ、手を腰に当てながら満足そうにうしろをふり返った。机の向こうには三日前と同じ『泣き富士』が、暗い灰色と迫力のある筆づかいで傲慢《ごうまん》に存在していた。この絵を描《か》くことはできてもこの絵をつくり出すことは、篠田為永本人にしかできないのだ。

「こういう絵を贋作《がんさく》するとなると、偽物を描く側にも相当な技量が必要なんでしょうね」と、一歩前に出て横から杉屋とよ子の表情を観察しながら、俺が言った。

「模写や贋作は誰にでもできますわ」と、片方の眉を皮肉っぽく吊りあげ、腰に当てていた手を胸の前に持ってきて、杉屋とよ子が言った。「コローの絵なんか実物は七百しかないはずなのに、世界中には本物が十万点もありますのよ」

「七百のはずが十万、か」

「絵画の世界に偽物はつきものですけど、それにしても変ですわねえ。今ごろになってみなさん、なぜ急に篠田為永の絵に興味をもち始めたのかしら」

「みなさん、というと？」

「昨日も美術関係の記者さんがお見えになりましたわ。柿沢先生の個展をされているというのに、話は篠田為永のことばかり。それも昔の噂をしつこく聞いていきましたっけ」

腹の中で半分笑ってしまったが、小林という男も足だけはずいぶん速く動くらしい。俺と喫茶店で会ってからすぐ銀座に回ったわけで、いったいどこまで十五年前の贋作事件に首をつっ込むつもりなのか。いくら動いてもかまわないができればこちらの邪魔だけは、してもらいたくない。

「篠田為永の死んだあと、新発見の絵について、贋作問題が起こったそうですね」

「十五年も昔の話ですわ。そういう噂があったことは知っていますけど、あの問題はすぐ解決したんじゃなかったかしら」

「あなたの亡くなったご主人が、金で解決したという噂もあります」

「あら、そうですの。業界で噂になるほど主人が大物だったということですわね」

「人間の質に関係なく、一万円札は一万円として通用します」

「それならそのお金をどう使おうと、その人の勝手ということですわ」

「正直なところ、いかがですか。篠田為永の贋作は、本当にあったんでしょうか」

「存じませんわよ。噂があろうと疑問があろうと、絵画というのは現在本物として通用していればそれが本物なんです。本物か偽物かなんて、描いた本人にしか分からないことですもの」

杉屋とよ子の口調にも表情にも、意気込みや虚栄の気配はなく、絵画について自分が信じている価値観を信じているとおりに言っただけなのだろう。その絵が本物か偽物かなんてたしかに、描いた本人にしか分からない。今回の場合は描いた本人が二人と、そしてもう一人描かせた人間を含めて、三人ということだ。贋作かどうかを知っている三人のうち篠田為永と杉屋とよ子の亭主は、もう口を開かない。柿沢洋治さえ秘密を守りきれば過去にも将来にも、篠田為永の贋作はこの世に存在しなかったことになる。そうやって世の中に多くの偽物が送り出され、時間とともに多くの偽物が多くの本物に変わっていく。

しかしそれならなぜ、永井実可子が殺されなくてはならなかったのだ。実可子が殺されたのは梨早フランセに飾ってあった『怒り富士』が贋作であったことを知っていたからではないのか。その絵が偽物であり、その偽物を描いた人間が柿沢洋治であることを、実可子はいつ、どこで知ったのだろう。

「杉屋さん、東西デパートのことなんですが」と、煙草《たばこ》を取り出しそうになってあわててポケットに戻し、応接セットの前まで歩いてから、俺が言った。「柿沢を売り出すのに東西デパートが力を入れたのには、なにか理由が？」

杉屋とよ子が胸の前に腕を組んだまま机を回っていき、元の場所へ座って、頬杖《ほおづえ》をつきながら濃いアイラインの目を青紫色に光らせた。

「篠田為永の話から突然柿沢先生の話題になりますの。雑誌の記者さんもお忙しいわねえ」

「貧乏人の宿命です。なぜ東西デパートが柿沢を売り出したのか、ご存じありませんか」

「柿沢先生の才能を認めたからに、決まってますわよ。デパートは文化事業に力を入れてますから、才能ある若手の画家を支援するのは当然じゃありません？」

「実力があるだけでは絵も売れないと、この前は、そう言った」

「ですから柿沢先生は運もよろしかったと、わたくしはそう申しあげたはずですわ」

「なぜ運がよかったのか、そこのところを聞きたいんですがね」

「デパートは絵画だけでなく、音楽にも演劇にも力を入れていますわ。才能ある芸術家にはすべてチャンスがありますのよ」

「柿沢には才能があった、と？」

「それ以外に説明の仕様がありません。わたくしが柿沢先生とお仕事をさせていただけるのも、ある意味では運でしょうけど、ある意味ではわたくしの才能ですもの。主人が生前に培《つちか》った人脈を、たしかに運よく引き継ぎましたわ。でもわたくし自身にも能力がなければ運は向こうから逃げていったでしょうね。運と才能の関係って、そういうもんじゃありません？」

「結果論のような気は、しますがね」

「それでよろしいのよ。成功した人間は運もよかったし実力もあった。成功したあとでなければ運も実力も、証明はできませんわ」

絵の世界に限らず、才能も実力もあるのに成功しなかったという話は、なるほど聞いたことはない。成功しなかった人間は、『やはり才能がなかった』で片づけられるし、成功した人間も『やはり才能があった』で片づけられるのだ。しかし柿沢のデビューは本当に、才能と実力の結果なのだろうか。

もう一度壁の『泣き富士』を確認し、ポケットの中で煙草の箱を玩《もてあそ》びながら、机に頬杖をついている杉屋とよ子に、俺が言った。

「専門家としての立場から、柿沢の絵、あなたはどう思われます？」

「お金を持っている若い主婦層には、かなり人気がありますわね」

「杉屋さん個人としては？」

「あなた……柚木さんだったかしら。ダリの絵はお好き？」

「さあ、ね」

「わたくし、個人的にはああいうエキセントリックな絵、我慢できませんの。でもダリの絵をこの画廊で扱わせてくれると言われれば、わたくし、ダリを大好きになりますわ」

「分かりやすくて、ためになります」

「白い猫でも黒い猫でも、鼠を捕ってくる猫はいい猫だと申しますでしょう」

「柿沢は、たくさん鼠を、捕る？」

「そんなことを猫屋に訊いてはいけませんわよ」

「それは、まあ、そうです」

「猫屋は猫が高い値段で買われていけば、それで文句はありませんの」

「お休みのところを、お邪魔しました」

「この猫はもうすぐ鼠を捕らなくなるなんて、ねえ柚木さん、わたくしには口が裂けても言えませんわ」

杉屋とよ子に『柿沢のデビューは実力だった』と説明されても、どうにも納得はできなかった。杉屋とよ子が嘘を言ったとは思わないし、実力でデビューする画家もいなくはないだろう。しかし『サロン・ド・ルージュ賞なんか日本の市民展のようなもの』と断定した小林の言葉のほうが、柿沢の絵には妥当な評価のように思われる。柿沢の才能は昔から評判ではあった。個展での絵にも技術的なうまさは感じられた。それでも見る側になにも伝わってこないあの腹立たしさは、たぶん俺の嫉妬や、負け惜しみではない。

＊

俺は東西デパートの企画部に電話をして、三年前に『柿沢洋治展』を催した経緯《いきさつ》も訊いてみた。『イベント企画会議でもっとも将来性のある画家と認めたから』という、紋切り型の説明しか返ってこなかった。正面から攻めたところで似たような広報しか返ってこないことは分かっている。考えていても仕方ないので、俺は銀座から永田町《ながたちよう》へ回り、国会図書館で東西デパート関係の資料に当たることにした。業務案内や業績紹介なら町の本屋でも見られるが、それより詳しいものとなると、この図書館を利用するのが手っ取り早い。

過去十年間の決算報告書や東西デパートが発行しているタウン誌などにしばらく目を通してから、最後に決心して俺は『東西デパート六十年史』という馬鹿みたいに厚い社史に挑戦してみた。その結果分かったことは社長の名前や東西デパートの始まりが鉄道事業だったこと。現在は結婚相談所から不動産会社までを傘下に収める総花的なグループ企業だ、ということぐらいだった。予想はしていたが東西デパートが企業として一人の無名な画家を売り出さなくてはならない理由は、社史や決算報告書に書いてあるはずはなかったのだ。

五時ちかくまでねばり、けっきょくヒントも糸口も見つからず、国会図書館を出て俺は一度四谷のマンションに戻ることにした。この時間から酒を飲むのは躰が辛《つら》かった。事件が遠のいていく感覚が悪寒《おかん》のように俺の気を滅入らせてもいた。早川佳衣でも呼び出せれば突然幸せになってしまうのだろうが、一昨日の爆発しかけたロボットのようなうしろ姿を思い出すと歳のせいか、怖《お》じ気のほうが先に立つ。

自分でつくったカレーライスを食べながらセメント汚職《おしょく》の資料に目を通して時間をつぶし、また四谷のマンションを出たのは八時をすぎてからだった。半端な生活の中にも酒を飲むのに相応《ふさわ》しい時間帯はある。そのころには前の日の二日酔いも、なんとか治まっていた。明日も二日酔いになることは分かっていて、そこまでして酒を飲む必要はないと思うのだが、それでは酒を飲まなければいったい俺に、何をしろというのだ。

＊

池袋の小町には勤め人らしい三人の客がいて、ボリュームをあげたカラオケを肴に漫然《まんぜん》と酒を飲んでいた。俺だって勇気を出せば演歌の一曲や二曲は歌えるが、実可子の事件が咽に引っかかって、そうでなくても他人に迷惑をかける気にはならなかった。俺は脱いだコートをドアの横に掛け、カウンターの一番端に座って、知らない男たちの歌を聞きながら一人でバーボンを飲み始めた。他の飲み屋でも状況は似たようなものだから順子の手が空かなくても、とりあえず寂しいとは思わなかった。

三十分ほどで客が一人帰り、残った二人連れにカラオケのリモコンを渡して、順子が困ったように笑いながら俺の前に戻ってきた。薄いグリーンのブラウスに細い金のネックレスをして、下はベージュ色のシガレットパンツ。好奇心の強そうな小さい丸顔には栗色に染めた短い髪が、今夜もよく似合っていた。

「一曲歌ってみる？　柚木くんの歌が聞けたらわたし、死んでもいいけどな」

「ノーギャラでは歌わないことにしている。ファンの女の子から石を投げられるからな」

昼だけで軽く笑い、俺のグラスにバーボンと氷を足してから、順子もグラスを取り出してビールの栓を抜いた。

順子が持っているグラスに俺がビールを注ぎ、俺たちは二つのグラスを音が出る程度に重ね合わせた。

「今日あたりは谷村が、来てると思った」と、ピスタチオの殻を割り、順子の少し吊りあがった目を悲しい気分で眺めながら、俺が言った。

「火曜日は来ないわね。だいたいは週末のあたり」と、最初のビールを一息に飲み干し、小さく息を吐いて、順子が言った。

「こんなに流行《はや》る店だとは思わなかった。俺が売上げに協力する必要もなさそうだ」

「気まぐれな春一番みたいなものよ。ふだんは十二時すぎまで暇なの。遠慮しないでいくらでも協力していいわ」

「君のためなら破産するまで通いつめるさ。十日も通えばかんたんに破産するだろうけどな」

「そうなったらヒモにしてあげるわよ。見かけによらずわたし、生活力があるの」

「谷村と相談してから決める。他人《ひと》の油揚げをさらうほど、悪いトンビじゃない」

額の皺を怪訝《けげん》そうなかたちに歪め、唇をすぼめて、順子がぷくっと鼻の穴をふくらませた。

「事件についてなにか、分かったような言い方ね」

「分かっているはずなのに、分かっていないような、妙な気分だ」

「今の、谷村くんと相談してからって、どういう意味よ」

「君たちが思っている以上に警察の捜査は進んでいると、そういう意味さ」

「進んでいる?」

「動機があってアリバイのない人間を二人にまで絞り込んだ。一人は谷村、もう一人は君だ」

順子がグラスをカウンターに落とし、零《こぼ》れたビールが小さく泡立ちながら長く、二人の客の前に広がった。カラオケの声が途切れ、客がざわめいたが、順子はただ黙って零れたビールを拭き取っただけだった。

しばらくカウンターを拭いてから、新しいグラスを取り出し、俺にビールを注がせて、順子が言った。

「わたしか谷村くんの、どちらかが犯人だということ?」

「君たち二人が容疑者だということさ」

「そんな大事なこと、勝手に決めないでほしいわ」

「いちいち容疑者に断っていたら、犯人は捕まらない」

「冗談にも程があるわよ。わたしに人なんか殺せるはず、ないじゃない。谷村くんだってそれだけの度胸があれば、もっと出世しているわよ」

「俺もそうは思う」

「それなら妙なことを言わないでよ。心臓が止まるかと思ったわ」

「俺が言ってるわけじゃない。警察が君たちを疑っているだけだ。ある意味では君たちの責任だけどな」

順子が静かにビールを飲み、俺のグラスにもウィスキーを足して、舌の先で唇をなめながらちらっと、二人の客に流し目を送った。

「あのこと、もう、分かってるわけ?」

「分かっていると思う」

「だからいやだったのよね。最初から言っちゃえばよかったのに、あいつ、こういうことにはまるで臆病なんだもの」

「最初は俺も偶然だと思った。俺が訊かなかったから二人とも話さなかっただけなのかと、な」

「悪気があったわけでは、ないの」

「谷村は北本と永井実可子の関係を隠していた。柿沢や津久見さんが知っていることを、谷村だけ知らなかったはずはないものな。同じように君は、去年のクリスマスに谷村が永井実可子ともめたことを隠していた。隠しきれると思ったわけでもないだろうが、無意識のうちに庇《かば》い合った」

「柚木くんにどこまで話していいか分からなかったのよ。実可子のこと、泥棒に殺されたと思っていたのに突然自分たちが疑われて……それにまさか、訊かれもしないのに、実はわたしと谷村くんはそういう関係ですなんて、言えないじゃない」

「大きなお世話だろうが、いつから、そうなんだ？」

「谷村くんが朝霞に家を建てたころからかな。池袋を通るからお店にも寄りやすくなったのよね。早い時間は店も暇だから、あいつ、だらだらお酒を飲んでて、会社のことや奥さんのことに愚痴を言うようになって、わたしも可哀そうになったの。谷村くんが相手だとわたしも安心だったしね。見栄を張る必要もない。お世辞を言う必要もない。人生に失敗した同士で慰め合うには、ちょうどよかったのよ」

「この前は、後悔はしていないと言った」

「北本のことは、あれは、もういいの。あのことは本当に後悔していない。でも目の前で実可子や芳枝や柿沢くんを見ると、やっぱり比較してしまう。自分は自分だと思うけど、どこかで自分の人生を許していない部分はあるのよね」

一瞬口をつぐみ、店の壁に視線を漂わせてから白い歯を見せて笑い、ウィスキーのグラスを取り出して順子が軽く顎をしゃくってみせた。俺はそのグラスを順子の手から受け取り、氷とバーボンと水を放り込んで、それをまた直接順子の手に渡してやった。

二人の男が席を立ち、なにか言いながら帰り支度を始めて順子もカウンターを出ていき、それからしばらく俺は順子が客を送り出す間、一人で煙草を吹かしていた。

戻ってきて、カウンターを片づけ、小さく首を振りながら順子が香水の匂いと一緒に俺のとなりに腰をおろした。

「不思議よね。実可子が死ななければ、柚木くんに会うこともなかったでしょうしね」と、改めてウィスキーのグラスを握り、横から俺の顔をのぞいて、順子が言った。

「俺に会っても会わなくても、君の人生は変わらなかったさ」

「恰好いいこと言わないでよ。わたしのほうは本気で懐かしがってるんだから」

「谷村や永井実可子のことがなければ、俺も本気で懐かしがれた」

「その話、もうやめない？　谷村くんもわたしも実可子を殺していない。それにわたしたち、ああいう関係はやめることにしたの。もともとわたしと谷村くんなんて、似合わなかったのよね」

「しかし場合によっては、あの夜のことを証言しなくてはならない」

「わたしは困らないけど、谷村くんは大変かな」

「君が今夜もとぼけようとしたら、警察に近くのホテルを調べさせるつもりだった」

「わたしのほうは証言してもかまわないの。芳枝や柿沢くんには合わせる顔がないけど、贅沢《ぜいたく》を言える立場ではないものね」

「外部には漏れないようにする。警察には一応、コネがある」

「谷村くんは立場を気にするでしょうね。でもわたしにはアリバイを証明することのほうが大事だわ。いくら実可子を恨んでいても、殺そうと思ったことは一度もなかった」

「一月三十日の夜、十時から十二時まで、君と谷村は近くのホテルで会っていた……そういうことで、いいんだな」

「わたしのこと、軽蔑する?」

「さあ、な」

「寂しかったという言い訳は、聞いてくれないでしょうね」

「寂しかったというだけでは、谷村に対して、失礼になる」

「そう、か。お互い様だったか。突然柚木くんが登場して、わたし、いい子になってしまったわ」

「いい子だったじゃないか。高校生のときから君は、ずっといい子だった」

「今更遅いわよ。柚木くんは実可子しか見ていなかったくせに」

「本当言うと、ちょっとだけ、横目で君のことを見ていた」

「へえぇ。横目でちょっとだけ、ね」

「気が小さくて、正面からは見つめられなかった。君のほうは北本しか見ていなかったんだから、視線を合わせても意味はなかったさ」

順子が声を出して笑い、俺もなんとなく可笑《おか》しくなって、少しだけ、声を出して笑った。

「谷村くんや柿沢くんに会っても懐かしいと思わないのに、柚木くんてへんに懐かしいわ。どこかでボタンを掛け違えたのかなあ。柚木くん、あのころに戻りたいと思うこと、ない？」

「君たちに会うまであの時代のことは、思い出したこともなかった」

順子の言ったボタンの掛け違い、という言葉を、スキー場では俺が実可子に使った気がする。それぞれがみんな人生のどこかでボタンを掛け違えたと感じながら、それぞれに時間を消化してきた。俺のボタンも正しい位置に掛かっているとは思わないが、しかし俺はこんな人生をもう一度やり直したいとは、思わない。

「わたしの娘ね、中学二年なの。今バレンタインのチョコレートで大騒ぎしているわ。いくつ作ると思う？　二十五ですって」

「俺の娘もそういえば、妙なものを送ってくる」

「わたしたちのころにチョコレートの習慣なんて、あったかしらね」

「俺は、もらった覚えは、ないな」

「わたしたちが今高校生だったら、可笑しいと思わない？　わたしは百個ぐらい配ってみたいな。意外な男の子から反応があって、新しい恋が芽生えたりしてね」

北本のことを頭の中でどう処理しているのか。しかし順子が空想として百個のチョコレートを配ったところで、誰が迷惑するわけでもないだろう。

「ねえ、わたしが柚木くんにチョコレートをあげたら、柚木くんは、どうした？」

「一晩は寝られなかったろうな。次の日からは君が何個のチョコレートを配ったか、調べて回った」

「いやな性格ねえ。だから女の子に敬遠されたのよ……そうでもない、か。けっこう隠れ柚木派は多かったから、意外にチョコレートも集まったかな。柿沢くんや北本といい勝負だったかもしれない」

「あのころそれを教えてくれたら、俺の人生も変わったろうに」

「暗かったものねえ。柚木くん、転校してきたせいもあったでしょうけど、あの暗さはなんだったの」

「さあ、なんだったか」

「札幌の高校を退学になったとか、友達を殴って怪我をさせたとか、いろんな噂があったわよね」

「俺もそれなりにスターだったか」

「言っちゃいなさいよ。けっきょくあのときは、どういう事情だったのよ」

「知らないのか」

「知っていれば訊かないわよ。誰も知らないから柚木くんは謎の人だったのよ」

誰も知らないから、あのころ俺は、柚木草平はクラスの友達にとって謎の人間だった。それなら俺自身では分かっていたのかと言えば、俺にも自分が誰であるのかは分かっていなかったのだ。札幌の南五条《みなみごじょう》に面したレストランで親父とお袋の胸に流れ弾が命中する直前、二人は離婚の条件について話し合っていた。問題は俺がどちらの親と暮らすかで、判断は俺が下さなくてはならなかった。俺はどちらとも答えられず、融けたアイスクリームをスプーンで搔きまわしながらその場所とその状況から、逃げ出すことだけを考えていた。タイヤがパンクするような音が聞こえ、目の前に空白が広がり、気がついたときには俺は、その空白の中に逃げ込んでいた。そして俺は今でも融けたアイスクリームを搔きまわしながら、自分が誰でこれからどう生きたらいいのかを、考えつづけている。

「ねえ」

「うん？」

「理由なんかなかったんじゃない？」

「うん……」

「本当は理由なんかなくて、生まれつき根が暗かっただけとか、ね」

「そのへんが正解かもしれないな。田舎から出てきたばかりで、見栄を張っていたんだろう」

「でもあの雰囲気が好きだった女の子も多かったのよ。コーラス部の後輩なんか柚木くんのことを教えてくれって、煩《うるさ》かったわ」

「その子たちの電話番号、今、分かるか」

「分かるわけないわよ。分かっても教えてあげない。あのころより柚木くん、危ない人になってるみたいだから」

　今の俺が危ないのは過去でも女ぐせでもなく、肝臓と腹の贅肉と血圧で、これで肺癌にでもなったら本当に俺は、危ない人間になってしまう。空想の中でならチョコレートのやり取りはできても、現実の俺は早川佳衣の電話番号さえ、プッシュできないでいる。

「なあ、津久見さんのことだけど……」と、肝臓を心配しながらグラスを空け、肺を心配しながら煙草に火をつけて、俺が言った。「彼女、子供のころ、家庭になにか問題があったのか」

「事情は複雑だったらしいわね。友達でも立ち入ったことは訊きたくないから、詳しいことは知らないけど」

「谷村は、父親がいなかったとか、言ってたな」

「いることはいたのよ。でもなにか事情があって、認知されたのは二十歳になってからだった……どうしたの、芳枝が奇麗になっていて、興味をもった?」

「あのころと感じがちがっていて、少し、驚いただけさ」

「今、芳枝、幸せだものね。不幸な女が奇麗に見えるっていうの、あれ、嘘だと思うな。不幸なときに奇麗に見える女は元のできがいいだけなの。ふつうの女は一番幸せなときが、一番奇麗なものなの」

「今君が奇麗に見えるのは、それなら、例外か」

「柚木くん、酔っ払った?」

「酔っ払った。酔っ払うと、思ったことが素直に口に出る」

「そうじゃなくて、高校時代の柚木くんからは信じられないということ。やっぱりわたし、どこかでボタンの掛け違いをしたかもしれないわね」

順子がバーボンの瓶を引き寄せたが俺はそれを手で制し、煙草を消しながらズボンの尻ポケットに手を伸ばした。このまま順子と冗談で遊んでいてもかまわないが、気分のどこかにやはり、実可子の事件が引っかかる。

「次の客が来るまで待っていたいけど、若い子とデートがあってな」と、椅子から躰をずらし、ポケットから財布を取り出して、俺が言った。

「その子に振られたら戻ってきてもいいわよ。朝の三時まで待っててあげる」と、皮肉っぽいウインクをし、椅子をおりてカウンターの隅に歩きながら、順子が言った。

俺は煙草の箱を上着のポケットにしまい、順子に手渡された伝票の金を払って、壁のコートに手を伸ばした。

「柚木くん、ダンヒルのコートなんか着てるんだ」

「財産はこれだけさ」

「ねえ、十四日はどうするの」

「十四日？」

「バレンタインデーよ」

「信じられないなあ」

「部屋で娘から届いたチョコレートでも食う」

「わたしもチョコレートをつくって、柚木くんを待っていようかな」

「大変なことになった」

「そうかしら」

「君がチョコレートを配る百人の男を、俺はぜんぶ調べて歩く」

順子が手の甲で口を押さえて笑い、ドアを開きながら、斜めうしろから俺の肩をぽんぽんと叩いてきた。

「なんだ?」

「ゴミがついていただけ。なにか赤い粉みたいなもの」

「昨日、額縁を担いだせいだ」

「額縁?」

「昨日……」

「昨日、どうしたの」

「いや、その粉、本当についていたか」

「ついていたけど、落とさないほうがよかった?」

「肩についていればまだ額縁にも残っている。額縁に残っていれば……」

「なあに?」

「残っていれば、粉だけでも残っていれば、それでいいんだ」

「言ってることが分からないな」

「百年前の絵は百年前の絵の具で、十五年前の絵は十五年前の絵の具で描かれた……そう思わないか」

「そう思うけど、それがどうしたのよ」

「どうしたか、どうなるか、問題はこれからだ」

「酔っ払ったみたいね」

「突然酔っ払った。それで突然、糸口が見えてきた。バレンタインの日は約束できないけど、ホワイトデーには君に薔薇を持ってくる。三十八本ではなく、二十年前に戻って、十八本の赤い薔薇を」

＊

実可子が『怒り富士』をどうして贋作だと知っていたのか、いつ知る機会があったのか、俺の頭がこれほど毎日酒びたりでなければ、かんたんに解けた算数だったのだ。前提として『怒り富士』が贋作であるという条件は必要だが、もし贋作でなかったら今度の事件だって、最初から起こらなかった理屈になる。そして贋作であるか贋作でないかの証明はもう、それほど難しいことではない。

芸術劇場の前まで来て俺は電話ボックスに飛び込み、暗記している早川佳衣の電話番号を恐れもなくプッシュした。流れてきたのは『留守』のメッセージだけで、俺は電話を切り、そのままJRの駅に歩いて山手線《やまのてせん》の内回りに乗り込んだ。二十六歳の女が十一時まで『留守』であることは罪ではないが、理不尽は承知でやはり腹が立つ。事件に関する連絡がとれないことの苛立《いらだ》ちか俺の個人的なやきもちか、そんなことを冷静に分析すること自体が、馬鹿ばかしい。

池袋から目黒まで二十分電車に乗り、目黒駅でもう一度電話をしてみたが早川佳衣の声は留守のメッセージだけで、首にマフラーを巻き直して俺は権之助坂を目黒川の方向へくだり始めた。商店街はすべて店を閉めていて、路地の奥にスナックの看板がのぞく以外は正面からの風が無遠慮に顔をかすめてくるだけだった。風も、商店街も、坂道もクルマもとにかく、意味もなく俺は腹立たしかった。

坂をくだりきり、梨早フランセが入っているビルの前まで歩いたところで、どうにか気を静めて煙草に火をつけ、俺は街灯の下から三階建てのビルを見あげてみた。どの窓にも明かりはなく、外装の化粧タイルは中途半端な闇で色も分からなかった。俺の顔にも葉のない街路樹にも風が吹いていて、煙草の煙を吐き出すそばから、強くうしろへ飛ばしていく。

俺は時間をかけて一本の煙草を吸い、靴の底で踏みつぶしてから、ポケットで両手を温めながら梨早フランセの前まで歩いていった。ショーウインドーは通りに面していても、ドアはビルの出入り口から五メートルほど奥についている。そこへ入ってしまえば通りからはたしかに、死角になる。

時間は十二時五分前。通路には暗い蛍光灯が一本ついているだけで、目の前には塗装の剝げかけたシャッターが灰色にドアを覆っている。
二、三分風の音とクルマの音に耳を澄ましてから、シャッターを蹴って音の響きを確かめ、俺はまた煙草に火をつけてシャッターの横の壁に肩で寄りかかった。一般的には夜中かもしれないがここは東京で目黒駅の近く、山手線だって動いているし早川佳衣も帰ってはいない。ショーウインドーに面した歩道を人が歩いて通らないこともない。今日が火曜日で事件のあった日が土曜日だというちがいはあるにしても、これではやはり、時間が早すぎる。ふつうに考えて人を殺そうと思っている人間が土曜日のこんな時間を、わざわざ選んだりするものだろうか。
犯人に殺意はなかったのだ。少なくともこの店で実可子と顔を合わせた時点では、犯人の目的はただ『怒り富士』を手に入れることでしかなかった。交渉か、金銭か、脅しか懇願か、手段はともかく犯人にしてみれば『怒り富士』さえ始末すれば、問題は解決したはずなのだ。一応は人目は避けたろうから梨早フランセの開店時間内、というわけにはいかない。夜の十時ならとにかく実可子と二人だけで話はできる。この店で待ち合わせ、交渉に入り、決裂し、そして思いがけず実可子を殺してしまった。その間にどれだけの言葉と感情が交錯したかは別にして、状況は俺が考えるとおりだったに違いない。しかしそれでは実可子を殺したあと、店内を荒らしたりシャッターを壊したりするだけの余裕が、実際問題として犯人にあったのか。

死亡推定時刻は十一時の前後一時間、早いほうに仮定すれば十時ということになる。目黒から六本木までどんなにクルマを飛ばしても、十五分はかかる。実可子が即死ではなく、頭を殴られてから三十分間生きていたと無理やり解釈しても、犯行そのものは九時半にまでしか引き下げられない。その三十分で柿沢洋治は絵を奪い、商品を物色し、シャッターの錠を壊して六本木までクルマを飛ばした。そうだとすればクルマはタクシーではなくあの赤いポルシェだったはずだ。あんなクルマが近くにとまっていて目撃者がいなかったとは、どうにも考えにくい。仮にすべて柿沢に都合よく事が運んだとしても、この犯罪が成功する可能性は、多くても十パーセント以下だろう。土曜日の九時半にポルシェも目撃されず、シャッターの錠を壊しているところを誰にも見つからず、盗品を積み込んで猛スピードで目黒通りを突っ走る。そのすべてが成功した可能性もなくはないが、そこまでの大博打《おおばくち》をあの柿沢洋治が、打ったかどうか。

酔い冷《ざ》めの息苦しさと一緒にいやな悪寒を感じ、俺は煙草をコンクリートの通路に捨てて、そのビルを出た。風は紙くずを舞いあげるほど強く、気分は死にたいほど憂鬱で、俺の自制心ではビルの一階に〈目黒宝飾〉という看板を確認するのが精一杯だった。

目黒駅に向かって歩き出し、権之助坂の途中でもう一度早川佳衣に電話をしたが、留守のセットは解除されておらず、俺は終電の山手線に乗って新宿へ引き返した。事情を説明して永井の家で待つべきだったのだろうが、しかし俺の憂鬱は早く俺を四谷のマンションへ帰らせたがっていた。一晩眠れば気力も回復するし、これが歳月なのだと自分を納得させることもできる。俺がこうやって人間は歳をとっていき、こうやって一枚いちまい青春の殻を脱ぎ捨てていく。俺が感傷に浸っても意味はないが、初恋にこういう形で結論を出してしまったことに、心の柔らかい部分がまだ、痛いと悲鳴をあげてくる。

新宿駅でタクシーを拾い、四谷のマンションへたどり着いたのは、一時をだいぶすぎた時間だった。疲れているくせに神経は眠る気にはならず、俺は風呂で躰を温め、ウィスキーの瓶を抱えてベッドにひっくり返った。明日も動き回ることは分かっているし、躰と神経のために肝臓も休めるべきだろう。それでも脆弱な俺の意志がつい、グラスの中にウィスキーを満たしてしまう。

半分意識がなくなり、残りの半分で部屋の電気を消そうと考え始めたとき、電話が鳴って俺はごろりとベッドから転がりおりた。いつも思うことだが、今度こそ次の原稿料でコードレス電話を買ってやる。

「もしもし、わたしです。寝てました?」

「いや。あと二、三時間は原稿を書こうと思っていた……君、今夜もまたこの前の友達と、遊んできたのか」

「わたしが誰となにをしようと、そんなこと、わたしの勝手です」

「君が勝手なことは分かってるが、外からだって留守番電話はチェックできるだろう」

「柚木さんが伝言を入れたの、十二時半じゃないですか。まだ一時間半しかたっていませんよ」

「それでも、こういう難しいときは、小まめにチェックするもんだ」

「こういう難しいときって、なんですか」

「だから、事件に関して訊きたいことだってあるし、君のほうも、知りたいことがあるはずだ」

「わたしに私立探偵の助手はできません。柚木さんがそう言いました」

「俺も助手なんか要らない。情報が欲しいだけだ。君だって情報だけは提供する義務がある」

「それぐらい分かってます。だから電話をしたんです。用事があるなら早く言ってください」

「君……」

「なんですか？」

「今、怒っているか」

「怒ってなんかいません。わたしは柚木さんみたいに、つまらないことで一々怒りません」

「怒っていなければ、まあ、いい」

「大事な用ではないんですか」

「大事な用だ。だからもう少し目を覚まして、ちゃんと聞いてくれ」

「わたしは帰ってきたばかりです」

「そういえば、そうか。いや……つまり、訊きたかったのは絵のことだ」

「え？」

「絵。絵画の絵」

「階段の上？」

「おい、酔っ払ってるのか」

「酔っ払ってますよ。そんなこと、わたしの勝手です」

「大事なことなんだ。しっかり聞いて、しっかり答えてくれ」

「柚木さんのほうこそ、しっかり話してください。階段の上が、どうしたんですか」

「階段の上ではなく、絵画の絵だ。ゴッホだとかピカソだとかの、あの絵のこと。分かるよな」

「それぐらい分かります。最初からそう言えばいいんです」

「最初から……まあ、いいか。それでな、君、目黒で昼飯を食ったとき、柿沢が昔、実可子さんの肖像画を描いたことがあると言ったろう。覚えているか」

「覚えていますよ」

「その昔というのがいつのことか、思い出せないか」

「それが、大事なこと？」

「とても大事なことだ。そのために俺は、寝ないで君の帰りを待っていた」

「よく分かりませんけど、でも、あれは、ずっと昔のことです」

「月日のことまではいい。何年前のことかを思い出してくれ。柿沢が実可子さんの肖像画を描いているときに、君は柿沢に会ったと言った」

「そうです。あれは、わたしが、小学校の五年のときだったと思います」

「実可子さんが結婚する、前？」

「少し前の、秋の、九月か、十月……そうですね、十月でした。わたしが草津の別荘へ遊びに行ったときです。独身の記念だと言って、叔母さまが柿沢さんに描かせていました」

「草津の別荘というと、スキー場で会ったとき君たちが泊まっていた、あの別荘か」

「あそこが卯月の家の別荘です」

「実可子さんや君のお母さんにとっては、実家の別荘になるわけか。つまり君たちは、昔からその別荘を使っていた」

「叔母さまもお友達も、たまには使っていました。柿沢さんだってあのときは、ずいぶん長い間別荘に泊まっていたはずです」

「長い間、というと？」

「知りませんけど、絵を描くために、一人でずっと泊まっていました」

「一人でずっと、か」

「どうか、しました？」

「いや。それで、そのとき柿沢が描いた実可子さんの絵が今どこにあるか、心当たりはないか」

「ありますよ」

「ある？」

「別荘に飾ってあります」

「別荘に……なるほど」

「居間の暖炉の上です」

「別荘の居間の暖炉の上、な」

「でも不思議ですね。あの絵はそれまで物置に入れてあったんです。お正月にスキー場で柚木さんと会って、東京へ帰る前に叔母さまが出してきて、叔母さま……」

「うん」

「叔母さまが自分で暖炉の上に飾って……」

「うん？」

「不思議ですねえ」

「なにが？」

「叔母さまはあの絵を、迎えのクルマが来るまで、いつまでも懐かしそうに見ていました」

9

ＪＲを長野《ながの》原草津口《はらくさつぐち》駅でおりたときには十センチほどだった雪が、志賀《しが》草津道路を白根山《しらねさん》の方向へ入ると風景をすべて下に隠すほどの量になる。正月に加奈子を連れてきたときは新宿からスキーバスに乗ってきたが、今日の俺は手ぶらで、相変わらずのコートとマフラーでタクシーの後部座席に納まっている。札幌で育ったから雪に特別な感想もないが、しかし札幌で育って札幌を捨てたからこそ、雪の風景は俺の躰《からだ》を硬くする。

目では白一色の雪景色を眺めながら、俺の頭は青い珊瑚礁《さんごしょう》の海やココ椰子《やし》の並木や水平線に沈む赤い太陽を、茫然《ぼうぜん》と追いかけている。どこの海のどこの島かは分からない。たぶん太平洋のヤップ島とかラップ島とか、そんな名前の小さい島だろう。俺のコテージは現地人の集落から少し離れた海岸沿いにあって、小さい台所と蚊帳《かや》と扇風機とロッキングチェアと、それからまあ、テレビとビデオデッキと一応の道具は揃っている。海岸には船外機つきの古いモーターボートが繋《つな》いであって、だいたいは毎日その舟で魚を釣って過ごす。煩悩がないから強い酒を飲む必要はなく、夜にビールの一本も飲めばそれでじゅうぶん。毎日毎日光に溢《あふ》れていて、毎日毎日平穏で知子からの電話はなく、木から落ちた椰子の実が土に変わっていくように魚を釣りながら、いつか知らない間に俺の人生も終わっている。

志賀草津道路から温泉街へは入らず、天狗山《てんぐやま》のゲレンデを左に見ながらチェーンを巻いたタクシーは、渋峠《しぶとうげ》の方向へ走る。しばらくすると目印として教えられたホテルの看板が見え、その前を通りすぎて標識の出ている手前の道を左に折れる。そこで道は雪に塞《ふさ》がれ、俺は運転手に借りた長靴を履《は》いて雪の上を歩き始める。正月にはこの道も雪を掻いたのだろうがあれから一ヵ月で、また三十センチの雪が積もっている。ただ白いだけの景色の中を焦げ茶色の鳩に似た鳥が煩《うるさ》く飛びすぎる。遠くのほうで木の枝から雪が崩れ、かすかに地鳴りのような音を響かせる。

五十メートルほどで坂道が平地に変わり、切り開かれた台地の上に屋根の角度を強くした大型のログハウスが現れる。鉄柵で囲まれた敷地も広く取ってあって、雪の下には芝生でも植わっているのだろうが見えているのはログハウスの杉の肌と玄関ポーチと、低い煉瓦《れんが》の煙突だけだった。建物の窓にはすべて木の雨戸が嵌《は》められ、庭の隅にある丸太のブランコには制作途中で放り出した彫刻のように、不安定な雪が積もっている。

俺は実可子の実家で借りてきた鍵《かぎ》で門扉のチェーン錠を外し、長靴で雪を蹴飛ばしながら、広い敷地を玄関ポーチに進んでいった。

ポーチには三段の木の階段がついていて、雪は吹き込んでおらず、俺はもう一本の鍵で厚板のドアを開け、外からの光を頼りに電気のメインブレーカーを押しあげた。それから玄関のあがり口に電気のスイッチを見つけ、明かりをつけて長靴をスリッパに履きかえてから、暖炉のある広い部屋に入っていった。閉めきっていたわりにカビや埃《ほこり》の臭《にお》気はなく、木の温もりのせいか湿度の高い空気も重くは感じられなかった。部屋はパーティが開けるほど広く、天井は高く梁《はり》は太く、木の丸テーブルや脚の太いベンチにも、長い年月を使い込んだ人間の体温のようなものが留まっていた。卯月実可子の肖像画はその部屋の、煉瓦を嵌め込んだ暖炉のずっと上のほうに掛かっていた。

絵の中の実可子は肩までの髪を首のうしろに流し、視線をななめ前に向けて、輪郭《りんかく》のきれいな唇を微笑《ほほえ》むような泣き出すような、曖昧《あいまい》な形に結ばせていた。頬《ほお》の線は丸くて額の色は明るく、着ているブラウスの萌黄色《もえぎいろ》は清潔。表情にも配色にも描《か》いた人間の悪意は、悲しくなるほど想像できなかった。

一ヵ月前、永井実可子はなにを考えながら、この絵と向かい合ったのか。しまい忘れたセーラー服を本心から探してみる気になっていたのか。過ぎていった二十年に対して、微笑みながら、別れを告げることができたのだろうか。

俺は五分ぐらい、立ったまま二十三歳の卯月実可子と対面したあと、ベンチを暖炉の前までずらして壁から絵をおろし、ちょっと迷ってから、額縁を外して中の絵だけを大判のビニール袋にしまい込んだ。それから玄関へ戻って電気の始末をし、また長靴を履いて雪の中をタクシーのほうへ歩き始めた。来たときにも見かけた焦げ茶色の鳥が雪の中を低く飛び、白根の方向からは固い雪雲が恐ろしいほどの速度で流れてくる。天気予報では東京でも今夜あたりから、雪になるという。

10

一昨日《おととい》の朝まで降った雪がベランダの鉄柵に、虫食い歯のような融け残りをつくっている。窓から見えるどのビルの屋上にも雪は残っていて、光度の高い冬の光をミルク色に乱反射させてくる。これで風がなければ大掃除でも始めたいところだが、俺は窓を閉めきって朝のコーヒーを飲みながら、もう二時間も煙草《たばこ》を吸いつづけている。東京の雪道を二日間歩き回った緊張が脚と神経に、まだ漠然《ばくぜん》とした疲れを残していた。

この二日の間、昼間は品川と杉並の区役所と目黒中央署と目黒宝飾と国会図書館を回って歩き、夜は権之助坂から六本木へタクシーを飛ばしてやまめというバーで高いビールを飲んでから池袋へ回ってバーボンを呷《あお》ったりと、自分でも感動するほど誠実に活動した。その結果がこの脱力感で、本当なら今日はカーテンを開けずに、このまま昼酒にでも浸《つ》かっていたい気分なのだ。感情を殺して事件に結論を出そうと努力してみたが、自分で思っているより俺はまだほんの少し、若かったらしい。

何度時計を確認しても津久見芳枝との約束までには三時間もあって、仕方なく俺は唯一の趣味と自覚している洗濯にとりかかった。知子と暮らしていたころはこの趣味が嫌われたもので、最後には神経症だとまで決めつけられた。日曜大工を趣味にしている男もいるし料理や編み物を趣味にしている男もいるというのに、洗濯が趣味であって、どこが悪いのだ。こんな埃《ほこり》だらけの人生ではせめて皮膚に触れるものぐらい、毎日清潔にしておきたい。神経症であっても貧乏人の負け惜しみ的贅沢《ぜいたく》であっても、それで社会に迷惑がかかるわけでもないのだ。

爪を切ったりレトルトのピザを焼いたり、古雑誌をまとめたり台所の生ゴミを片づけたり、洗濯と一緒にそんなことで時間をつぶして午後の二時に、俺はマンションの部屋を出た。今夜も酔いつぶれて眠ることは分かっているが、いつかは南の島で波の音を聞きながら惰眠を貪《むさぼ》れる日が、かならずやって来る。

*

夜と昼で風景がちがって見えても歩道の端や路地の入り口に汚れた融け残りの雪がたまって、六日前の夜より街の風景は煤《すす》けて埃っぽい印象だった。古い雑居ビルや平屋の住宅街の中に津久見芳枝のマンションの新しさと贅沢さが、不似合いに周囲の風景を威圧する。歩道や電信柱の陰や、放置自転車の周りとは無関係に、マンションのアプローチだけは見事に雪が退《の》けてある。

俺はこの前と同じように玄関のインタホンでオートロックを解除してもらい、エレベータで津久見芳枝の住居がある五階へあがっていった。ドアの内側で待っててもいたように、芳枝はデートに出られるほどの化粧で俺を迎えてくれた。着ていたのは胸の開いたブルーのワンピースと白いカーディガンで、開いた胸には今日もトパーズのペンダントヘッドが光っていた。

「時間は早いけど、ビールでも飲む?」と、同じ部屋の同じソファに俺を座らせ、ダイニングとリビングの境に立って、芳枝が言った。

「遠慮しておく。俺だってたまには自制心を発揮する」

口を閉じたまま笑い、芳枝が衝立《ついたて》を回っていき、俺は調和のとれた絨毯や家具やカーテンや壁紙の配色を、感動もなく確認した。この部屋から芳枝の亭主の顔が浮かんでこないのは、やはり妙な気分だった。

芳枝が銀の盆でティーポットとカップを運んできてテーブルに置き、膝を揃えてソファに腰をおろした。その予想外に肉感的な太股にどうにも俺は、目のやり場がなかった。

「電話でも言ったけど、事件の構造が分かった」と、芳枝が差し出したカップをソーサーと一緒に受け取り、ジャスミンティーの香りを意識しながら、俺が言った。

「このティーカップ、素敵でしょう？」と、ポットから自分のカップに茶を注ぎ、視線を下に向けたまま、芳枝が言った。「ロイヤルコペンハーゲンのブルーフルーテッド。主人とデンマークへ行ったときに買ったものなの」

「毎日こんな食器を使っていたら、肩が凝るな」

「わたしも最初は肩が凝ったわ。でも人間って、慣れるのよね」

「どんなことにも人間は、だいたいは慣れる」

「二十歳をすぎるまでは考えてもみなかった。でもいつの間にかこういう生活にも慣れていたわ。実可子は生まれたときからずっと慣れていたんでしょうね」

芳枝が目を伏せたままジャスミンティーをすすり、俺もカップに口をつけて、不覚にも煙草《たばこ》を忘れてきたことに、頭の中で激しく舌打ちをした。

「それで、事件のことなんだけどな、やっぱり君へは最初に報告しようと思った」

「この前は最後だったから、そのお返しかしら」

「二十年前は君が俺のことを心配してくれた。そのことのお返しだ」

「義理堅い友達がいてくれて幸せだわ。柚木くんとはもっと昔に、親しくなっておけばよかったかな」

「俺が今日ここへ来た理由、分かるよな。君はあのころから今まで、ずっと優等生のはずだ」

「買いかぶらないでほしいな。昔から本当は意気地がなかったって、この前も言ったでしょう？」

「女は死ぬまで諦めない……そういえば君はこの前、そう言ったっけ」

梨早フランセのシャッターを見つめながら感じた吐き気が突然よみがえって、ジャスミンティーの香りで、俺は必死に自分の胃袋を誤魔化した。

「あのときに気づくべきだったけど、この前の日曜日、君は妙に明るかった。二十年間会っていなかったし、君が幸せに暮らしていると思い込んでいた。だから俺は君のあの芝居に、気がつかなかった。今日はもう、鼻唄を歌う必要はない」

「柚木くんの遠回しな言い方、相変わらず、意味が分からないわ」

「意味はかんたんだ。永井実可子を殺したのは君だと、そう言ってるだけだ」

芳枝がまともに顔をあげ、唇に力を入れながら、眉の間に神経質そうな縦皺を刻ませた。

「そういう冗談を友達の誰よりも早く聞けて、やっぱりわたし、幸せかもしれないわね」

「棺桶の蓋に釘を打たれても諦めない、か」

「諦めるとか、諦めないとか、そんな問題ではないでしょう。柚木くんはわたしを、殺人者だと言ってるのよ」

「人殺しなんかこの世にいくらだっている。戦争で人を殺せば勲章をもらえる。政治家も役人も見えない力でじわじわと国民を殺している」

「戦争の問題でも政治の問題でもないの。わたしが実可子を殺したかどうか、その問題なのよ」

「だから君が殺したと、そう言ってる」

「わたしが、どうして？　わたしが実可子を殺さなくてはいけない、どんな理由があるの」

「俺にも最後までその理由が分からなかった」

無意識に煙草を探している自分に腹が立って、俺はジャスミンティーを飲み干し、腰を引いて少しだけ上体を芳枝のほうへ傾けた。

「本当を言うとな、君たち四人のうち誰かが犯人だろうということは、最初から分かっていた。正月に草津のスキー場で二十年ぶりに永井実可子と会った。その日のうちに彼女は、自分にもしものことがあったら俺に連絡するように、と娘に言い残している。俺は昔永井実可子に惚《ほ》れていたし、一度だけデートに誘って断られたこともある。だけど俺と彼女の関係はそれだけのことでしかない。そんな俺を頼るようにと、なぜ彼女は娘に言い残したのか。答えは分かりきっている。俺が三年前まで刑事をやっていて、今でも刑事事件を専門に扱うライターだからだ。彼女にしても自分が殺されるとは思わなかったろうが、保険ぐらいはかけておきたかった。実際にトラブルの芽があることは、彼女だって自覚していた。そのトラブルの相手が高校の同級生で、俺も一応は同級生で、だから彼女は俺を指名した。あの梨早という子から話を聞いたときから犯人が高校の同級生であることを、俺はほとんど、確信していた」

芳枝が俺のカップに茶を注ぎ足し、ポットを銀の盆に戻して、スリッパを引っかけた脚を気だるそうに組み合わせた。

「柚木くんが、高校時代の同級生が怪しいと思ったところまでは、それはあなたの理由よね」

と、曖昧《あいまい》な位置に視線を浮かし、組んだ脚の膝頭に両手を重ねながら、芳枝が言った。「でも怪しいと思うこととわたしが実可子を殺したということとは、別なんじゃない？」

「難しい引き算だったけど、答えが分かってしまえばかんたんだ。四人の同級生のうち、柿沢と谷村と春山さんには、動機もあるがアリバイもある。君にはアリバイはないが動機もない。四から四を引いて答えを一にするには、どこかで一つだけ条件を崩す必要がある」

「わたしに、いったい……」

「君は潜在意識の中で永井実可子を憎んでいた。自分とは育ちも性格も逆な彼女が許せなかった。両親の都合で君は子供のときから周囲の目を意識して育った。他人とのトラブルを避け、目立たないように努力し、友達には親切に接して、その結果が君を個性のない優等生にした。永井実可子は君の努力を否定するような、正反対の価値観をもっていた」

「性格が逆で、潜在意識で憎んでいたから、それでわたしが、実可子を殺したというの」

「それだけで殺したわけではないさ。あの日だって、君が具体的に殺意をもっていたとは思わない。君は永井実可子から『怒り富士』さえ譲り受ければ、それでよかった」

「あの絵は……」

「今度の事件は十五年前に、柿沢が篠田為永の偽物を描《か》いたことが原因だった」

奥の部屋で音がして俺のうしろを毛糸玉が走り、その犬が鼻をぐずつかせながら勢いよく芳枝の膝に飛びあがった。奥の部屋からは男も一人姿を現したが、そんなことで俺は、驚きはしなかった。朝の十時に電話をしてからこの時間まで待っていたのは、最初からこの状況を期待していたのだ。

「芳枝、それ以上は喋るな。柚木は誘導尋問で引っかけようとしているんだ」

腕組みをしながら現れた柿沢洋治が壁伝いに窓の前まで歩き、俺の顔を見おろして、強く舌打ちをした。

「柚木、いい加減なことを言うなよな。高校の同級生でも場合によっては、名誉毀損《めいよきそん》で訴えるぞ」

「毀損される名誉のある人間は、幸せか、不幸せか……柿沢、俺を待っていたらしいから、彼女のとなりに座ったらどうだ」

柿沢が腕組みを解かず、動く気配も見せなかったので、無表情に犬の頭をなで始めた芳枝に視線を戻して、俺が言った。

「訴えたければ訴えてもいい。俺の言うことが間違っていたら、訂正してくれ。しかしとにかく、贋作《がんさく》問題から片づけよう。さっきも言ったように、すべての問題は柿沢が篠田為永の贋作をしたことが始まりだった」

「馬鹿ばかしくて、反論する気にもならんな」

「それなら黙って聞いていろ。十五年前、柿沢はギャラリー杉の社長に頼まれて篠田為永の偽物をつくることになった。理由は絵が売れなくて自棄《やけ》になっていたか、フランスへ渡る費用が欲しかったか、そんなことだろう。描いた偽物も『怒り富士』一作ではなかったはずだが、贋作をつくった費用で柿沢はフランスへ渡った。そのままパリで皿洗いをやっていれば問題はなかった。しかしパリで柿沢は、サロン・ド・ルージュ賞という妙な賞を受賞した。日本へ帰ってきて、東西デパートに売り出してもらって、ちょっとしたスターになった。昔のように仲間が集まるようになって、そうしたら永井実可子の店に自分が描いた篠田為永の『怒り富士』が飾ってあった。彼女が梨早フランセにあの絵を飾ったのは、もちろん柿沢が描いた絵だと知っていたからで、彼女流の悪戯《いたずら》だったのかもしれない。しかしせっかく絵が売れ始めた柿沢にとっては、ただの悪戯では済まなかった。自分が贋作の作者だと知れたら画家として、一生浮かばれない……柿沢、やっぱり馬鹿ばかしくて、反論する気にならないか」

柿沢の視線が俺の顔から窓の外へ動き、部屋の空気が緊張して、犬が大きく欠伸《あくび》をした。

「永井実可子がいつあの絵を贋作と知ったかについて、難しい推理は要らなかった」と、犬と、犬の頭をなでつづける芳枝と窓の前の柿沢を見比べて、俺が言った。「柿沢は二十三から三十五までは日本にいなかった。途中で実可子と接触があったとも思えないから、彼女が絵のことを知ったのは柿沢が偽物を描いている最中か、描きあげた直後か、とにかく二十三の年だったに違いない。もちろんそのとき、彼女は篠田為永の絵だと思ったわけではない。柿沢が描いた、柿沢の絵だと思っていた。十五年前、柿沢は草津の別荘を借りて贋作をつくっていた。あの絵はそのときに見られた。五年前にハワイで偶然篠田為永の『怒り富士』を見た永井実可子は、それで事情を理解した。どうするかは考えず、絵をハワイから持ち帰って家の中に放り出しておいた。たしかに迷惑な女では、あったと思う」

柿沢が窓の前から離れて芳枝のうしろへ回り、リビングとダイニングの境の壁に、髪を掻きあげながら寄りかかった。

「推理としては面白いかもしれんが、そんな空想で贋作者や殺人者にされたら、たまらないぜ。それとも柚木、今の空想話で俺たちを強請《ゆす》るつもりなのか」

「強請《ゆすり》なら警察なんか巻き込まず、一人で静かに調べるさ。十五年前に柿沢が草津で描いた卯月実可子の肖像画は、あれはもう科学捜査研究所へ回っている。遅くとも二、三日うちには鑑定結果も出る。いわゆる、物証というやつだ」

「十五年前の、あの絵が、どうだって言うんだよ」

「あの絵自体は、どうでもない。だけどあの肖像画と『怒り富士』は同じ時期に、同じ場所で描かれている。もちろん作者も同じ人間だ。柿沢、絵の具を使い分けたか？　そこまでの余裕はなかったろう。十五年後にこういう問題が起こるとも、思ってはいなかったはずだ」

「しかし……」

「『怒り富士』は燃やしてしまった。それは当然だ。だが梨早フランセに残していった額縁に、絵の具の粉が残っていた。今の鑑定技術なら比較はかんたんだ。額縁の絵の具と肖像画の絵の具が同じチューブから絞り出されたものだとすれば、作者は同じ人間だ。肖像画には柿沢のサインも入っている。それに十五年前、柿沢が草津で実可子の肖像画を描いているところを目撃した証人もいる。反論が、あるか？」

柿沢が下唇を噛んで二、三歩横へ歩き、しかしソファへは近寄らず、肩に力を入れたまま絨毯の端に胡座《あぐら》をかいた。

「しかし、柚木、それは、証拠にはならないぞ。俺が実可子の肖像画を描いたことは間違いないが、俺が使った絵の具と篠田為永の使っていた絵の具が、たまたま同じメーカーの同じ製品だったら、どうする？　肖像画と『怒り富士』に同じ絵の具が使われた可能性だって、あるじゃないか」

「柿沢がギャラリー杉の社長に教えられて、篠田為永と同じ絵の具を使ったから、か？」

「いや、それは、そういうわけでは、ないが……」

「残念だったな。篠田為永も柿沢も、たしかに同じメーカーの同じ商品《ブランド》を使っている。しかし篠田為永の絵の具はすべて今から二十年以上も前に製造されたものだ。遺品を管理している美術館に、当時の絵の具が残っていた。メーカーに問い合わせたらそれ以降、同じ商品でも成分変更をしたという。柿沢が肖像画や『怒り富士』を描いたのは、成分変更後の絵の具のはずだ。どういう結果になるか知らないが、正式な鑑定結果が出れば、反論はもう、成り立たない」

「それなら、わたしが、訊いていいかしら」と、犬の頭をなでながら脚を組みかえ、目を伏せたまま、芳枝が言った。「仮に、もし、たとえばよ、柿沢くんが贋作の作者だったとして、わたしが実可子を殺したこととの間に、どういう関係があるわけ？　わたしは絵の問題になんか、係わっていないわ」

「絵には係わっていないさ。君が係わっていたのは柿沢や永井実可子の、人生そのものにだ」

「同級生でグループなら、係わるのは当然だと思うけど」

「それならなぜ、今この部屋に谷村と春山さんがいない？　なぜ柿沢だけがここにいる……俺が一番分からなかったのは、そのことだ。君と柿沢の関係がどういうものか、最後まで分からなかった。今でも完全には分かっていないが、ただ単にグループとしてのつき合いでないことは証明できる。君が今首に掛けているペンダント、そのトパーズのペンダントは柿沢からの贈り物だろう。柿沢は毎年十月の末に目黒宝飾でトパーズのアクセサリーを買う。去年はペンダント、一昨年は指輪。その前の年はイヤリング……君の誕生石だろうとは思うが、もちろんそれは偶然に分かっただけのことだ。最初に俺が引っかかったのは、俺が札幌から出てきた理由と、警官になった理由だ。君は山崎先生との約束どおり、本当に誰にも話さなかった。君の性格がそうさせたんだろう。谷村にも春山さんにも話していない。その誰にも話していないはずのことを、柿沢は知っていた。銀座で中華料理を食ったとき、一瞬言いかけた。あのときは俺も気がつかなかった。そんな昔のことは俺自身どうでもよかったし、どこかでみんなには知れているんだろうと思った。しかし知っていたのは君と柿沢の、二人だけだった」

柿沢が、また髪を掻きあげながら小さく咳《せき》をし、天井を見あげて、ふーっと長く息を吐いた。相変わらず顎と鼻は冷静に尖っていたが胡座を組んだ足の先は、激しく貧乏揺すりをさせていた。

「俺だって最初は、犯人は柿沢で間違いないと思った。店の荒らし方やシャッターを壊した手口は、男の犯行だ。だけど柿沢にはアリバイがある。犯行時間を無理にずらしてみても、目黒の店から六本木のバーまで十五分では行き着かない。柿沢は無関係なのか。それなら絵の問題はどうなるのか。しかしもし、実際に永井実可子を殺した人間と強盗殺人を偽装した人間が別だったら、どうなのか。柿沢は去年の十月二十八日、目黒宝飾で津久見さんへのプレゼントを買っている。目黒宝飾はその五日前、シャッターを壊されて泥棒に侵入されている。店の主人は柿沢とその話題になったことも覚えていた。柿沢ももちろん覚えていて、津久見さんから永井実可子を殺してしまったと連絡があったとき、とっさに偽装工作を思いついた。柿沢が梨早フランセに出かけたのは夜中の三時だった。そこで店の中を荒らし、シャッターを壊して、品物も何点か運び出した。タクシーを使うわけにはいかないから、クルマはポルシェだった。クルマをとめたのは店から離れた路地の中だ。だけどあの赤いポルシェは、やっぱり目立ちすぎる。警察が時間を変更して聞き込みをやってみたら、目撃者が出てきた。柿沢、あのクルマは午前三時に四人もの人間に見られているんだ。事件が複雑だったのは柿沢が事後共犯だったからだ。それでも津久見さんが絵を持ち出したとき、額縁ごと始末していれば問題はなかった。津久見さんはなぜ額縁を外して、中の絵だけを持ち帰ったのか。俺も草津へ肖像画を取りに行ったとき、やはり中の絵だけを持って帰った。タクシーや電車で運ぶには、額縁に入れたままの絵は大きすぎるからだ」

「柚木くんの言うこと、もっともらしくて、説得力はあるようだけど……」と、指先でトパーズのペンダントヘッドに触れながら、無表情な声で、芳枝が言った。「でも、わたしが実可子を殺した証拠については、まだなにも言っていないわ。わたしが柿沢くんと親しくて、実可子とは性格が合わなかったことが、どうして殺人の証拠になってしまうの」

「そういう意味の証拠は、ない。凶器の花瓶に指紋が残っているわけでもない。殺人現場を目撃した証人もいない」

「証拠も証人もなくて、それでわたしを犯人にしてしまうの。警察に連れていかれて、拷問にでもかけられるのかしらね」

「やっぱり諦めては、くれないのか」

「柚木くんの言うことが分からないだけよ。証拠もないのに、なぜわたしが諦めなくてはいけないの」

「証拠はたしかに、ないんだ。俺にできるのは君と柿沢の関係を証明することだけ。君たちはただの同級生ではない、特別な関係だった」

「わたしたちが……」

「俺は途中で転校してきた。俺にとっては、だから、みんな高校三年の同級生でしかない。だけど君たちはもともと東京の人間だ。谷村と永井実可子は中学から一緒だった。君と柿沢も、高校一年から同級だ。そのときから君は、ずっと柿沢のそばにいた。具体的に君たちがどういうつき合い方をしていたか、それは分からない。柿沢が永井実可子とつき合うようになって、彼女に捨てられて、それでも君は柿沢のそばにいた。優等生でも男は好きになる。ただ君の場合は気持ちを素直に表現することも、柿沢との関係を公表することもできなかった」

「証明にはならないわ。昔からわたしが柿沢くんを好きだったとしても、実可子を殺したことの証拠にはならない」

「証拠にはならないと、最初から、そう言ってる」

ティーカップに手を伸ばしかけて途中でやめ、少しの間迷ってから、俺は上着の内ポケットに入れておいた四つ折りの紙を抜き出して、それをテーブルに差し出した。

「君の戸籍謄本《とうほん》だ。違法なことは承知しているが、委任状を偽造して杉並の区役所からもらってきた。この謄本の意味まで説明しないと、やはり諦めてはもらえないか」

芳枝が犬の頭をなでていた手を止め、遠くから聞こえてくる物音に耳を澄ますような顔で、戸籍謄本の白い紙切れに、じっと目を凝らした。芳枝の頭の中にどれだけの思いが錯綜しているのか、想像はできたが感情に目をつぶって、俺が言った。

「君が生まれた年、君は母菊田寛子《ひろこ》の届け出により入籍、とされている。お母さんと君のつづき柄は、『女』だ。そのことの意味は俺が解説するまでもない。それが二十年後の十一月三十日、父角田圭司郎《つのだけいじろう》の届け出により認知入籍となっている。問題はその角田圭司郎が、誰かということだ。東西デパートの社長の名前は、やはり角田圭司郎という。パリでなんの価値もない賞を取っただけの無名の画家を、日本でデビューさせたのは東西デパートだった。この二つのことは、偶然ではあり得ない。つまり柿沢をデビューさせてスターに仕上げたのは君で、永井実可子は君のその努力を台無しにする危険があった。計画的な殺意はなかったかもしれないが、あの日のあの瞬間、君ははっきりと永井実可子を殺そうと思った」

「やめろ、柚木。芳枝も、もうやめるんだ」

柿沢が激しく立ちあがってその場所で呼吸を整え、氷の上でも歩くように、芳枝のうしろまで不安定に歩いてきた。

「もういい。それ以上言っても、それ以上聞いても、柚木にも俺たちにも意味はない。頼むから、もうやめてくれ」

「言わせてあげたら？　わたしは聞いてみたいわ」と、犬を床へ放り出し、ソファの背中に片方の腕を回して、俺の顔に強い視線を送りながら、芳枝が言った。「たしかにわたしは、実可子が嫌いだった。高校のときから嫌いだった。柿沢くんを取られてからは憎むようにもなった。わたしの一番大事なものを無神経に奪っていって、それをまた無神経に放り出した。人間として、わたしは、ずっと実可子を許せないと思っていた」

「芳枝……」

「いいのよ。実可子の家で柚木くんの顔を見たときから、どこかで覚悟はしていたの。それに今の生活、これもどこかがちがっているの。もう調べたでしょうけど、主人の会社だって東西デパートの子会社でしかないの。実可子の真似をして贅沢に生きようと思ったけど、わたしには似合わなかった。柚木くん……あなたにわたしの気持ちが分かる？　柿沢くんがどんな気持ちで絵を描きつづけてきたか、分かる？　三年前、柿沢くんからサロン・ド・ルージュ賞を受賞したという絵葉書が届いたとき、わたしがどんなに嬉しかったか。わたしがあの父に、どんな気持ちで会いに行ったか、分かる？　もし分かるというのなら、ぜんぶ話してほしいわ。柚木くんにどんな権利があってわたしたちを非難するのか、その理由も説明してほしい」

「柿沢、煙草を持っていたら、一本もらえないか」

柿沢が上着のポケットから煙草とライターを取り出し、芳枝の肩越しに投げてよこした。それを受け取って火をつけ、煙を深く吸い込んでから、俺が言った。

「俺に君たちを非難する権利はない。君たちの生き方や、君たちの心の中を穿鑿する権利もない。君たちが自分の都合だけで行動したように、俺も自分の都合だけで事件を捜査した。四人のうち誰かが犯人だと分かっていて、曖昧にしておくことができなかった。それぞれが傷つくことは分かっていても、途中で放り出すことができなかった。しかし、もし今でも永井実可子が生きていて、もし今この部屋にいて、もし今俺たちと一緒に話し合っていたら、なにか別な解決方法が見つかっていた気がする。俺は、俺たちは、あの時代から、意味もなく歳をとってきたとは思いたくない」

「分かっていないわ。柚木くんにはなにも分かっていない。柚木くんが覚えているのは実可子の奇麗な顔だけなのよ。あの日、柿沢くんに絵を返してくれるように頼んだわたしに、実可子がなんて言ったと思う？　『退屈な日常にやっと暇をつぶせる娯楽が見つかったのに、どうしてそれを手放さなくてはいけないの』……実可子は、そう言ったの。わたしや柿沢くんが必死に生きてきた人生を、実可子は自分のための娯楽にしたのよ。すべてを承知で楽しんでいたの。許せると思う？　あのときわたしに実可子が許せたと思う？　気がついたときには、わたしは、花瓶を実可子の頭の上にふりおろしていた」

「もういいんだ。芳枝、もういい」

　柿沢がうしろから芳枝の肩を摑み、子供をあやすように揺すりながら、無気力な目で俺の顔を見返してきた。

「柚木、おまえも気が済んだはずだ。警察を呼ぶなら呼んでくれ。ただ、少しだけ、俺と芳枝を二人だけにしておいてほしい」

「俺は……」

「すべては俺の責任だ。俺が芳枝を追い込んでしまった。分かっていても、どうすることもできなかった。だから、これからの責任は、俺がとる」

「柿沢の絵の軽さが、今、やっと分かった。十五年前に描いた『篠田為永』の束縛《そくばく》から、柿沢は、逃げたかった」

「逃げたかったさ。逃げて逃げて、十五年も逃げて、どうにか、逃げきったと思ったのに……」

「警察はいつか、そのうち、勝手にやって来る」と、もう一本煙草に火をつけ、立ちあがって、俺が言った。「さっきも言ったが、絵の具の正式な鑑定結果が出るにはあと二、三日かかる。これからどうするかは、二人で話し合って決めればいい」

「俺たちを、見逃す?」

「最低二日の時間があると、そう言っただけだ。その二日で二人がなにをしようと、どこへ行こうと、俺の知ったことじゃない」

「柚木くん、わたしたちに、慈悲をかけるつもり?」と、歩き出した俺に落ち着きを取り戻した声で、芳枝が言った。

「俺にそんな資格は、ない」

「わたしには慈悲も哀れみも要らない。責めたければ責めてくれていい。でもわたし、もう他人の顔色を見ながら生きるのはいやなの。実可子を殺したことは認めるけど、今でもわたし、実可子を許していないし、殺したことを後悔もしていないわ」

俺の足に犬がじゃれついてきて、俺はその犬をつま先で追い払い、部屋の中に顔を向けたまま、二、三歩ドアのほうへあとずさった。

「どうでもいいことだけど、ついでに言っておく。裁判になったら、津久見さんは五年ぐらいの実刑で済むと思う。柿沢のほうは、たぶん、執行猶予がつく」

その場所に立ったまましばらく二人の反応に耳を澄ましてみたが、芳枝も柿沢も空気と一緒に固まった蠟《ろう》人形のように、もう俺のほうへ顔は向けなかった。これから二人がなにを話し合い、なにを決めるか、二人だけの問題なのだろう。芳枝の人生にも柿沢の人生にも、谷村や春山順子や永井実可子の人生にも、俺の出る幕なんか、最初からなかったのだ。二十年つづいてきたグループの問題に首をつっ込む資格など、俺には最初から、なかったのだ。

俺はドア横のハンガーからコートを外し、底の濡れた革靴に足を入れて、言葉もないまま、ドアを開けて外に出た。閉まったドアの内側であの毛むくじゃらの犬が、一声だけ女々しく鳴いたようだった。

11

　しながわ水族館というから品川駅の近くにあると思っていたのに、加奈子と出かけたしながわ水族館は首都高速を挟んだ大井競馬場の、西どなりにあった。京浜急行大森海岸《けいひんきゅうこうおおもりかいがん》駅の近くで、すぐそばが昔刑場のあった鈴ケ《すずが》森《もり》だから、たぶん運河を埋め立てた跡地かなにかだろう。朝の十一時だというのに、それとも朝の十一時だからか、チケットを買う行列が入場口の前から百メートルもつづいていた。薄日が射す程度の曇り空で風はなく、三日も前に降った雪が椿や伊吹の根元にまだ楕円形の融け残りをつくっている。加奈子に言われて期待したわけでもないが、並んでいるのはほとんどが親子連れで、遠くに見える女子高校生のグループがなんとか目を楽しませるぐらいだった。加奈子にしても意見は同じだろうが他に相手がいないわけでもなし、親子の義理というのは、辛《つら》いものだ。

　三十分も並んでやっと入場券を買い、たいして広くもないロビーに、俺は決然と加奈子の手を引いていった。加奈子のほうは手をつなぐことをいやがるが、人混みに入ると見失いそうで、どうにも不安になる。昔浅草《あさくさ》の仲見世《なかみせ》で加奈子を迷子にしてしまった過去の罪から、俺はまだ解放されていないのだ。

ロビーから順路にしたがって一階のフロアを歩き出し、いくつも水槽をのぞかないうちに、俺はもう水族館の規模に失望を感じ始めた。フロアも狭ければ水槽の数も少ないし、なんといっても魚の種類が少なすぎる。デパートの熱帯魚売り場と変わらないほどのスペースに、それほど珍しいとも思えない魚が小奇麗に展示されている。今はどうだか知らないが、昔上野《うえの》動物園に水棲館《すいせいかん》という建物があって、そこでは鰐《わに》でも蛙《かえる》でも金魚でも、水に関係のある生き物ならなんでも見物できた。内心ああいう猥雑さを期待していたのだが、俺の美意識がもう最近のトレンドから外れているのだろう。それでももしかし今日は、俺が遊びに来たわけではない。

「へーえ、パパ、これがアンコウだよ」と、怪魚コーナーのフロアに展示されている作り物のアンコウの頭をぺたぺたなでながら、感動したような声で、加奈子が言った。

俺ならアンコウは料理屋で出てきたほうが感動するのだが、それぞれの立場と人生経験によって、感動の種類はちがうものだ。

「このアンコウ、雄か雌か、どっちだと思う？」

「さあ、な。顔が怖いから、雄じゃないのかな」

「残念でした。パパ、知らないの。アンコウって大きくなるのは雌だけなんだよ。雄は小指ぐらいにしかならないで、みんな雌のお尻にくっついて生きてるの」

「みんなって、雄のアンコウの、ぜんぶが？」

「雄のアンコウのぜんぶだよ。雌のお尻にくっついて、雌から栄養をもらって生きてるの」

「おまえ、妙なことを知ってるんだな」

「この前テレビでやってた。アンコウって、頭のこの角《つの》で魚釣りもやるんだって」

「この角で、なあ」

「雄が雌のお尻にくっついている理由はね、海の底は暗くて、ばらばらだと結婚したいときに会えないからなの」

「アンコウも苦労しているわけだ」

「人間より大変だよね。人間の男の人は好きなときに、好きな女の人にくっつけるものね」

「人間の男も、苦労は、していると思うな。好きな女の人がいつもくっつかせてくれるとは、限らないし」

「でもパパなんか一人の女の人が駄目なら、すぐ別な人を探すじゃない」

「パパには……人間の男には、難しい問題があって、好きで女の人を探すわけじゃないんだ。宿命っていうか、なにか、そういうようなものさ」

「ふーん、そういうようなものなの」

「そういうような、もんだ」

「面倒なんだね」

「けっこう面倒なんだ。アンコウにはアンコウの宿命があって、人間には人間の宿命があって、みんな面倒で、でも仕方なく女の人を探すわけだ」

「そうか、宿命なのか」

「面倒だけど、宿命には逆らえないからな」

「難しいもんだね。でもパパの宿命って、いつも楽しそうなのにね」

怪魚コーナーをすぎ、アザラシや海老や蟹の前を通りすぎると人の流れが進まなくなって、どうやらそこがお目当てのトンネル水槽というやつらしかった。そういえばテレビのニュースで見た気もするが、頭の上を魚が泳いだからって、どこが面白いのか。自分に理解できないものは頑張っても理解はできないし、しかしアンコウの雄に対してはいつか機会があったら、本心では別の雌にくっついてみたくないのかと、訊いてみたい気もする。

前とうしろと両脇から人波に押され、それでもどうにかトンネル水槽をくぐり抜けてイルカが泳ぐ大窓の前までたどり着いたときには、入場してからもう一時間がすぎていた。魚より人間のほうをたくさん見てしまったがプールではイルカショーをやっていて、それからまた十五分も俺はイルカの輪くぐりにつき合わされた。加奈子の偉いところは子供のくせに我慢強いことで、他人に小突かれても目の前を塞《ふさ》がれても、けっきょく最後までしっかりとイルカショーを見届けてしまった。偉いことは偉いと思うが、しかしこの意地っ張りな性格はけっして、俺に似たのではない。

イルカショーと人混みから解放され、水族館の建物を出てきたのは、ほとんど一時に近い時間だった。入場前と気温が変わっているわけでもなかったが人いきれに圧迫されていたぶん、薄曇りの柔らかい空気が貧血気味の肺に気持ちよく感じられた。俺は寒椿の咲いている植え込みの前で足を止め、第一京浜から入ってくる道に目を凝らしながら、煙草《たばこ》に火をつけた。

「どうするの、パパ。レストラン、あんなに混んでるよ」と、池のそばにあるレストランと俺の顔を見比べながら、冷静な声と冷静な目で、加奈子が言った。

「昼飯を食うのに行列をつくるのも、くだらんな」と、顔だけレストランへ向け、目の端ではやはり道のほうを意識しながら、俺が答えた。

「わたしはまだ我慢してもいいよ」

「渋谷まで戻ったほうが、好きなものが食えるものな」

「パパ、今日、夜までいいんだよね」

「一応、まあ、そうだな」

「パパ……」

「うん?」

「どうしたの」

「なにが?」

「なにか用事がある?」

「用事は、別に、ない」

「それじゃ夜までつき合える?」

「最初からそのつもりだ。お母さんにもそう約束した」

「わたしね、見たい映画があるんだ。昼食《おひる》を食べてから映画を見ていい?」

「春休みの子供アニメ大会って、もうやっているのか」

「アニメじゃないよ。わたしの見たいのは、ふつうの映画」

「ふつうの映画なら、俺はコメディーかSFがいいな」

「そういうんじゃないの。わたしと同じ十一歳の女の子が主人公のね、アメリカ映画」

「十一歳の女の子では、ちょっと、俺には若すぎる」

「いい映画なんだよ。パパが見たって面白いと思うよ。女の子だってすごく可愛いよ」

「可愛くない女の子が主人公の映画なんて、想像もできないさ」

「パパ」

「うん?」

「渋谷へ行くなら早く行こうよ。昼食はわたし、マクドナルドでもいいからさ」

「一時に、ここで人と会う約束があるんだ。会って話をするだけだから時間はかからない。映画もおまえが見たい映画でいいし、マクドナルドでもなんでも……」

第一京浜から入ってくる細い道に黒いライダースーツとフルフェイスのヘルメットが現れ、それがなんだか知らないがバイクのようなものに跨《また》がって、静かに、ゆっくり、ずんずんと俺のほうへ向かってきた。ヘルメットの中身を知っているから恐怖は感じないものの、そうでなかったら俺はとっくに加奈子の手を取って、逃げ出していたところだ。

「加奈子、ちょっとでいいから、ベンチにでも座っていてくれ」

「わたしは立っていても平気だよ」

「分かってはいるが、あのバイクの女の人と話があって……ちょっと、難しい話なんだ」

「へーえ、あの人、女の人なんだ」

「女の人なんだけど、おまえが考えているような女の人では、ない」

「わたしはそんなこと、なにも考えていないよ」

「それならいいけど、とにかく、大人同士の難しい話なんだ。だから五分か十分、向こうのベンチで待っていてくれないか」

加奈子が妙に知子に似たため息のつき方をし、じろりと俺の顔を見あげて、鼻の穴をふくらませながら池のほうへ歩き出した。肩を落として歩くうしろ姿に一瞬哀れを誘われたが、そんな演技に騙されるほど俺も、甘くはない。

低い唸り声のような音を響かせてバイクが敷地の向こう側にとまり、ヘルメットの金属的な表情でしばらく俺の顔を確認したあと、早川佳衣がロボットの頭を、ずぼっと上に引き抜いた。この変身で驚かされるのは今日で三度め、それでも跨っている黒いバイクが異様なぶん、今回がやはり、一番の圧巻だった。五〇ccの原チャリとまでは思っていなかったが、この黒い熊みたいな乗り物は、いったい何なのだ。

「ああ、ええと、しばらくだった」と、敷地の端まで歩き、佳衣の視線を意識しながらもついその異様な乗り物を睨みつけて、俺が言った。

「いろいろ、お世話になりました」と、バイクからおりてスタンドを立て、ヘルメットを胸の前に抱えたまま、バイクともライダースーツとも完璧に不似合いな顔で、佳衣が言った。

「これ、その、いいバイクだな」

「ドゥカティ851です。バイクとは呼びません。マシンと言います」

「マシン、な。いや、いいマシンだ。君……今日はどこへ行くと言ったっけ」

「浜松《はままつ》の養鰻センターです。教授のお使いで、ホルモンと水温変化のどの段階が鰻の成長に関係するのか、その資料をもらいに行きます」

「それは、また、大変だ。しかしこの前千葉へ行ったのも、日曜日じゃなかったか」

「日曜日でしたね。わたし、日曜日以外には暇がないんです」

「最初から話してくれれば、俺ももう少し君の気持ちを考えてやれた」

「同じことです。けっきょく間に合いました。わたしが出発するまでに、柚木さんなら事件を解決してくれると信じていました。叔父さまも梨早ちゃんも、よろしく言ってました」

「梨早さん、ハワイの高校に行くこと、決めたのか」

「卒業式が終わったらすぐ行くそうです。叔父さまのホテルもあるし、向こうにも友達がいます。心配するほど寂しくないかもしれません」

「彼女がハワイで君はオーストラリア、か」

そんなこと、まったく、最初から話してくれれば俺にだって、別な方法は考えられたのだ。具体的にどういう『別な方法』かは知らないが、とにかくこんな別れ方だけはしないで済んだはずだ。早川佳衣はオーストラリアのタウンズビルとかいうところにある海洋研究所に、五年間も珊瑚礁《さんごしょう》の研究に行ってしまうという。この前俺の部屋へ来たとき、時間がない、と言ったのは千葉へ行くための時間ではなく、オーストラリアへ出発するまでの時間だったのだ。

「五年というのは、ちょっと、大変だな」と、新しい煙草に火をつけ、髪をふり払った佳衣の広い額と珊瑚礁の海のように澄明な目とを記憶の中にしまいながら、俺が言った。

「交換研究員ですから、それぐらいは仕方ないです。サンゴの研究はわたしにとっても一生の仕事です」

「五年たつと、俺は、四十三だ」

「わたしも三十二のおばさんになりますよ。お互い様です。おじさんとおばさんで喧嘩をしなくなって、ちょうどいいかもしれませんね」

「俺もバイクに乗って、躰《からだ》でも鍛えるかな」

「まず煙草をやめることですね。お酒も減らして、女の人をきょろきょろ見る癖もやめたほうがいいです」

「女の人は、まあ、その、君も躰に気をつけてくれ」

「柚木さんも恰好いいおじさんのままでいてください。梨早ちゃんは柚木さんのファンだそうです」

「君、オーストラリアへは、いつ？」

「今度の金曜日です。夕方のカンタス航空です」

「俺も忙しくなる。見送りには、行けないと思う」

「来ないほうがいいですよ。成田《なりた》にはわたしの友達がたくさん見送りに来ます」

「そう、か。友達がたくさん、か」

「柚木さんが見送りに来たら、どういう関係の人か説明しなくてはなりません。そういうのは面倒です」

「たしかに、面倒では、あるな」

「向こうへ着いたら絵葉書を出します」

「俺も、それじゃ、絵葉書でも出すか」

「それから、一つだけ、言っておくことがあります。この前の夜と、それから事件の夜、わたしの帰りが遅かったのは友達が送別会をしてくれたからです。柚木さんが考えたように遊んでいたわけではありません」

「君のことは最初から信じていた。君はけっして、ふしだらに遊ぶ子ではない」

「誤解されたまま別れるのがいやなだけです。それ以外に、意味は、ありません」

「それ以外には、な」

「コーヒーメーカー、使っていますか」

「あれは、非常に、具合がいい」

「コーヒーにも人生にも女の人にも、手を抜いてはいけません」

「肝に銘じて、覚えておく」

「それじゃ、わたし、行きます」

「気をつけて……マシンも、オーストラリアも、な」

佳衣が口を結んでうんと頷き、俺の顔を見つめて大きく呼吸をしてから、胸の前に抱えていたヘルメットを、ずぼっと頭に被せかけた。目の前の佳衣が突然マシンにさらわれてしまったようで、少し、俺はうろたえた。

バイクに跨り、エンジンをかけ、一度ぶーんと空噴かしさせてから思い出したようにタンクサイドのポケットから紙包みを取り出し、ヘルメットを被ったまま佳衣が俺のほうへ腕をつき出した。俺は三歩の距離をバイクの横まで歩き、なにか言っているヘルメットの下に、腰を屈めて耳を寄せた。

「忘れていました」

「うん」

「チョコレート」

「うん?」

「バレンタインのチョコレートです」

俺の腕に包みを押し込み、自分の手でヘルメットの頭をぽんと叩いてから、もう一度エンジンを噴かして、佳衣が水族館横の道を品川方向へ走り始めた。早川佳衣が俺にうしろ姿を見送らせてくれたのは、第一京浜へ曲がっていくまでの、ほんの五十メートルほどの間だった。

俺はバイクの消えた路地をしばらく眺めたあと、チョコレートの包みをコートのポケットにつっ込み、罪の意識を感じながら、煙草に火をつけて池のほうをふり返った。さっきまでベンチに座っていたはずの加奈子がいつの間にかうしろに立っていて、その冷たい目に、思わず俺は恐縮した。親子だから娘が母親に似るのは仕方ないにしても、両手を腰に構えて足をつっ張るこのポーズは、なんとか、やめてもらえないものだろうか。

「パパ……」

「なんだ」

「今の女の人も宿命なの」

「そういうわけでは、べつに、ない」

「パパも苦労するよね」

「まあ、いろいろ、な」

「大丈夫だよ。安心していいよ。パパが水族館で女の人と待ち合わせしたこと、ママには言わないよ。女の人の顔をじっと見つめて、チョコレートをもらって、それでパパが赤くなったなんて、わたし、ぜったいママには言いつけないから」

創元推理文庫版あとがき

本シリーズを刊行していたころ、付合っている女性から「あんたは柚木草平そっくり」と、よく非難されたものです。いい女を見るときょろきょろ、ふらふら、「そんな歳になってみっともない」という意味だったんでしょうね。

そっくり、とか言われたって、「そりゃ俺が書いてるんだから……」と弁解するしかなく、でも内心では「男なんて所詮こんなもの、柚木草平や樋口有介が特別に女好き、ってこともないだろうに」と、女性陣の非難を聞き流していました。私自身、『事件にゃ強いが女にゃ弱い』とか喧伝されるほど柚木草平の惚れっぽさが本シリーズの特徴になるとは、思ってもいなかったんですから。べつに奇をてらったわけでもなく、シリーズの売りにしようと思ったわけでもなく、中年男のノーマルな本音を吐露させただけ。しかし残念なことにこれはあくまでも小説で、作者の樋口有介が柚木草平のようにもてたことは、一度もありません。

と、それはともかく、本シリーズは後刊の『刺青《タトウー》白書』をのぞいて、すべて一人称で書かれています。つまり風景、状況、登場人物の姿かたちから表情や仕種まで、すべてが主人公の柚木草平が見たとおり、という構成です。お読みいただければ分かると思いますが、どの行、どの場面たりとも、柚木草平の視点からずれている箇所は、一つもありません。

翻訳小説なんか読んでいると、一人称の作品なのに、視点が突然移動するケースがあります。主人公と対峙していた相手の心理が、唐突に描写されるような作品です。私なんか、「おいおい、いくらアメリカ人が無神経だからって、そりゃないだろう」と思うのですが、読者も編集者も、意外に気にしないようです。

私の一人称小説に関して、編集者からよく「相手の女性がどんな服を着てどんな顔をしているのかではなく、彼女が何を思っているのか、を書いてください」と言われることがあります。でもそれは無茶な要求で、神様でもない限り、論理的にも不可能です。だから私は主人公の目をとおして、しつこく相手を観察します。服装、髪型、持ち物、ちょっとした言葉のニュアンスから目の表情、そういう外側からの観察から登場人物の心理、状況、探偵小説でいえば「犯人か否か」までをも書き切ろうとします。この手法は読者を誤魔化せる余地が非常に少なく、実際に「樋口有介の作品はトリックが甘い、ミステリとしての仕掛けがいまいち」といった批評も耳にします。ただ嬉しいことに、この世には「柚木草平ファン」とかいう奇特な読者もいるようなので、中年男がこっちの美少女にふらふら、あっちのセレブにどきどき、女と見れば飲み屋のねえちゃんにまでお世辞を言いながら四苦八苦、悪戦苦闘しながら何とか事件の本質にたどり着く過程を、「それはそれ、この小説はそういうもの」と割り切った楽しみ方をしていただけたら、作者として光栄です。

解説

千街晶之

大人になってから、「どうして小学生や中学生の頃は、時間の流れがあんなに遅く感じられたのだろう」と不思議に思ったひとは少なくない筈だ。あれは、学校という狭い空間がそのまま自分にとっての世界の大部分である時期特有の、どうしようもない閉塞感に起因する錯覚だったのだろうか。高校生や大学生になると、時間の流れはやや速まって感じられるものの、今度はその加速ぶりに、仄かな恐れを覚えることもあるだろう。いずれにせよ、モラトリアム期とは、時のエアポケットに嵌まり込んでいる期間のことでもあると言えそうだ。

ところが、いざ大人になって社会に出てみると、龍宮城から戻ってきた時の浦島太郎さながら、時間の流れの凄まじい加速ぶりに愕然とすることになる。二十代から三十代、更に四十代とステップを踏むにつれて、加速は更に激しくなってゆくだろう。そんな時期になって、かつて同じ学校に通った人間と久々に顔を合わせたりすると、互いの外見の変化に改めて老いを実感したり、それぞれの人生航路の意外さに驚かされることになる。逆に、変わらない部分もあるという驚きを感じることも……。

その意外性や驚きがあるからこそ、かつての同級生という人間関係は、ミステリにおいてしばしば取り上げられるのかも知れない。中学や高校や大学時代の級友、あるいは同じサークルの仲間などが、十年や二十年といった時を隔《へだ》てて事件をきっかけに再会したり、逆に再会がきっかけで事件が起きたりする——といった設定のミステリは、学園ミステリほど多くはないにせよ、決して珍しいわけでもない。戦前には江戸川乱歩の『幽鬼の塔』（一九四〇年）のような作品があるし、近年の作例に絞っても、若竹七海の『スクランブル』（一九九七年）、東野圭吾の『片想い』（二〇〇一年）、西澤保彦の『夏の夜会』（二〇〇一年）、近藤史恵の『青葉の頃は終わった』（二〇〇二年）などが思い浮かぶ。基本的に学園ミステリが、モラトリアム期特有の限定された時間と空間の閉塞感を描くことが多いのに対し、かつての同級生が登場するミステリは、時の推移によって人間が変貌することの不思議さと残酷さをテーマとする小説と言えよう。樋口有介の『初恋よ、さよならのキスをしよう』も、それが当てはまる作品である。

本書は一九九二年五月、柚木草平シリーズの二作目としてスコラから刊行された（九五年一月には講談社文庫版が刊行されている）。柚木は元は警視庁の敏腕警部補だったが、ある事件をきっかけに退職し、現在は刑事事件専門のフリーライターとして生計を立てる一方、探偵としても活動している。妻の知子とは別居状態なので、気ままな独り暮らし。彼女のもとに引き取られた娘の加奈子とは、月に一度顔を合わせる約束になっている。

本書の冒頭、加奈子とともに草津のスキー場を訪れた柚木は、高校時代の同級生、そして彼の初恋の相手でもある卯月実可子と、二十年ぶりに偶然再会した。だが、それから一ヵ月後、柚木は実可子が何者かに殺害されたことを知る。彼女が経営していた輸入雑貨店の高価な商品や、壁に飾ってあった絵までが盗まれるなど、現場の状況は強盗殺人を指し示している。しかし実可子の姪・早川佳衣の話によれば、実可子はスキー場から帰った直後、娘の梨早に「自分になにかあったら柚木さんに相談するように」と言い残していたという。美貌に恵まれ、実家も嫁ぎ先も裕福で、贅沢な暮らしをエンジョイし、仕事も順調だったという実可子。うわべは幸運すぎるほどだった彼女の人生に、果たしてどんな影の部分があったのか……。

柚木草平シリーズでは、背景となる時代が移り変わっても、柚木は初登場時の三十八歳のまま歳をとらないことになっている。これは同一主人公が登場するシリーズものにはよくある設定だが、柚木シリーズの場合、この年齢設定に大きな必然性があるように見受けられる（第一作執筆当時の著者の年齢が三十八歳であったという事情を別として）。というのも三十八歳というのは、世間的には紛《まご》う方なく中年であっても、本人としては「いや、まだ四十代までに二年も残っている」と自分を何とか納得させられるギリギリの年齢と言えそうだからだ。『彼女はたぶん魔法を使う』講談社文庫版の解説で新保博久氏が柚木のことを「本質的に大人になりきれぬ永遠の青年」と形容しているように、柚木には内面的にも外見的にも、大人としての分別臭さを身につけることを敢えて拒否しているところがある。といっても基本的に彼の一人称で語られるシリーズであるため、外見についてはかなり漠然としているのだが、珍しく彼が三人称で描かれる五作目『刺青《タトゥー》白書』では長髪であるという記述が散見されるなど、フリーライターという職業柄もあってか、わりと若作りであるようだ。そんな主人公の年齢設定としては、三十八歳というのは適当なところだろう。

柚木はかなり深刻な経歴の持ち主で、前作では警察を辞めた時の事情が語られていたし、本書では、彼の少年時代に家族を襲った悲劇について触れられている。当然、それらの出来事の衝撃は、計り知れないほど大きなものだった筈《はず》だ。しかし、それによって彼が被った何らかの精神的変化は、あくまでも過去のある段階で終わっているらしく、現在の彼はそんな経歴とは一見無縁な生き方を続けている。似たような深刻な経歴を持つハードボイルド・ヒーローは数多《あまた》いるけれども、その過去をここまで表に出さずに飄々《ひょうひょう》としている探偵役も珍しい。

ただし、本書をシリーズの他の作品と比較すると、柚木が自分の過去を意識する内省的な場面が多めなのも事実だ。それは、今回の事件では被害者も容疑者の大部分も、みな彼の高校時代の同級生であるという設定と大きく関係している。

佳衣の依頼を引き受け、事件の調査を開始した柚木は、同級生のうち特に実可子と親しかった面々と久しぶりに再会することになる。高校時代に六人組の仲良しグループを作っていた彼らは、ある者は有名な画家として成功者の道を歩み、ある者はサラリーマンとして堅実な生活を送っている……といった人生航路の違いはあれども、今なお親しく交友を続けているらしい。だが、卒業後二十年のあいだに、六人のうち一人が自殺しており、今また実可子も非業の死を

遂げた。彼らの関係は、外部からは窺《うかが》い知れないさまざまな確執を孕んでいるようなのだ。そ
のグループの中に実可子殺しの真犯人がいるのでは——と直感した柚木は、彼らを訪問し、二
十年のあいだに何があったのかを探ってゆくのだが、その過程において彼は、級友たちの変貌
ぶりや、彼らがそれぞれに紡《つむ》いできたドラマに否応なく気づかされる。
ある不幸な事情により、北海道から東京の高校に転校してきた柚木は、「札幌から出てきて
の一年間、俺はクラスの人間と親しく口をきくこともなく、頭の上を台風が通りすぎるのを待
つように、ひたすら首をすくめて時間をやり過ごした。殻の内に本音を隠したまま他人とつき
合う技術を身につけたのは、やっと大学へ入ってからのことだ」と現在になって回想している
ように、実可子たちのグループにも距離をおいた孤高の存在だった。クラスの女子のあいだで
全く人気がなかったわけではないが、得体の知れない、どこか不安を感じさせる変人と見なさ
れていたようでもある。実可子に対する初恋も、あくまで片想い以上のものではない。そんな
一見傍観者的スタンスを保ちつつも、当時の級友たちのあいだで起きた事件について、彼は完
全な傍観者でいることは出来ない。「転校して初めて卯月実可子に会ったとき、自慢ではない
が人生観が変わるほどのショックを受けたものだ。実可子みたいな女の子がこの世にいること
が分かっただけで、東京に出てきたことを単純に喜んでしまった。その喜びが苦痛に変わって
いくのが人生だとは、あのころは、思ってもみなかったが」と思い返しているように、実可子
に憧れた短い日々は、柚木にとって貴重な思い出であったことも確かだったのだから。初恋の
女性の美しい記憶を引き剝がしながら隠された実像に迫ろうとする彼の探偵行為は、古傷をま

さぐりながら感傷を払い落としてゆく苦行に近い。

思い返してみれば、著者はデビュー作『ぼくと、ぼくらの夏』で既に、かつての同級生という人間関係を扱っていた。この作品の冒頭で変死を遂げた少女・岩沢訓子《いわさわのりこ》は、主人公の高校生・戸川春一《とがわしゅんいち》にとっては級友だが、同じクラスの酒井麻子《さかいあさこ》にとっては、中学時代の同級生でもあった。麻子の知る中学時代の訓子はクラスの男子の憧れの的だったが、何故か高校に入ってからは、いるのかいないのかわからないような目立たない少女に変貌していた。それが何に起因していたのかを、春一と麻子は解き明かしてゆくことになる。

また、柚木シリーズでは『刺青白書《タトウー》』が同系列の作品と言えよう。この作品の実質的な主役である女子大生・三浦鈴女《みうらすずめ》は、中学時代の同級生が次々変死するという事件の謎を探りながら、彼らの思いがけない変貌ぶりに触れてゆく。このように、かつての級友の意外な変貌というテーマは、著者の作品に繰り返し登場する。

だが、変貌だけが悲劇を生むのではない。人間は年を経るとともに誰しも変わる。しかし、同級生にとっては、その人間の過去こそが最も生々しい記憶なのだ。それは「懐かしい」という感情を呼びさますものではあるが、一方で、覚えていてほしくないことを覚えている人間が存在しているという鬱陶《うっとう》しさを感じさせる場合もあるだろう。そんな過去の呪縛も、時には悲劇に繋がる場合がある。変わることも変わらないことも、ともに残酷なことなのだ。著者がかつての同級生という人間関係を幾度も描くのは、その残酷さから生じる人間ドラマに深い関心があるからなのだろうか。

軽快なフットワークの裏側に、実可子への想いを含むさまざまなこだわりを二十年間引きずってきた柚木。この事件の謎を解くことは、それらに彼なりの決着をつけることでもあった。その意味で本書は〝柚木草平自身の事件〟なのである。シリーズの他の作品よりも柚木が内省的なキャラクターとして描かれているのも、そんな構想の上からは必然と言えるだろう。

本書は一九九二年、スコラより単行本が刊行され、九五年講談社文庫に収録された。

著者紹介　1950年群馬県生まれ。國學院大學文学部中退後、劇団員、業界紙記者などの職業を経て、1988年『ぼくと、ぼくらの夏』でサントリーミステリー大賞読者賞を受賞しデビュー。1990年『風少女』が第103回直木賞候補となる。著作は他に『彼女はたぶん魔法を使う』『ピース』など多数。2021年没。

検印
廃止

初恋よ、さよならのキスをしよう

2006年9月22日　初版
2024年8月23日　8版

著者　樋《ひ》口《ぐち》有《ゆう》介《すけ》

発行所　(株) 東京創元社
代表者　渋谷健太郎

162-0814/東京都新宿区新小川町1-5
電話　03・3268・8231-営業部
　　　03・3268・8204-編集部
URL　http://www.tsogen.co.jp
DTP　暁印刷
印刷・製本　大日本印刷

ISBN978-4-488-45902-4　C0193

柚木草平シリーズ①

A DEAR WITCH ◆ Yusuke Higuchi

彼女はたぶん魔法を使う

樋口有介

創元推理文庫

◆

フリーライターの俺、柚木草平は、
雑誌への寄稿の傍ら事件の調査も行なう私立探偵。
元刑事という人脈を活かし、
元上司の吉島冴子から
未解決の事件を回してもらっている。

今回俺に寄せられたのは、女子大生轢き逃げ事件。
車種も年式も判別されたのに、
犯人も車も発見されないという。
さっそく依頼主である被害者の姉・香絵を訪ねた俺は、
香絵の美貌に驚きつつも、調査を約束する。
事件関係者は美女ばかりで、
事件の謎とともに俺を深く悩ませる。

柚木草平シリーズ③

THREE DEPRESSION ◆ Yusuke Higuchi

探偵は今夜も憂鬱

樋口有介

創元推理文庫

◆

美女に振りまわされつつ、事件調査も
生活の糧にしているフリーライター・柚木草平。
恋人の吉島冴子、クロコダイルの武藤、
ナンバー10の葉子などからまわってくる調査には、
なぜか美女がからんでいて——。

エステ・クラブの美人オーナーの義妹にまつわる依頼。
芸能プロダクション社長からの失踪した女優の捜索依頼。
雑貨店の美人オーナーからは、死んだはずの夫から
送られてきた手紙の調査依頼が舞い込む。
憂鬱な柚木をやる気にさせる美女からの３つの依頼。

収録作品＝雨の憂鬱、風の憂鬱、光の憂鬱

第19回鮎川哲也賞受賞作

CENDRILLON OF MIDNIGHT◆Sako Aizawa

午前零時のサンドリヨン

相沢沙呼

創元推理文庫

◆

ポチこと須川くんが、高校入学後に一目惚れした
不思議な雰囲気の女の子・酉乃初は、
実は凄腕のマジシャンだった。
学校の不思議な事件を、
抜群のマジックテクニックを駆使して鮮やかに解決する初。
それなのに、なぜか人間関係には臆病で、
心を閉ざしがちな彼女。
はたして、須川くんの恋の行方は――。
学園生活をセンシティブな筆致で描く、
スイートな“ボーイ・ミーツ・ガール”ミステリ。

収録作品＝空回りトライアンフ，胸中カード・スタッブ，
あてにならないプレディクタ，あなたのためのワイルド・カード

第26回鮎川哲也賞受賞作

The Jellyfish never freezes◆Yuto Ichikawa

ジェリーフィッシュは凍らない

市川憂人

創元推理文庫

◆

●綾辻行人氏推薦――「『そして誰もいなくなった』への挑戦であると同時に『十角館の殺人』への挑戦でもあるという。読んでみて、この手があったか、と唸った。目が離せない才能だと思う」

特殊技術で開発され、航空機の歴史を変えた小型飛行船〈ジェリーフィッシュ〉。その発明者である、ファイファー教授たち技術開発メンバー六人は、新型ジェリーフィッシュの長距離航行性能の最終確認試験に臨んでいた。ところがその最中に、メンバーの一人が変死。さらに、試験機が雪山に不時着してしまう。脱出不可能という状況下、次々と犠牲者が……。